O DOMÍNIO

AS CRÔNICAS DA RAINHA JEZABEL

AMORES PERDIDOS DA BÍBLIA
LIVRO III

GINGER GARRETT

O DOMÍNIO
AS CRÔNICAS DA RAINHA JEZABEL

AMORES PERDIDOS DA BÍBLIA
LIVRO III

Ágape

SÃO PAULO, 2016

COORDENAÇÃO EDITORIAL
Rebeca Lacerda

TRADUÇÃO
Tássia Carvalho

PREPARAÇÃO
Patrícia Murari

REVISÃO
Fernanda Guerriero Antunes
Vânia Valente

CAPA
Dimitry Uziel

DIAGRAMAÇÃO
Larissa Caldin

COORDENADOR EDITORIAL
Vitor Donofrio

EDITORIAL
Giovanna Petrólio
João Paulo Putini
Nair Ferraz
Rebeca Lacerda

GERENTE DE AQUISIÇÕES
Renata de Mello do Vale

ASSISTENTE DE AQUISIÇÕES
Acácio Alves

Texto de acordo com as normas do Novo Acordo Ortográfico da Língua Portuguesa (1990), em vigor desde 1º de janeiro de 2009.

Todas as citações bíblicas foram extraídas da Bíblia Sagrada. Nova Versão Internacional. São Paulo: Editora Vida, 2001.

Dados Internacionais de Catalogação na Publicação (CIP)

Garret, Ginger
O domínio: as crônicas da rainha Jezabel / Ginger Garret; tradução de Tássia Carvalho. - - Barueri, SP: Editora Ágape, 2016. - - (Amores perdidos da Bíblia ; livro 3)

Título original: Reign

1. Ficção cristã 2. Literatura norte-americana 3. Mulheres na bíblia I. Título II. Carvalho, Tássia

16-0895 CDD-813

Índice para catálogo sistemático:
1. Ficção cristã : Literatura norte-americana 813

EDITORA ÁGAPE LTDA.
Alameda Araguaia, 2190 – Bloco A – 11º andar – Conjunto 1112
CEP 06455-000 – Alphaville Industrial, Barueri – SP – Brasil
Tel.: (11) 3699-7107 | Fax: (11) 3699-7323
www.editoraagape.com.br | atendimento@agape.com.br

Você, que hesita, deixe de lado todas as ilusões.

Abba Kovner, *A First Attempt to Tel*

O sacrifício do amado
886 a.C.

Jezabel segurou a irmã pelos ombros à beira da fogueira. Sacerdotes a cercaram, dançando e invocando a deusa, as túnicas vermelhas movendo a poeira, o que levantava um véu imundo ao redor deles.

Os pés de Jezabel escorregaram próximos à margem, mas ela se equilibrou. O movimento rápido sacudiu a cabeça inerte de Temereh, sua irmã, e ela abriu os olhos. Jezabel viu seu próprio reflexo nos olhos vítreos. As pupilas de Temereh estavam enormes e negras, completamente dilatadas, os últimos músculos no corpo da menina que pareciam capazes de funcionar. Temereh era a irmã gêmea idêntica de Jezabel. Portanto, ambas teriam completado doze anos de idade no mês seguinte.

– O que você vê? – Jezabel sussurrou contra sua vontade. Ela precisava saber.

O feiticeiro que lhe vendera a droga paralisante que dera à irmã dissera que as vítimas geralmente viam a deusa Asherah antes de morrer. O homem velho falou isso como uma palavra de conforto, percebendo como Jezabel estava perturbada. Ele não sabia que a aflição dela não era pela irmã, nem por aquilo que deveria ser feito. De modo algum. Jezabel sentia-se aflita por si mesma, por aqueles anos em que ela esteve à mercê de Temereh.

A fumaça branca da fogueira, queimando logo abaixo, fez os olhos de Jezabel arderem, e eles lacrimejaram. Ela piscou com dureza para afastar as lágrimas; Temereh não deveria pensar que Jezabel chorava pela morte dela.

Um mau cheiro desconcertante surgiu com a fumaça, o odor penetrante de cabelo queimado e carne assada adocicada. O coração de Jezabel bateu mais rápido.

O rosto de Temereh escureceu de ódio, e os lábios tremeram. Ela emitiu um estranho barulho gorgolejante, tentando cuspir no rosto de Jezabel, mas a boca não funcionou. Jezabel assistiu fascinada à cena, depois olhou ao redor para ver se mais alguém havia percebido. Mas ninguém entorpecera seus sacrifícios, embora eles se ocupassem segurando crianças que se debatiam, arrastando-as para a margem. Ainda a magoava o fato de ninguém percebê-la, nem mesmo agora. Entretanto, cada família deveria sacrificar uma criança, a mais amada.

Nenhum adulto se moveu para interromper Jezabel ou salvar sua irmã, todos consumidos pelos próprios sofrimentos. Jezabel os odiou por isso. Ninguém salvaria Temereh ou mesmo as outras crianças sacrificadas. Ninguém impediria Jezabel. Ela queria que isto acontecesse, queria que Temereh morresse. A irmã merecia morrer por ser a criança amada. Mas Jezabel queria ser salva do fardo de matá-la.

Os olhos de Temereh inundaram-se com o antigo desprezo familiar. Se ela tivesse visto a deusa (e Jezabel duvidou de que ela veria), a mentirosa miserável esconderia isso de sua irmã.

Faíscas voaram de uma túnica queimada conforme outra criança era lançada na fogueira. Luminosas chamas alaranjadas e amarelas irromperam através da turva nuvem branca. O calor queimou a pele embaixo das unhas da mão de Jezabel.

Aquilo doía.

Jezabel soltou a irmã.

O rosto de Temereh não perdeu a máscara de ódio conforme ela caía. Ainda assim, não gritou. Aquilo foi um insulto para Jezabel, mas então ela se lembrou da droga. Temereh não poderia mesmo ter gritado. Jezabel suspirou desapontada.

A menina olhou ao redor enquanto adultos cambaleavam próximos a ela, os rostos vermelhos e inchados pelo calor e pelas lágrimas. Ninguém a parabenizou. Do templo acima deles, Jezabel ouviu o lamento ruidoso de seu pai. Ele sabia que Temereh morrera. Ele já vivia enlouquecido de dor após o assassinato da mãe das meninas. E, agora, perder sua filha mais amada, enfrentar a vida apenas com Jezabel ao seu lado? Ela era um reflexo pobre da criança que ele amava, como um espelho de bronze escurecido pelo fogo.

Jezabel sabia o quão amarga seria aquela noite para seu pai, uma exigência cruel de Baal e Asherah, o deus e a deusa a quem ele servia como o mais alto sacerdote do império fenício. O pai, apesar de poderoso, não era forte. Não o suficiente para realizar o sacrifício final exigido pelos deuses. Ela teria de ser forte pelo pai, mesmo que ele não a amasse. Algum dia talvez ele viesse a amá-la, se visse como ela poderia ser forte.

Anos de abuso nas mãos de Temereh haviam dado essa força a Jezabel. Ela deixara de amar a irmã havia muito tempo, e aprendera a difícil verdade de que não sentir nada a tornava capaz de qualquer coisa.

Na semana seguinte, Jezabel seguiu os sacerdotes enquanto eles arrumavam os ossos retirados da fogueira para enterrá-los. O sacrifício do amado era o mais ilustre que Baal e Asherah já haviam exigido, realizado apenas em tempos de perigos e incertezas. Os ossos, entretanto, não queimavam. Os ossos nunca queimavam. Eles podiam apenas ser enterrados. Ela sabia disso devido à eliminação das pilhas de lixo. Jezabel geralmente encontrava ossos nas cozinhas durante suas buscas tarde da noite, quando estava faminta e não se atrevia a incomodar alguém em função de suas necessidades. Ossos não eram como os outros tipos de lixo.

Se os ossos não fossem enterrados, os predadores apareciam. Seis anos atrás, quando Jezabel estava com cinco anos, ela vasculhava na praia onde um grupo de navegantes acendera uma fogueira antes de partir. Ninguém tomava conta de Jezabel; ninguém se importava com ela. A menina não recebia presentes, não como Temereh. No ventre, a irmã havia sugado tudo de bom de Jezabel e guardado para si. Portanto, a menina sabia que aquilo de benéfico que ela encontrasse neste mundo seria por acaso ou por sua inteligência. E os marinheiros haviam deixado carnes boas nos ossos. Jezabel julgou pela carcaça que fosse um leopardo, em função do crânio felino jogado próximo, na areia. Ela havia percorrido com a mão a sedosa cinza na margem da fogueira, selecionando um osso frágil com bastante carne e tendões, deixado perto do topo do cume. E acabara de se sentar para comer quando uma hiena de nariz arrebitado e uma orelha despedaçada apareceu andando pela praia. Os olhos brilhantes recaíram no osso que Jezabel segurava, e o animal começou a dar risadinhas, andando em direção à menina, os olhos esquadrinhando de um lado ao outro conforme ria suavemente. Jezabel soltou o osso e correu, mas a hiena pulou a última distância que as separava e mordeu a menina com força na panturrilha. A mordida demorou meses para cicatrizar, e Jezabel nunca esqueceu a lição: ossos tinham de ser enterrados profundamente, ou coisas ruins aconteceriam.

Agora Jezabel estava aliviada de ver os sacerdotes entrando em uma caverna, cavando fundo e usando muitos detritos misturados a várias pedras colocadas no topo. Ela sabia que, às vezes, eles jogavam ossos nas cavernas e não os enterravam, especialmente se crianças famintas estivessem assistindo. *Então esse enterro era bom*, ela pensou. *E esses ossos eram inúteis. Não restara carne.*

Ela desejava que suas pernas parassem de tremer. O rei estava morto, mas Jezabel dera a Baal e Asherah exatamente o que eles haviam exigido. Ela provara a si mesma ser digna.

1

Primavera, quatro anos depois
882 a.C.

Acabe

Um uivo solitário rompeu os ruídos abafados, os grunhidos e os barulhos enquanto vinte homens jantavam. O Príncipe Acabe levantou os olhos, olhando sobre a cabeça dos homens sentados do lado oposto da fogueira. Ao longe, o príncipe viu outros olhos, na luz do luar, olhando-o. Era apenas um cachorro selvagem.

Ainda assim, Acabe não conseguiu comer. Com um grunhido, colocou a tigela de metal entre as pernas. Obadias, o administrador do pai de Acabe, sentado à sua esquerda, olhou para a tigela, e, então, rapidamente, para longe. Obadias planejara apenas o suficiente de comida para colocá-los na Fenícia no dia seguinte, mas ele contara com o apetite de cada homem do grupo. Entretanto, nem Obadias nem Acabe comeram muito. Nenhum deles queria ter ido a essa viagem, e nenhum deles gostaria de expressar os sentimentos em palavras. Como ambos se conheciam desde jovens, Acabe sabia que Obadias temia a viagem tanto quanto ele. E então perguntou a si mesmo se era assim que se sentia um prisioneiro de guerra, forçado a marchar rumo a um aterrorizante e desconhecido destino. Acabe se questionava em que sua noiva pretendida estaria pensando naquela noite; será que ela se sentia do mesmo jeito?

Cansado de si mesmo e desse temor, Acabe pegou a tigela e caminhou para a escuridão. O cachorro levantou-se, os dentes arreganhados conforme os pelos se eriçavam ao longo das costas. Acabe baixou a tigela e se afastou assustado quando uma ninhada de cachorros surgiu da vegetação rasteira, apressando-se para a tigela à frente da mãe deles. Os olhos luminosos da cadela encontraram os de Acabe. Aqueles filhotinhos, tão magros, precisavam bastante daquela refeição. Acabe não sabia que a cadela tinha filhotes famintos para alimentar, o que o aterrorizou. Mesmo que ele fizesse algo bom, sua ação talvez causasse um impacto inesperado. Obedecer a seu pai era honrável, mas quem saberia o que poderia ocorrer depois?

Foi sobre isso que o velho profeta Elias o avisara.

Obadias se levantou e foi até Acabe. Ele também não tocara em seu jantar e, ao perceber os cachorros, retornou, trazendo sua comida segundos depois, possivelmente chocado de ver as fileiras de costelas no corpo dos filhotes. Obadias apenas conhecia as crueldades da vida por meio dos pergaminhos que lera e das histórias que ouvira. Embora ambos fossem da mesma idade, com dezessete verões, Acabe já matara mais homens do que Obadias jamais conhecera. As diferenças entre os amigos eram intensas.

Obadias era hebreu, um jovem musculoso, com brilhantes olhos verdes e encaracolados cabelos castanhos, diariamente penteados. Mantinha as túnicas limpas e o rosto lavado, embora houvesse infinitas manchas escuras nos dedos e nas unhas dele em função dos tinteiros que usava para manter seus registros. A fala era refinada, cada palavra bem escolhida, de modo que geralmente o confundiam com os filhos dos nobres, enquanto era o filho de uma prostituta.

Acabe, no entanto, não era tão refinado. Nunca o haviam confundido com o filho de um nobre, ainda que ele fosse um príncipe. Ele se parecia com o que, de fato, era: o filho de um lendário assassino, o Rei Omri. Sua mãe era egípcia, e seu pai, Omri, um soldado mercenário de descendência desconhecida, que havia participado de um golpe e ganhara a coroa de Israel. Apesar disso, nem Acabe nem Omri eram hebreus, e nenhum deles parecia pertencer à realeza. Acabe conhecera oito reis durante sua vida, na época em que seu pai fora contratado para lutar por eles, e sabia que príncipes tradicionais fixavam atenção e esforço nas aparências. Mas Acabe fora criado em tendas militares, acampamentos próximos de quaisquer campos de batalha onde seu pai estivesse em determinada temporada. O jovem tinha cabelos longos e grossos, como os militares, e mantinha-os bem amarrados. Os olhos escuros assustavam as pessoas devido à sua intensidade, assim como os de seu pai. Ele, entretanto, sabia que os olhos passavam uma impressão errada. Acabe não se parecia em nada com o pai; não era tão violento e insensível. E não gostava de ver homens morrerem.

Ele comentava muito pouco sobre o pai ou sobre qualquer outro homem mais velho. Quando falava, não se notava sotaque algum, e nem sequer o príncipe gesticulava, um antigo hábito do campo de batalha que o ajudou a evitar chamar atenção, contribuindo para a intensidade que os outros pensavam ver nele. Acabe era muito jovem para ir à guerra naquele primeiro ano em que seu pai o forçara e, assim, tentara se manter bem calmo conforme as flechas zuniam pelo ar fora da tenda. E esse hábito ainda permanecia.

Acabe e Obadias olharam os filhotes se alimentarem; depois, a mãe enfiou o focinho em cada tigela lambendo os lados até se tornarem limpos. Ela olhou os homens e então se esgueirou na noite com sua ninhada seguindo-a.

Obadias usou o pé para girar uma pedra no chão. Uma reluzente aranha saiu correndo, e ele recuou um passo. Acabe a esmagou com a sandália. Obadias voltou para a fogueira, e Acabe olhou para o escuro horizonte ao norte. No dia seguinte, ele estaria na Fenícia.

Em dois dias, conheceria sua noiva.

Obadias

Apesar de tudo o que ele havia lido, a estrada para a Fenícia era surpreendentemente mal conservada. Mesmo com todo o conhecimento lendário, a riqueza e o prestígio, os fenícios mantinham estradas horríveis. Obadias se preocupou com o fato de as histórias que ele lera sobre o império fenício talvez serem exageradas. Estradas tão pobres não poderiam levar a um dos mais ricos reinos da terra. A escolta tinha de mover pedras por toda a manhã para proteger os cascos dos animais. Mato verdejante e alto brotava em moitas bem no meio da estrada. A terra também estava infestada. Pernilongos voavam nos olhos de todos, inclusive nos dos jumentos e cavalos, e mosquitos causavam vermelhos vergões quentes nos braços e nas panturrilhas do grupo. Obadias não diria isso para qualquer um dos homens com quem viajava, mas dormir no palácio fenício lhe proporcionaria alívio. Mesmo que aquele palácio simbolizasse o suicídio espiritual de sua própria casa, Israel.

O jovem administrador suspirou conforme o jumento se arrastava em ritmo constante pela estrada. Ele entendeu o objetivo desse casamento, pelo menos quando escreveu sobre isso nos Anais do rei. Os fenícios queriam comercializar com os reinos do sul, incluindo Israel e até mesmo o Egito. Israel queria vender as colheitas e conseguir acesso à maior frota marítima do mundo. Os fenícios eram marinheiros lendários e vangloriavam-se dos portos cheios com as melhores mercadorias, mas não conseguiam cultivar a própria comida. A terra deles, conforme Obadias lera, era inadequada. Ele compreendia as palavras de um novo jeito naquele momento, enquanto acariciava a sua jumenta conforme ela tropeçava em outra pedra.

Embora exausto pela falta de comida e de sono, ele permanecera atento durante toda a manhã, até agora, logo após o meio-dia, para que nenhum dos criados mais jovens ou das mulheres se ferisse em função de um animal cambaleante. O grupo oficial de casamento era constituído de vinte homens, incluindo o rei, Omri, seu filho, Acabe, e oito de seus oficiais militares. Os outros dez homens eram anciãos que podiam conduzir encontros privados durante a visita e organizar a primeira série de negociações. Obadias, claro, não se incluía nos vinte. Ele não oferecia nem conselho nem ajuda. Como administrador, não era nada além de um escrivão oficial, e dificilmente se sentia como um homem nessa companhia de elite. Dividido entre esse grupo de homens havia um exército viajante, metade andando à frente, e metade, atrás. Ele rezou para que não precisassem dessa segurança, mas, quando a princesa retornasse com eles, seria uma precaução sábia.

Quatro mulheres, filhas dos anciãos, também viajavam; elas serviriam de criadas para a nova princesa. As moças a ajudariam a se adaptar mais rapidamente e poupariam Acabe de ter de explicar tudo sobre a nova casa. Uma das mulheres era Mirra. Apenas pensar naquele nome deixava o coração de Obadias tenso. Ele desejou que Acabe a vigiasse, de modo que ele não precisasse ver o rosto dela. Acabe, entretanto, cavalgava com seu pai próximo da frente do grupo, e nenhum deles jamais olhou para trás. Obadias levantou a mão e tocou a cicatriz em sua face. Amon, pai de Mirra, dera-lhe a marca anos atrás, quando Obadias levava mensagens para a corte. Ele trouxera uma mensagem para Amon, mas, quando viu Mirra pela primeira vez, perdeu a capacidade de falar. Já que não tinha habilidade de leitura ou de escrita, transmitia a mensagem pela fala. Ao vê-lo mudo, Amon lhe conferiu um tapa com as costas da mão, atingindo-o com seu grande anel de sinete.

Mirra se escondeu atrás das dobras da túnica de seu pai, com o rosto retorcido de tristeza. Ela acenou para Obadias apenas uma vez e ergueu a manga da própria túnica. Mirra estava coberta de vergões. Obadias passou a amar a sua cicatriz quase tanto quanto amava a menina. Ele recebera a fúria do pai da jovem e poupara-lhe outro vergão.

O grupo do casamento encontrava-se finalmente na última parte da longa marcha em direção aos portões de Sidon, a joia da Fenícia, tão próximo do mar que eles podiam sentir o forte cheiro de água salgada. O céu escureceu, embora ainda faltasse muito para o pôr do sol. Uma tempestade se formava. Um aroma forte e doce dominou o ar; as árvores que floresciam com troncos de colmo começaram a sacudir as folhagens ao vento. No caminho de manhã cobertos por pedras, ele agora via conchas quebradas forrando a estrada. Algumas das mulheres pararam e, claramente encantadas, pegaram-nas. Era um novo mundo para elas também. Mirra não desceu do jumento. Seu pai, governante de Samaria e o homem mais rico de Israel, já lhe dera todo o tesouro imaginável. Entretanto, ela parecia entediada. Obadias sabia que servir a outra mulher seria difícil para Mirra, a filha mimada de Amon, que ficava atrás apenas do Rei Omri e de seu filho, o Príncipe Acabe. O administrador jurou que Jezabel jamais bateria nela.

Ele esquadrinhou as margens do caminho, enquanto as mulheres viravam as conchas repetidamente nas mãos. Eles estavam cercados por colinas intransponíveis, o que Obadias lera que deveria mantê-los a salvo de ataques, mas, ainda assim, sentia-se apreensivo. Ele não sabia como reagir a tal situação, exceto procurar predadores à espreita atrás das árvores. Obadias olhou à frente. O último dos homens ainda estava visível, mas seria necessário apressar as mulheres.

Então se virou para chamá-las. Mirra desaparecera. O jumento que a levava havia se dirigido a uma moita de mato que cutucava com o focinho, talvez lhe experimentando o sabor.

O coração de Obadias chegou à garganta.

Ele viu o animal andando em direção a uma caverna a vinte metros do caminho, a boca negra escancarando-se num bocejo. Acenou para as mulheres montarem novamente e se unirem aos homens, na companhia de quem estariam mais seguras, pois eles sabiam lidar com uma espada. Então, pulou de seu jumento e foi atrás de Mirra, que desaparecera dentro da caverna.

Obadias hesitou à beira da escuridão do local, de cujas profundezas veio um som estranho. Dentro, ele viu Mirra olhando em todas as direções, tentando discernir a origem do som. Ela não parecia surpresa ao vê-lo entrando na caverna. Talvez os ricos nunca se surpreendessem ao ver os criados logo atrás deles. Mas, na verdade, ele não entrou no local por ser um criado. Silenciosamente, Obadias estendeu a mão para Mirra, desejando não tremer ao toque dela.

A moça olhou a mão dele, sem se mover, e os olhos de ambos se encontraram. Ele desviou o olhar, investigando a pequena poça de água que havia aos pés dela, iluminado pela luz que entrava pela parte superior da caverna. O único outro som era o ruído áspero de sua respiração. Obadias pensou que se assemelhava a um animal bruto na escuridão, e esperava não assustá-la.

– Eu não estou fugindo – Mirra disse. Obadias olhou novamente para a moça, que franziu a sobrancelha ao vê-lo parado com a mão estendida. Sentiu-se um tolo. Outros homens sabiam como dominar uma mulher. – Apenas queria um momento para mim – ela continuou –, acho que um momento de liberdade. Mas o que você sabe sobre liberdade? Você é um criado.

As feridas que as palavras lhe causaram foram sutis. O peito de Obadias queimou com o encanto de ela dirigir-lhe a palavra, com o fato de ver a boca de Mirra formar palavras dirigidas apenas a ele. Se ela apenas tivesse dito o nome dele! Mas Mirra não o sabia. Ela nunca prestara atenção nele quando viera para a corte. Obadias permanecera escondido como um bom e invisível criado, e ela mantivera os olhos abaixados quando seu pai a apresentou a Omri. Obadias duvidava de que ela se lembrasse daquele dia já passado tanto tempo do momento em que ele sofrera por ela.

Mirra não tinha ideia de como ele a achava bela, com os longos cabelos negros destrançados e soltos naquela noite. A mãe da jovem não estava lá para forçá-la a usá-lo preso. Em um momento, quando achou que ninguém a ouvia, ela reclamou para as outras jovens, dizendo que o cabelo tão longo era pesado e que as tranças apertadas lhe causavam dor de cabeça. Ele não desejou escutar, mas estar em um pequeno grupo de viagem significava ouvir um pouco mais do que jamais ouvira. As mulheres viviam sempre se queixando e eram completamente cegas em relação a seu próprio encanto, sobretudo Mirra, com aquela generosa boca rosa que ele sempre fantasiava ferir com beijos. Obadias sonhava encostar um dedo nos lábios da jovem, para saber se eram tão macios quanto ele imaginava.

Então ela se virou a fim de adentrar mais ainda na escuridão.

– Eu ouvi alguma coisa.

O ar que chicoteou na entrada da caverna se tornou frio, açoitando as panturrilhas de Obadias e erguendo a ponta de sua túnica. Uma grande sombra devia ter passado pelo sol naquele momento, porque a caverna se tornou escura, mais escura do que quando eles haviam entrado. A pele do jovem se arrepiou por alguma razão que ele não podia explicar.

– Nós temos de voltar, Mirra. Agora.

Ela virou a cabeça para ele, o rosto marcado por um sorriso maroto.

– Você sabe o meu nome. Pertence a meu pai?

Obadias olhou para o chão, constrangido.

Mirra balançou a cabeça e se afastou dele novamente, o pé repousando em algo que fez barulho e se deslocou sob seu peso. Ela se curvou para verificar o que era, e Obadias se apressou em sua direção, agarrando-lhe o braço, num instinto estranho. A jovem o olhou fixamente, afinal o toque de um criado significava um insulto.

Obadias abaixou o braço e a cabeça.

O chão da caverna estava coberto por simples pedras de calcário e galhos, além de milhares de pequenas partes ocas que estalavam e desintegravam-se em uma fina poeira sob os pés deles. Obadias testou o seu medo crescente andando mais um pouco.

Mirra se inclinou para pegar um pedaço de pedra e segurá-lo na luz. O medo fez o estômago de Obadias se apertar e congelar, e ele se inclinou também, a fim de pegar uma pequena pedra não maior do que a ponta do seu dedo. Ela se dividiu em duas entre o polegar e o indicador do jovem, com um pouco de tutano besuntando-lhe a ponta do dedo.

– Pássaros? – ela perguntou, olhando para cima à procura de sinais de morcegos, e cruzou os braços sobre si.

Os olhos dele se arregalaram mais conforme pegava outro pedaço que se quebrou ao meio e caiu. Então segurou um punhado na luz.

– Ah, não – lamentou-se. Obadias firmou um pequeno pedaço do tamanho de um grão de arroz. Ele tinha de se certificar. Mirra cerrou os olhos ao ver isso. – Saia! – ele ordenou, num tom de voz que o chocou, mas nem sequer olhou para a moça a fim de verificar o impacto causado.

Obadias lera a respeito disso antes, sobre a época em que a doença atingira terras distantes e o solo era muito duro para se cavar uma cova. Era com certeza a mesma coisa. Ele, inclusive, lera como os comerciantes astutos recolhiam os ossos depois, moendo-os e usando-os para criar a tinta mais negra. A melhor tinta, e a ironia não foi diferente com Obadias, cujos maiores tesouros eram seus pergaminhos, escritos por aqueles mortos há muito tempo. Escrever estava sempre tingido de morte. Ele lera tanto sobre morte, mas nunca a enfrentara.

Obadias apontou para a saída da caverna.

– Vá! Junte-se aos outros! Agora!

Com uma bufada de indignação, Mirra saiu, sem ver os esqueletos próximos aos seus pés.

Ele esperou até que ela tivesse saído para se permitir cair de joelhos. Cambaleou, ainda segurando a pequena oferenda. Era o osso de um recém-nascido. Relâmpagos explodiram no céu, e, na rápida iluminação, Obadias viu que estava em um mar de ossos de crianças, queimados e esmigalhados. Uma longa serpente marrom se arrastava por eles, os olhos verdes brilhando.

Ele não podia correr para a luz, não até que tempo suficiente tivesse passado. Obadias precisava evitar os rumores de que Mirra estivera sozinha com um criado. Em vez disso, permaneceu parado, a respiração como um trovão em seus ouvidos, a suspeita destruindo a fraca esperança que ele tivera com esse casamento. Os pergaminhos que lera, os escritos que Acabe rejeitara em sua urgência de obedecer ao pai, estavam certos. O deus de Jezabel comia crianças, centenas de uma só vez, recém-nascidas ou jovens, o sangue drenado ou queimadas vivas. Adorar a deusa significava morte. Gerações inteiras morreram devido à adoração à deusa. As pessoas a chamavam de Asherah, ou rainha do paraíso. Elias, o homem mais reverenciado em toda Judeia e Israel combinadas, chamara-a de serpente.

Jezabel

Jezabel passou em seu braço a ponta da flecha. Não sangrou, o que era bom. Tiro com arco era um trabalho delicado, que requeria a flecha correta e a mira perfeita. Ela praticara por três verões para ser capaz de atirar uma flecha. Aos quinze anos, era melhor do que qualquer homem da guarda de seu pai. Jezabel estava feliz por nunca mais precisar desses homens novamente.

Então andou pelo topo do palácio até chegar ao canto, onde tinha uma visão clara do chão abaixo, e onde não havia guarda algum. Os pequenos e ágeis pés se moveram lentamente, e ela suavizou os passos de modo a não provocar qualquer som. Colocando a flecha em seu encaixe, aguardou.

O pássaro a viu do céu e clamou conforme voava.

Jezabel fez a flecha voar também, e a ave caiu no chão, saltando e chilreando, uma asa arrastando-se pela poeira.

– Você o acertou? – Lilith, sua criada, perguntou, com as mãos no rosto. Embora destinada a servir a Jezabel, ela jamais seria forçada a assistir à cena.

Jezabel riu e correu pelo muro, escada abaixo, em direção ao pássaro, embalando-o gentilmente nas mãos.

– Shh – sussurrou para ele. E abriu o polegar apenas um pouco para olhar a cabeça do animal.

Lilith a seguiu, embora mais lenta e cuidadosa.

– É lindo – a criada comentou.

Jezabel deu de ombros e andou ao redor do muro do palácio em direção ao estábulo real, para a primeira entrada longe dos outros animais. O cômodo era um lugar privado, onde seu pai guardava os troféus de caça esfolados e limpos. No canto do empoeirado chão, havia uma grande caixa de madeira. Jezabel destravou uma pequena porta quadrada em cima e colocou o pássaro dentro.

Lilith engoliu ruidosamente, e Jezabel se virou, lançando-lhe um olhar devastador. Uma batida forte empurrou a caixa, e Lilith gritou. Jezabel riu da fraqueza de sua criada e levantou a tampa alguns centímetros para espiar dentro. Ela podia ver uma grossa espiral preta e a cabeça laranja. As penas coloridas se espalhavam nas bordas da boca escamada. A morte era fascinante. O chamado suave de um projétil quebrou o silêncio do cômodo. O guarda do rei sinalizava que o grupo de caça se reunia no pátio.

Jezabel largou a caixa, sabendo que não podia fazer mais nada até a próxima manhã. O pátio na frente do palácio era uma grande área circular que permitia aos visitantes descansar após subirem a íngreme colina. Não se distanciava dos estábulos, e o caminho que ela fizera era o melhor de todo o palácio. Ela poderia correr sem sapatos ali, se quisesse. Apesar de Jezabel jamais realmente ter se acostumado a usar sapatos e túnicas finas, ela nunca mais deixaria de usá-los. Ela herdara todos eles.

Segundos depois, Jezabel se curvava diante de seu pai, Etbaal, o rei da Fenícia, reunido com os anciãos e seus filhos inúteis. A aparência do pai ainda a surpreendia. Talvez ela continuasse a achar que ele ainda fosse o pai que um dia conhecera. O longo e áspero cabelo negro de Etbaal fora cortado na altura dos ombros quando se tornara rei. Ele engordara bastante nos últimos três anos, e a barba preta apresentava faixas brancas. Várias joias agora o adornavam, e não apenas o amuleto de Pazuzu, aquele demônio que cavalgava nos ventos. Etbaal também usava um colar de ouro do Egito e largos braceletes de marfim das nações submissas. Na mão direita do rei, um anel de rubi dos sumérios assemelhava-se a uma pesada flor.

Sua voz, entretanto, não mudara. Certa vez, ele tivera de falar pelos deuses, e o fizera bem alto, exigindo silêncio e atenção. Mas nos olhos havia um vazio, um olhar fixo como se ele estivesse procurando algo, ou alguém, ao longe. Os pensamentos estavam sempre em outro lugar. Assim como o coração. Os anciãos gostavam disso. Jezabel sabia que eles tinham o que queriam: um rei que pudessem manipular. Ainda assim, naquele dia, quando Etbaal olhava a filha, ele a encarava, o que nunca fizera. Parecia querer dizer-lhe algo, mas, na frente da corte, talvez não pudesse. Em vez disso, ele falou que a caça seria um bom meio de fazer as horas passarem. Jezabel queria ter perguntado mais; os anciãos, entretanto, estavam muito inquietos naquele dia.

Jezabel caminhou em direção ao conselheiro comercial sênior, o ancião Hetham, e ele deslizou a veste de couro desgastada e perfumada sobre os ombros dela. A roupa apresentava arranhões causados pela luta com os animais à beira da morte e estava larga, um fato que não passou despercebido ao filho de Hetham, que cutucou um amigo e sorriu. Jezabel desconfiou de que eles trocaram uma piada grosseira, e o filho de Hetham lambeu os lábios.

Embora com idade suficiente para sangrar com a lua, ela não estava mais alta aos quinze anos do que era havia dois, quando sangrara pela primeira vez. E suspeitava de que anos de negligência roubaram o comprimento de seus ossos. Jezabel alongou o pescoço, tentando parecer mais alta, e, embora não pudesse olhar os meninos nos olhos, esperava que eles vissem sua mão ir à faca presa no cinto.

Expirando, ela ergueu o rosto para sentir o vento e apontou ao grupo o caminho a sudeste para a floresta. Lilith olhou para o palácio seguro acima dela e, então, de volta para eles.

Jezabel suspirou e caminhou sem Lilith. Etbaal seguiu primeiro, seguido pelos homens. O filho de um ancião tocou um tambor feito de pele grossa esticada por uma cabeça de barro oca. Ele o tocou suavemente em batidas de três toques, grunhidos curtos que ecoavam dentro da floresta à frente deles, conforme a luz do dia diminuía e adentravam o mundo dos animais.

À medida que as horas passavam, Jezabel os conduziu mais profundamente na escuridão, a pele formigando com o prazer da lua acima dela e o caminho traiçoeiro e emaranhado sob seus pés. Outros filhos se mantinham próximos aos pais. Jezabel não era tão tola. Homens eram inúteis, fato que ela adorava provar nessas caçadas.

O vento carregava uma surpresa, uma pitada de suor e de animais de carga. Um grupo de viajantes se aproximava. O pai de Jezabel não mencionara que visitantes eram esperados, mas, quando ela olhou para os homens, eles não pareciam perceber o que ela notara. Os viajantes escondidos na floresta poderiam ser sentinelas de um inimigo no leste. Se Jezabel os encontrasse, se ela protegesse o reino, talvez então sua reivindicação ao trono estivesse segura. Ela já a merecera centenas de vezes, mas talvez isso não deixasse dúvidas nem sequer para os mais teimosos dentre eles.

Jezabel ouviu um rugido de leão conforme se separou do grupo na tentativa de investigar. Se eles fossem simples comerciantes com mercadorias, estariam em perigo com o animal, e agradeceriam a proteção. Muitos homens nem sequer sabiam que os caçavam. Os homens sob a lua, nos territórios dela, dormiam um sono pesado; a terra era enfeitiçada. E, se Jezabel quisesse, poderia matá-los, por qualquer razão, e a terra guardaria seus segredos.

A terra sempre guardara seus segredos, cada um deles.

Acabe

Os pelos no pescoço de Acabe se ergueram, e ele levantou a mão em direção aos homens que o seguiam, os quais pararam prontamente os cavalos. Pássaros cantavam sobre eles, e macacos fugiram dos galhos mais baixos para os mais elevados, alguns arremessando frutas nos homens. Acabe ouviu o rosnar de um leão, mas o animal se movia longe dos homens. Alguma coisa o caçava.

Acabe permaneceu muito quieto enquanto folhas sussurravam ao vento, encobrindo os sons do predador que ousava caçar um leão.

Então ele viu uma menina mover-se pelas árvores, o arco preso firmemente contra a corda feita de intestino de animal, a não mais do que trinta metros dele. Ela ergueu a cabeça para sentir o aroma do vento antes de soltar a flecha. Com um olhar na direção dele, os olhos de ambos se encontraram, e o coração de Acabe parou. Era mais do que a beleza; ele jamais vira uma menina segurar um arco e flecha como um homem. E tinha de saber se ela vencera o leão. Como o levaria para casa? O que faria com o animal?

Ele pulou de seu cavalo e correu atrás dela. A floresta não se assemelhava em nada ao seu lar árido, e Acabe tropeçou e caiu conforme as videiras se prendiam aos seus tornozelos e os galhos lhe batiam no rosto. Ofegante, inclinou-se contra uma árvore. Foi inútil, e ele sabia que não havia propósito em seguir a jovem. Assim, retornou aos seus homens, dilacerado e sangrando.

Naquela noite, ele dormiu próximo ao fogo, e o nevoeiro da floresta caiu sobre os homens conforme eles montavam acampamento, cobrindo-os de modo selvagem. A escuridão estava viva lá. Olhos piscavam por trás das árvores. Gargantas se abriam e cantavam. Passos surgiam pelas videiras e das madeiras mortas conforme as criaturas se aproximavam para cheirar as pessoas e os cavalos, que resfolegavam e circulavam.

Acabe sentiria falta dos sons noturnos. Na noite seguinte, ele estaria preso dentro de um palácio para dormir, incapaz de ouvir quaisquer barulhos exceto os dos criados. E estaria selado a uma princesa, uma jovem acostumada a comidas finas, diversões delicadas e criados aduladores. Ela veria a vida do mesmo modo que um animal de estimação, medindo a qualidade de sua vida pelos sutis prazeres. Se ela já tivesse recebido permissão para ficar sozinha sob a luz das estrelas, ou para correr, ou para coçar o joelho em uma pedra, seria um choque para Acabe. Ele observou conforme sombras se deslocavam para a beira do acampamento. Uma nuvem passou pela lua. Acabe balançou a cabeça, perguntando-se se seu reinado já estava prejudicado.

Uma espessa infusão foi distribuída entre o grupo, um elixir que eles chamavam de cura da sela, devido à sua poderosa magia, fazendo um cansado explorador de trilhas dormir em minutos e acalmando músculos doloridos. Na manhã seguinte, eles se sentiriam pior por bebê-la, mas nenhum homem na selva pensava no amanhã. Os animais que se moviam na vegetação rasteira próxima os lembravam de que talvez não houvesse necessidade.

Então Acabe se fixou o mais próximo da fogueira e deixou os outros homens ficarem com os cantos externos do acampamento para dormir. Ele sentiu algumas faíscas da terra muito próximas e as afastou. Acabe preferiria sofrer algumas chamuscadas pequenas a uma mordida maior. E era assim com essa expedição. Uma princesa seria concedida como um acordo entre reinos. As rotas comerciais se abririam, uma forte defesa criada contra os assírios brutais, tão inquietos ao longo da fronteira do país de Acabe. As crianças que a princesa tivesse daí para a frente seriam garantias políticas.

Acabe cuspiu no fogo, pensando nela, a esposa da obrigação. Ele suspirou e se virou, rindo de modo exausto pelo pensamento de que um reinado duradouro dependeria de sua procriação. Após segurar uma espada por tantos anos, seria assim que ele serviria à nação? Israel se originara por meio de irmãos que tiravam a vida uns dos outros. Que estranho isso levar a um casamento. E mais estranho ainda era o fato de o profeta hebreu Elias avisar que esse casamento era uma maldição. Por que Elias preferiria irmãos se matando a um casamento?

Israel já não vira derramamento de sangue suficiente? Obadias havia contado todas as histórias a ele. Havia muito tempo, Salomão, o rei mais sábio de Israel, a estrela mais brilhante, amado filho de Davi, morrera, deixando seu filho no poder. Roboão fora aquela terrível infusão comum de estupidez e violência que Acabe vira muitas vezes nos campos de batalha. Uma alquimia fatal. As tribos do norte arrancaram, declarando-se uma nação soberana, Israel. As tribos do sul tornaram-se Judá e apegaram-se ao conforto de que eles sozinhos controlavam o templo, o lugar daquele que eles chamavam Javé, o Senhor, o deus de todas as doze tribos. Se eles não possuíam a aliança de irmãos, ou mesmo um bom rei, pelo menos tinham isto: o deus deles.

Agora, para tornar Israel uma verdadeira nação independente, Acabe, o filho de um mercenário estrangeiro sem sequer uma gota de sangue hebreu nas veias, deveria se casar com uma princesa estrangeira. Juntos, eles governariam os israelitas. Como isso era estranho para ele. Mais estranho ainda Elias não se importar com sua linhagem de sangue assassina, mas sim com seu coração. Se o destino das pessoas não fora o suficiente para manter as tribos unidas, por que importava para Elias o fato de Acabe não ter deuses?

Já era tarde da noite, e ele sonhava com guerra e tristeza, quando as faíscas lhe chamuscaram os braços. A primeira foi tão fraca que a mente de Acabe apenas a percebeu e ele voltou a dormir. O calor da fogueira, ainda que afastasse os insetos noturnos, elevou-se demais para que ele dormisse de roupas, então ele as empacotou, utilizando-as como travesseiro, deixando o cinto próximo a elas. Dentro havia uma sacola com brincos e uma pulseira para a sua esposa pretendida. Isso não fora nada além de um incômodo na viagem, lembrando-lhe de que retornaria com um peso muito maior para arrastar pela sua vida.

Acabe dormiu nu, feliz com pelo menos essa pequena liberdade, cobrindo apenas as virilhas e as coxas com a manta. Faíscas lançavam-se e cutucavam a pele exposta pela firme parte dos braços e do peito do jovem. Finalmente ele se sentou a contragosto, conformado por se afastar da fogueira.

O fogo virara apenas brasas. Não havia faíscas.

Então Acabe ouviu uma risada branda brotando da garganta de alguém, e buscou sua espada. Uma mão disparou da escuridão e segurou a dele. A criatura, engatinhando, aproximou-se e sorriu. Acabe congelou. Era a menina da floresta, em cujos olhos se refletiam as cinzas. Os lábios eram escuros e nitidamente delineados, embora carnudos no meio. O luar fazia sua pálida pele oliva brilhar como mármore polido, e os cabelos estavam soltos sobre os ombros, roçando os braços dele. Macios como o toque suave de seda. Largando a mão do rapaz, ela abaixou a flecha que usara para despertá-lo e rastejou para mais perto, de modo que os joelhos ficassem contra os quadris de Acabe.

Os longos dedos se moveram pela face dele, e ela fechou os olhos quando o jovem lhe tocou a boca. Em seguida, respirou profundamente e então o olhou. Puxando uma faca de seu lado, ela a segurou no rosto dele. Acabe não pestanejou. Nenhum homem em um acampamento fazia qualquer som além de roncar e se mover. Sorrindo, a menina utilizou a faca para erguer a sacola de joias do cinto que estava ao lado dele, e então a soltou. Acabe a deixou pegar a sacola porque ele também queria algo.

Levantando-se um pouco, ele a segurou pelos ombros e aproximou sua boca da dela. Beijou-a e não a soltou, mesmo quando ela resistiu. Mesmo enquanto sentia as unhas dela se cravarem nas costas dele.

Acabe ouviu Obadias começar a se mexer, a nem três passos de distância. A jovem sentiu sua breve desatenção e saiu de seu alcance. De pé, frente a ele, ela cuspiu no rapaz e correu para a noite com a sacola.

Ele se lembrou de um sonho que tivera uma vez, quando ainda garoto, em que caía de um lugar muito seguro em um poço profundo e gelado, onde ninguém podia ouvi-lo. Acabe se lembrou de como cada pedra que passava, conforme ele caía na escuridão, marcava a queda. Quando acordou na manhã seguinte, mesmo percebendo que havia apenas caído da cama enquanto dormia, chorou. Depois secou as lágrimas com vitalidade, desejando que os seus criados não tivessem nada para contar a Omri no café da manhã. Então se deitou, olhando as estrelas, perguntando-se por que ele sempre tivera medo de quedas. Ele acabara de atingi-la, aquela escuridão que sempre temera. Era apenas desejo; como qualquer um poderia temer aquilo?

2

Na manhã seguinte, Acabe olhou para cima, em direção ao palácio branco reluzente. Ele se localizava muito alto, no topo de uma colina, com vista para águas turquesa, protegido por verdes árvores de abeto e brancas rochas do mar. Conchas de toda variedade forravam o percurso que levava até a grandiosa entrada. Omri o esperava no portão que se localizava na entrada do caminho. Ele galopara com seus conselheiros militares no dia anterior, ansioso por conhecer o rei fenício e sua corte. Acabe se perguntou se Omri não estava um pouco constrangido por seu filho e queria ter certeza de que os fenícios tiveram a impressão certa sobre Omri primeiro. Afinal de contas, Acabe sabia que ele não era o filho mais forte, mas apenas o único que não fora morto.

– Deixe suas montarias aqui – Omri ordenou. – Vocês continuarão a pé.

Quando Acabe e seus homens pisaram no caminho, os pés do grupo produziram aquele curioso novo som, triturando as conchas que formavam o trajeto. O palácio era feito de pedras marfim e brancas, com dois enormes ossos descorados usados como puxadores de porta.

– Um palácio feito de morte – Obadias murmurou.

Acabe suspeitou que a altitude e a umidade o desgastavam, assim como a própria aventura. Então apontou as águas serenas do Mediterrâneo, à esquerda deles, muito abaixo do caminho. Um menestrel podia ser ouvido tocando os instrumentos de corda próximo a uma janela acima. Obadias abriu a boca como se fosse dizer algo, mas assentiu e andou. Aquilo que o incomodava iria esperar.

Um criado na porta do palácio viu a aproximação deles e levou uma enorme concha listrada à boca. O chamado ecoou ao redor do grupo conforme o homem retornava correndo para dentro. Dois criados fenícios saltaram das portas, fazendo alguns dos homens de Omri pegarem as espadas com rapidez, e Acabe riu. Os criados fenícios apenas seguraram os puxadores de presas de dentes e mantiveram as portas do palácio abertas. Era fácil identificar o Rei Etbaal conforme ele andava em direção à porta, usando uma túnica listrada e um grosso colar de ouro. Na cabeça, uma coroa simples, uma faixa de ouro que estava enfiada em um monte de cabelos grisalhos. Ele fitou Acabe com uma expressão imparcial. Acabe não imaginava os sentimentos de um pai que decidira negociar uma filha, mas não se pareciam nem um pouco com os dele.

Omri baixou a cabeça, já conhecido do rei; Acabe, entretanto, se ajoelhou frente ao Rei Etbaal, que o fez levantar-se e estendeu-lhe a mão. Era um símbolo de amizade, embora os olhos do rei estivessem mortos. Acabe o cumprimentou, tentando não tremer com o hálito amargo do rei, que o soltou e cambaleou, procurando um guarda do palácio. A boca do rei se encheu de sangue, que lhe pingava dos dentes. Acabe engasgou e olhou para seu pai.

Tanto Etbaal como Omri viram sua expressão, mas apenas Omri riu. O guarda ofereceu uma taça a Etbaal, na qual o rei cuspiu uma pasta vermelha de palha. Então, o homem retirou sementes do bolso da túnica e as ofereceu a Acabe. O príncipe viu que as juntas do rei eram grossas e os dedos se dobraram, como árvores atingidas numa tempestade quando ainda viçosas e verdes.

– Sementes de bétel – ele explicou. – Mastigá-las alivia a constante dor em minhas mãos e nos joelhos. – E deu de ombros. – Entre e deixe-me mostrar-lhe o castelo.

Etbaal conduziu os homens por um passeio no palácio mais magnífico que Acabe já vira. Omri sacudiu os ombros quando Acabe viu seu olhar, atordoado com a riqueza exibida por todos os lados: as delicadas incrustações florais de marfim; as cintilantes estátuas de bronze de animais, leões e bois que forravam o salão em todas as direções; o mosaico de ondas azuis e brancas sob seus pés. As rotas comerciais que Omri controlava eram realmente valiosas para ser dignas de uma aliança com esse rei. Não houve conversa sobre a filha de Etbaal.

Acabe queria perguntar sobre a jovem, quando a conheceria, mas a presença de seu pai o dissuadiu de fazer qualquer pergunta. Omri não demonstrava muito interesse pelas perguntas sobre uma princesa de dezessete anos, alguém que iria herdar o trono. Omri tinha matado por ele.

– Seus aposentos – Etbaal disse, e Acabe percebeu que se perdera em pensamentos cruéis, ignorando seu anfitrião e o passeio.

– É um palácio lindo – ele comentou. – Sinto-me honrado em ser seu convidado.

Etbaal recebeu os elogios com um aceno e ordenou a vários criados que servissem ao príncipe.

– O jantar é daqui a seis horas. Creio que haverá tempo bastante para vocês se banharem e se revigorarem. – Ele acenou novamente, inexpressivo, e se virou.

Vários reis tinham dúzias de filhas e nunca sabiam o nome de todas. Talvez Etbaal nem sequer se lembrasse de qual ele prometera. Acabe pensou que isso podia ser verdade, mas o que o incomodava era a falta de vida nos olhos do rei. Ele parecia doente. Mas como poderia estar, já que governava tantas cidades e possuía tanta riqueza?

O aviso de Elias se agitava na mente de Acabe, como acontecera várias vezes nas últimas semanas, mas as palavras não lhe soavam úteis agora, pois fora muito longe para voltar.

Acabe recusou todas as ofertas para ajudá-lo a se preparar para o jantar, passando a maior parte da tarde sentado na cama, com a cabeça nas mãos, sentindo o medo lavá-lo continuamente. Ele não tinha ideia de como agradar a uma mulher, muito menos a uma princesa. Comprara poucas mulheres após batalhas e mantinha algumas como amantes, mas a função delas era satisfazê-lo. Omri estava provavelmente saboreando a ideia de seu filho desapontando uma princesa, o teste final para provar novamente que Acabe, em vez de seu irmão, deveria ter morrido há tantos anos.

Acabe não escolhera sobreviver. A espada atingira o seu irmão primeiro, apenas isso. E o jovem sabia que isso voltaria contra ele algum dia. Mas e essa obrigação de se casar com a realeza e ser pai de uma criança nobre? Acabe conseguiria finalmente provar a seu pai, e ao mundo, que era um homem de verdade?

Mais tarde, naquela noite, Acabe seria apresentado a sua noiva nobre. Ele obedeceria aos desejos de seu pai real e perderia o próprio respeito. Assim, acabaria se tornando um tipo de rei bem diferente. Acabe sabia o bastante sobre aqueles homens para desprezá-los. Reis haviam contratado o seu pai para matar por eles. Seu pai dissera que eles não eram homens o bastante para fazer isso por conta própria. Reis não eram melhores que eunucos, ele afirmara, pois não tinham aquilo que era próprio dos homens de verdade. Omri havia decidido tornar Israel uma nação militar, mostrar aos reis o que um homem de verdade fazia quando usava uma coroa. E um homem de verdade não precisava de um filho para trazer respeito ao seu nome. Acabe precisaria, e Omri nunca tivera um.

Acabe escolhera ser leal ao seu pai, mesmo que isso lhe custasse respeito. A ironia consistia em, de acordo com Elias, sua lealdade ter provocado o deus de Israel, o mesmo deus que ordenara que um filho deve honrar seu pai. Ninguém se importava com o fato de esse deus ser cheio de contradições?

Um criado veio acompanhar Acabe até o jantar, e ele se surpreendeu ao ver Obadias parado ao lado de fora da porta, um fraco brilho de suor visível na testa. O amigo parecia nervoso, como se tivesse algo importante para lhe dizer, então Acabe levantou a mão para o criado e acenou para Obadias falar.

O administrador balbuciou algumas sílabas retorcendo os lábios, como se procurasse as palavras certas, gesto que não foi muito diferente dele, que vivia para palavras. Vivia por elas e com elas. Acabe transferiu seu peso de um pé para o outro.

– Os fenícios inventaram o alfabeto – Obadias finalmente disse. Acabe o olhou. Isso não poderia ser o que ele realmente queria dizer. – Eu precisava que você soubesse que – Obadias acrescentou, apressando-se agora – valorizo essa contribuição. E não difamaria a cultura deles. – Então ele parou, talvez exausto de seus pensamentos ou de sua coragem.

Acabe andou, parando apenas para afagar Obadias nos ombros. Qualquer que fosse o seu problema, não podia ser comparado ao que Acabe agora enfrentava. Obadias, derrotado, afundou-se contra a parede, mas Acabe sabia que ele iria se recuperar em um momento. Afinal de contas, esse era um jantar real em um palácio estrangeiro. Algumas coisas deveriam ser vividas, e não lidas. Como administrador do palácio de Israel, o mais alto criado no comando, Obadias vira todos os eventos reais, mas nunca comparecera a um.

Acabe foi guiado por quatro colunas de bronze até a entrada de um templo. Dentro, a luz da tocha refletia-se por paredes de pedra branca, incrustadas com conchas opala e polidas. O cômodo brilhava, vivo com beleza. Três fileiras de mesas de cedro polido com bordas de marfim de videiras e flores foram distribuídas de uma ponta à outra. Na cabeceira das fileiras havia uma mesa maciça onde Omri e Etbaal se sentavam, olhando os convidados. Acabe viu seus homens já acomodados às mesas e provavelmente meio bêbados.

Atrás do pai do jovem e de Etbaal, bem ao final do templo, havia um tablado elevado, onde se posicionava um altar para sacrifícios feito de ouro, com presas de dentes nos quatro cantos, as bordas afiadas curvando-se sobre o centro. Acabe não sabia o que os fenícios sacrificavam para os seus deuses. Alguns gostavam de grãos; outros preferiam moedas. A julgar pelo templo, esses deuses queriam apenas o melhor.

Ao lado do altar havia uma tigela apoiada sobre um suporte; na frente deste, duas argolas para se colocarem tochas. Ele achou que, se esses deuses gostavam de incenso, essa era a tigela para queimá-los. Acabe sentou-se perto de Omri, e, conforme se acomodava, os músicos começaram.

Homens carregavam tambores feitos de peles tingidas e esticadas, batendo nos instrumentos com a mão, à medida que iniciavam um fraco cântico, de duas notas, altas e baixas. Eles se alinharam nas duas paredes do templo. Dançarinas fluíam por entre os pilares de bronze, tecendo caminho pelos homens, com véus finos envolvendo-lhes os corpos, vagando atrás delas no ar. Acabe achou as dançarinas bonitas, o que lhe deu esperança. Talvez sua noiva se parecesse com elas, em vez de com o javali selvagem de presas marrons, que ele continuava imaginando. Então empurrou sua caneca de cerveja para longe, o estômago embrulhando, e decidiu que precisava de toda coragem que pudesse encontrar para suportar o jantar, ainda que essa coragem lhe desse uma intensa dor de cabeça pela manhã.

Uma sequência crescente de estrondo dos batedores de tambor avisava a chegada do sacerdote de Baal, o deus da tempestade, marido da deusa Asherah. Obadias se moveu visivelmente em seu lugar, tentando comunicar a Acabe, por meio dos olhos, o pânico que sentia. Acabe, por sua vez, franziu as sobrancelhas para o amigo, a fim de que permanecesse quieto, de modo a não ofender os convidados. O sacerdote era um homem de cabelos brancos enrolado em linho roxo, com uma faixa de argolas de ouro ao redor da cintura robusta. Ele usava a coroa de sacerdote, uma simples faixa de ouro em torno da qual se teciam serpentes.

O sacerdote acendeu o incenso na tigela no tablado. Uma densa fumaça cinza se ergueu, e Acabe sentiu um estranho aroma de bálsamo pungente, como uma flor queimando.

– Meu nome é Sargon, representante de Baal, criado de Asherah. Rezem e implorem por favores do paraíso! – o sacerdote ordenou.

Criados ao redor do salão se ajoelharam e entoavam o pedido. Os homens de Acabe olhavam-se mutuamente e também para ele. Alguns ergueram as sobrancelhas. Obadias parecia prestes a vomitar. Talvez tivesse sido um erro trazer o administrador nessa viagem.

– Imploramos ao deus e à deusa a união entre os reinos! Pedimos exuberante abundância e grande riqueza! E paz dos nossos inimigos! – Sargon levantou as mãos e entoou um cântico em uma língua que Acabe não conhecia.

– Apenas um sacerdote pediria essas coisas juntas – Omri sussurrou. – Um guerreiro sabe que o rico sempre é atacado. Não importa a quem ele adore.

O templo se tornou absurdamente silencioso. Acabe ouviu grilos cantando do lado de fora e cachorros uivando nas florestas além das frágeis muralhas do templo. Olhando ao redor dos cantos do salão, ele notou sinos feitos de ossos amarrados que dançavam conforme uma suave brisa soprada da praia passava por eles. Sargon levantou as mãos acima da cabeça, e os fenícios no salão abaixaram a cabeça em oração.

Obadias se levantou para sair. Acabe apontou para a cadeira. Era uma ordem. Então, o príncipe abaixou a cabeça para não ofender Etbaal, que pegava uvas de uma tigela, parecendo entediado. Acabe se perguntou se nesse momento Jezabel seria oferecida a ele.

Com os olhos fechados de alívio por um instante, ele não podia negar o barulho horrível de seu coração, sentindo tanto medo de conhecer sua noiva como jamais sentira no campo de batalha. *Eu prefiro morrer*, pensou repentinamente, *a arrumar uma esposa*. Desejava ter bebido mais cerveja, muito mais, assim como pensava que deveria ter começado a beber bem mais cedo. Seu corpo parecia muito pequeno, a pele muito fina para conter todo o barulho e a agonia dentro dele.

Acabe sentiu os pelos do braço se eriçarem conforme um chiado pesado deslizava pelo chão e uma pele macia roçou sua perna.

– Eis o poderoso, derrubado pela mão de Jezabel – Sargon gritou. – A força dele é nossa hoje.

Acabe abriu os olhos, incapaz de respirar diante da menção do nome dela. Mas, como não conseguia vê-la no salão, cerrou os dentes, suspeitando que houvesse um motivo para o atraso. Talvez eles também quisessem que Acabe estivesse bêbado, para que pudessem apresentar-lhe a mulher repulsiva. O jovem ouvira que ela era dois anos mais nova que ele, o que a faria ter quinze anos; portanto, ele deveria pensar nela como uma menina repulsiva, e não uma mulher.

Criados arrastaram um leão morto para dentro do templo, passando pelo rei em direção ao tablado, o que deixou um rastro de sangue atrás deles. Em seguida, ergueram o animal no altar. Sargon levantou sua faca como um oferecimento à estátua de Asherah antes de cortar a garganta do leão, o sangue escorrendo vermelho contra o ouro. Criados utilizaram tigelas para recolher o líquido e começaram a circular as taças aos homens nas mesas. Esperava-se que todos bebessem o sangue. Acabe se recusou a olhar para Obadias, com receio de que ele lhe implorasse permissão para sair. Obadias jamais beberia sangue. Outra estranha ordem do deus hebreu, que acreditava em derramar sangue, mas não em bebê-lo, preferindo que a força dos inimigos fosse desperdiçada na terra.

Os tambores aumentaram o volume conforme Sargon soprava um pó fino em cada tocha. Elas explodiram em faíscas azuis e roxas pelo tablado, arqueando sobre a mesa real. Sargon agitou a fumaça da tigela de incenso em Acabe, o forte aroma marcando para sempre o momento na memória do jovem. Ele estava envolto em almíscar animal e no cheiro de sangue no ar quando teve o primeiro vislumbre dela.

– Eis a Princesa Jezabel – Sargon disse.

Ela se ergueu de detrás do altar. Acabe sempre tinha consciência do ambiente ali, e, mesmo assim, ele não a vira entrar, e isso o deixava tão nervoso quanto o reconhecimento que seguiria. Ela era a menina da floresta, aquela que roubara sua sacola e de quem ele roubara um beijo.

Acabe identificou suas joias roubadas nos braços da jovem e pendendo-lhe das orelhas, mas ela estava coberta de muitas outras joias; cordas e fios se enrolavam em seu corpo, do pescoço à cintura. Pesadas correntes de ouro envolviam-lhe os braços, com pendentes cordas de rubis indo desde o pulso até o chão. Quando ela ergueu os braços para abençoar a multidão, os rubis formaram asas vermelhas que varreram o chão. Jezabel não usava roupas; contra a luz das tochas, ela parecia um brilhante e selvagem pássaro vermelho. Os grossos cachos negros do cabelo caíam-lhe pelas costas. Os olhos delineavam-se de preto, com cada linha se estendendo do canto do olho até o cabelo que lhe emoldurava o rosto. Os lábios estavam pintados de vermelho, o sangue do leão marrom secando vagarosamente nas bordas onde os lábios se encontravam.

Então Etbaal se levantou e gesticulou em direção a ela.

– Eu ofereço minha filha, Jezabel, em casamento com a família de Omri, com seu filho, Príncipe Acabe de Israel.

Acabe se levantou, os braços estendidos para aceitá-la. Jezabel congelou, os olhos no pai, que se virou e tropeçou no templo. Quando olhou novamente para Acabe, o violento lampejo de ódio nos olhos dela era inconfundível. Ele mal ouviu os murmúrios dos outros convidados, sobretudo os que vinham dos homens fenícios. Ela avaliou o salão com uma fúria gelada, as costas visivelmente enrijecidas.

Com alguma decisão interior, o anjo vermelho desceu do tablado, caminhando em direção a Acabe, a boca numa dura linha fina. Quando o alcançou, beijou-o na boca, simbolizando que aceitava a união. Então puxou um pouco do lábio de Acabe e mordeu-o. O rapaz se afastou assustado, enquanto o salão irrompeu em comemoração. Apenas Acabe sentiu o verdadeiro significado daquele beijo: uma dura promessa de dor. Jezabel não desejava essa união mais do que ele.

Acabe olhou para ver se o pai percebera o desprezo imediato da princesa. Mas Omri apenas se sentou, despreocupado. O rei já havia dito repetidas vezes que ele esquecera o toque de uma mulher e jamais desejara se lembrar. E agia como se odiasse mulheres, embora Acabe soubesse a verdade: Omri amara somente uma vez, e isso destruíra tudo de humano e íntegro que havia nele.

– Ensinem os deuses a amar! – Sargon ordenou aos convidados.

Pelo canto dos olhos, Acabe viu Obadias escapar do salão. Então manteve toda sua atenção na noiva, mesmo vendo dançarinas tirarem as roupas e os homens que o acompanharam fazendo coisas com elas das quais se vangloriavam. Sargon incitou-os a fazer amor com as mulheres e celebrar a liberdade e os prazeres de Baal e Asherah.

Acabe alcançou Jezabel, incerto de como agir, se deveria remover a túnica de joias da menina na frente de todos, para guiar essa estranha cerimônia. Ela se movimentou com a velocidade cega de uma espada, agarrando a mão dele e mordendo-a. Dessa vez, o sangue escorreu, manchando o rosto de Jezabel conforme Acabe afastava a mão. A jovem princesa permaneceu parada, desafiadora, os olhos em chamas.

Ela achara que ele a machucaria? Acabe ergueu um dedo como se pedisse paz, e então, lentamente, o moveu até a face dela, que não recuou nem se afastou. O príncipe usou o dedo para secar a bochecha de Jezabel. O toque, ponderado e suave, semelhante ao modo como ele trataria uma criança assustada e ferida no campo de batalha, uma que falasse uma língua que ele não entendia.

A jovem olhou-o, sem se mover, mas um lampejo de desejo passou pelos olhos dela. Ele conhecia o desejo, mas estava surpreso por ela conhecê-lo também. O que ela desejava? Não o queria, o que podia ver nos olhos dela também. De algum modo, ele a irritava. E Jezabel não tinha escolha senão aceitá-lo; ela era uma menina, e nobre. Poderia essa ser a razão do ódio que sentia dele?

Não havia dúvida – pela expressão dela – de que fora forçada a se tornar esposa dele, e não o queria. Jezabel não se importava com o que ele poderia lhe dar como o príncipe de Israel. Ela precisava de algo completamente diferente, ainda que permanecesse um mistério. A menina mostrou a ele o desejo dela quando a tocou gentilmente. Talvez ninguém tivesse ousado tocá-la antes. Mas ela era perversa. Que homem desejaria tocá-la? Um homem poderia salvar uma mulher de um inimigo, menos de si mesma.

Uma lembrança obscura sacudiu o coração de Acabe. Ele falhara em salvar seu irmão. Entretanto, a situação não era o campo de batalha, e não havia inimigos reais ali, apenas uma esposa assustada e raivosa e um marido relutante.

Acabe jamais lutara por si mesmo; sempre lutara pelos outros, e em nome dos outros, mas, quando ele a olhava, sabia que essa luta era dele. E iria provar que os avisos de Elias estavam errados, e que o desprezo do pai era um erro, e iria agradar a essa menina.

Jezabel

Seis anos antes
888 a.C.

Em geral, não se permitia no templo, durante os sacrifícios, crianças com nove anos. Mas Jezabel não era como a maioria delas, especialmente se comparada com aquelas que possuíam pais carinhosos e um lugar aconchegante para dormir. Parecia a Jezabel que o pai dela, o mais alto sacerdote na região, estava envergonhado da filha. Sua gêmea idêntica, Temereh, dormia com o pai e a mãe nos aposentos do templo, enquanto Jezabel tinha de implorar por uma cama entre os criados. Alguns se importavam com sua história de angústia; outros não. Mas eles determinavam onde ela dormia, e às vezes a menina nem sequer dormia, vagando pelas ruas da cidade à noite, espreitando nas janelas, vasculhando no lixo. Certa vez, Jezabel encontrou uma estátua quebrada da deusa, com o pé arrancado, embrulhou-a em uma faixa e carregou-a como consolo. A menina disse a si mesma que a deusa significava consolo, e ela queria acreditar nisso. Baal e Asherah eram adorados, deus e deusa, como marido e mulher, mas esperava-se que as meninas adorassem mais a deusa, porque ela simbolizava o sacrifício feminino e todas as mulheres e tudo o que elas desejavam ser.

Asherah era a promessa de que alguém amaria Jezabel, talvez até mesmo a afagaria na cabeça ou na bochecha, e veria algo notável nela. Todas as mulheres eram honradas em nome de Asherah, e a menina sabia que sua hora chegaria.

Sua irmã, Temereh, não precisou esperar. No seu nascimento, um sacrifício a Baal queimava no altar quando o sacerdote viu a criança de cabelos pretos surgir. Temereh nasceu com o rosto para baixo e os braços cruzados. As notícias se espalharam pelo império, pois esse nascimento era um sinal poderoso dos céus. Temereh seria capaz de falar com os deuses e as deusas, que a ouviriam e responderiam a ela. Também teria visões do futuro, dos inimigos e do que eles planejavam. Os fenícios se tornariam ainda mais poderosos. Por quase dez anos, Jezabel sofrera em função do dom de sua irmã, e não havia nada que pudesse fazer para mudar isso.

Jezabel nascera depois, e, assim que apareceu, foi destinada a ser nada além da segunda. Temereh adorava contar essa história. Jezabel quase fora jogada no fogo, pois sua mãe estava exausta, e Temereh já se aninhava nos braços do pai. Jezabel fora passada para uma criada assustada com seu primeiro choro. Além disso, o sacrifício era para uma criança, não duas. Assim, Jezabel nasceu sem amor tanto dos homens quanto dos deuses.

Jezabel não chorou mais. E naquela noite os sons de prazer e alegria dos adoradores dentro do templo apunhalavam seu coração. A menina implorou à deusa Asherah que não fosse indiferente, não dessa vez. Quantas vezes Asherah a ignorara? O que Jezabel podia fazer para se tornar especial, para ser notada? Ela desejava ser querida mais que tudo no mundo, mas, quanto mais tentava ganhar afeto, mais desagradável as pessoas a achavam. Ela tinha nove anos, e o pensamento de décadas de vida alongando-se à frente estrangularam-na com frustração.

Os sons de dança e vinho haviam parado. As sementes de arruda provavelmente tinham sido ingeridas, e as visões começaram. Ela ouviu os adoradores se moverem para o ponto mais alto da colina, fora do templo. Eles traziam crianças para morrer nas mãos do sacerdote. Talvez seu pai segurasse a lâmina essa noite; talvez não. Ela não o via fazia dias.

Jezabel andou pelo templo silencioso alcançando a lamparina das chamas eternas, um quarto inferior ao lado do templo, cheio de estátuas de barro de crianças mortas ou violadas. O local tinha um cheiro de ambiente fechado e mofado de argila e incenso velho. O chão era de piso frio, e Jezabel enrolou mais sua túnica no corpo. Esse era o cômodo mais triste do templo para alguns, mas para ela parecia o único lar que já fora verdadeiramente capaz de reivindicar.

Quando uma criança na Fenícia nascia bastante enferma, ou com uma doença incurável, os pais faziam uma réplica de barro dela e a colocavam em frente ao deus e à deusa, para que os céus se importassem. Se Baal ou Asherah se tornassem entediados ou indiferentes, eles poderiam optar por descer do trono e curar, e uma réplica de barro talvez chamasse a atenção de ambos e recebesse a bênção.

Às vezes, quando ninguém estava olhando, Jezabel ia até o templo e se sentava entre as crianças de barro. Apenas para o caso de algum deus aparecer. Ela tinha tantas perguntas, tantas feridas. Não poderia haver uma cura para isso também?

Colocavam estátuas lá mês após mês. Ninguém jamais retornou para retirar uma, e centenas amontoavam-se sobre as outras, com as mais pesadas esmagando as mais leves. Jezabel refletiu sobre as crianças de barro naquela noite, com os olhos e a boca vazios. Por que não havia resposta nem para ela nem para as crianças? Então se sentou, encostada na parede, e pegou uma das estátuas, embalando-a nos braços.

Um barulho a assustou.

Uma mãe chegava trazendo sua oferenda ao local, mas Jezabel viu que essa criança era real, não de barro, e contorcia-se e choramingava dentro das cobertas. A mãe não percebeu Jezabel no lugar.

– O que você está fazendo, mãe? – Jezabel perguntou, colocando a estátua de barro de lado e levantando-se. A mulher sobressaltou-se, e os olhos rapidamente viram Jezabel sentada entre as crianças em ruínas, mas ela não respondeu. Simplesmente sufocou um soluço e colocou a criança perto de todas as outras de barro. Jezabel se aproximou, movendo a coberta para ver o pequeno rosto. A criança tinha talvez um ano de idade, embora fosse difícil dizer em função da face emaciada. Os olhos estavam afundados no rosto, e a pele possuía uma cor amarelada, mesmo na luz opaca da sala.

– Ela não consegue comer – a mãe explicou. – Eu tento, mas ela não consegue engolir. Ninguém foi capaz de curá-la, e eu a levei a todos os curandeiros da região. Vendi tudo que tinha. Ela não consegue comer – a moça soou completamente derrotada.

– O pai? – Jezabel perguntou.

A mãe balançou a cabeça. *Ela provavelmente concebeu durante um ritual de adoração*, Jezabel pensou. A maioria das mulheres ia a esses eventos sabendo de antemão o que fariam caso concebessem, mas essa pobre mulher havia mantido sua criança por muito tempo. Ela se apegara. Jezabel viu o quão terrível a dor de se apegar podia ser. As mulheres precisavam, acima de tudo, de liberdade.

Cada mulher se entregava, e assim a deusa teria o que fazer. Qualquer tentativa de inibir ou restringir o desejo feminino não era nada além de um ataque à própria deusa, conforme seu pai lhe ensinara. A feminina sagrada era honrada quando as mulheres viviam em liberdade, e bebês não desejados podiam ser facilmente sacrificados.

– Não a deixe aqui – Jezabel sussurrou. – Dê essa criança à Asherah, mas não a deixe aqui. – Mas a mãe apenas balançou a cabeça e começou a chorar, as lágrimas escorrendo e manchando--lhe as vestes desbotadas. – Por favor, não a deixe sofrer – Jezabel acrescentou, o queixo tremendo e uma dor estranha alfinetando o seu coração. Ela sentiu como se falasse com seu pai.

Jezabel guiou a mulher pela mão conforme embalava a criança. O banquete para Asherah permanecia no lugar mais alto, corpos nus gastos, a comida passando em grandes bandejas, mas todos silenciaram quando viram as duas se aproximando. Lágrimas escorriam no rosto da mãe conforme ela se aproximava do altar de pedra. Jezabel assegurou-a com firmeza, sussurrando palavras de conforto que apenas a mãe podia ouvir. O pai dela não estava lá.

Sargon, o segundo mais alto sacerdote, deu um passo à frente e pegou a criança, os olhos encontrando os de Jezabel. Ele era apenas um pouco mais velho que o pai dela, mas o cabelo sempre fora branco, desde que Jezabel o conhecera. Ela costumava pensar nele como alguém idoso, e sempre se perguntara quais segredos ele guardara. Era um homem quieto, mas ela viu bondade nos olhos dele, e, às vezes, pensou ter visto tristeza também.

Com o bebê nos braços, ele virou-se, curvando-se à frente da estátua de Asherah, a mãe da terra, dos deuses e de todas as criações. Ela ficava a aproximadamente seis metros acima deles, feita de pedra branca com grandes seios nus e uma barriga redonda saliente. Seus braços se estendiam juntando-se nas mãos, e lá havia um espaço vazio onde seria seu ventre. No rosto, buracos no lugar dos olhos também e uma boca oca, mas nenhuma outra característica, nenhuma sugestão sobre seu ânimo para os mortais.

– Grande Mãe, olhe esta criança que lhe é dada. Vire, por fim, seu rosto a nós, Asherah! Receba esta criança oferecida em nome da deusa.

O coração de Jezabel bateu mais rápido. Ela já vira sacrifícios, mas sempre de longe. E podia se esticar e tocar o bebê se quisesse. Com certeza Asherah viraria o rosto para eles e se revelaria. Jezabel perguntaria por que tantas crianças nasciam para não ser amadas.

Sargon fez um suave e ágil movimento com o braço. A mãe lamentou e caiu de joelhos, batendo os pulsos contra a terra socada ao redor do altar. Jezabel caiu ao lado dela, envolvendo-a com seus frágeis braços.

– Sua criança era tão abençoada! – ela sussurrou no ouvido da mulher. – Ela nunca mais sofrerá novamente. Você a salvou. Você é muito forte!

Os criados de Sargon se postaram atrás da estátua e acenderam uma fogueira na barriga de Asherah, a qual se espalhou pela estátua de modo que os olhos sem vida tornaram-se vivos com o reflexo da cor amarela e moveram-se. O sacerdote pegou o úmido corpo sem vida e o depositou nos braços de Asherah. O corpo rolou lentamente dos braços em direção à barriga, um ventre que consumia o que outro havia nutrido. Jezabel ficou paralisada. O calor cresceu com um estalo e um chiado do ventre. A estátua brilhava lívida, as velas de cera escondidas derretendo, leite sendo derramado dos seios. Jezabel abriu a boca e se arriscou no calor para receber uma bênção. Ela queria ser a primeira, mas os homens na multidão empurraram-na para o lado, pisoteando-a enquanto Sargon os chamava.

– Recebam aquilo com que a Grande Mãe irá abençoá-los!

Jezabel se arrastou para longe, sangrando com arranhões no joelho e nos braços. Ela quase chorou. A mãe, de luto, tropeçou para fora, gemendo uma oração à deusa, e o nome do homem que não quisera a criança. Jezabel sentiu uma onda de lágrimas cegar-lhe os olhos e arder em suas bochechas.

As lágrimas saíram sem sua permissão. Ela bateu a cabeça contra a terra até que parassem. E quebraria a sua cabeça como um ovo antes de acusar a deusa de alguma maldade.

Jezabel

Jezabel guiara o príncipe para um quarto chamado Câmara dos Sonhos, dizendo-lhe que retornaria em poucos momentos. Ela ordenou a duas criadas que o atendessem, sem se importar com o que elas fariam primeiro. Jezabel ouvia os protestos dele conforme descia o corredor. Ela sabia onde o pai se escondia. Era isso que ele chamava de poder, escondendo-se do passado em seu quarto? Escondendo-se dela? De famintos fantasmas, sua mãe assassinada, e os ossos de sua irmã que chorava em sonhos de um profundo e lotado abismo? Jezabel pensou em tudo isso, tornando as acusações em sua mente obscura de modo que não permitisse a si mesma considerar o pior de todos. Ela já participara duas vezes dos festivais de fertilidade, doando-se para homens que usavam máscaras e não se importavam com o fato de sua cabeça bater contra um altar de mármore, machucando e sangrando conforme eles ofegavam no pescoço de Jezabel. Ela dera tudo à deusa. E não recebera nada em troca, nada para si mesma.

E nada mudara. Seu pai a interrompia quando ela falava, geralmente saindo do quarto no meio de suas histórias, comunicando-se com ela por meio de criados ou de escribas. Ele não a convidava para fazer as refeições na companhia dele, e também não comparecia às cerimônias que ela presidia como a princesa real da Fenícia. Jezabel havia pensado que, se não conseguira ganhar o amor do pai ou o amor de Asherah, apenas iria tentar mais duramente. Ela já tentara muito, mas essa última traição fora demais.

Jezabel empurrou os guardas e escancarou a porta. Etbaal resmungou quando viu a luz do corredor na cama.

– O que você fez? – ela gritou.

Ele suspirou, rolando e sentando-se com algum esforço.

– Você queria provar que era merecedora – ele respondeu. – Os anciãos julgaram que esse era o melhor meio para isso.

– E então eles me baniram? – ela berrou. – Você os deixou me mandarem embora para ser nada mais que uma esposa? – A palavra emperrou como uma pedra em sua garganta. – Não faça isso! Eu serei uma governante melhor do que qualquer filho no império, e você sabe disso. Todos eles sabem!

Então ela percebeu, um baque súbito no estômago. "Todos eles sabem", ela sussurrou. Claro. Os anciãos planejaram tudo esse tempo todo. Ela não fora nada além de um coelho de caça para eles, a fim de expulsar o melhor entre o grupo. Isso provavelmente fora coisa do filho de Hetham. Isso provavelmente fora decidido havia muito tempo. Embora uma mulher pudesse ser escolhida para o trono, nenhuma jamais o fora. Nenhuma jamais seria. Não enquanto homens como os anciãos estivessem no controle. Eles adoravam a feminina sagrada, mas não queriam uma mulher no comando. O lampejo de compreensão de Jezabel foi tão cruel que tinha de estar errado.

Ela sentou-se na cama perto de seu pai, a vida arrancada de seu corpo. Lutara tanto, por tanto tempo, para provar que era merecedora. Para usar a coroa. E durante esse tempo todo a coroa nunca estivera realmente a seu alcance.

Ela balançou a cabeça.

– Eu prometi para mim mesma que, se o filho de um dos anciãos ganhasse a sua aprovação e a coroa em vez de mim, eu me mataria. – Jezabel se surpreendeu com o quão ridícula parecia agora. Ela queria viver, e o desejo era forte. Em uma estranha descoberta, querer morrer não significava que estivesse pronta para a morte.

– Como você faria isso? – ele perguntou com um desesperado tom articulado na voz, como se não estivesse de fato inteiramente no quarto com ela.

Jezabel olhou fixamente para o pai, para aquela horrível semente de bétel manchando-lhe a boca e o queixo. Ele estava em agonia, e a filha sabia que isso não tinha relação alguma com a acidez do estômago ou as mãos artríticas. Ela era tudo que sobrara de Temereh e de sua mãe. Nada poderia salvá-lo do tormento de deixar essa pequena última parte delas ir embora. Ele certamente pensava que poderia esconder seus sentimentos dela, inclusive agora. Suas emoções, entretanto, o haviam arruinado, e a ela também. Se ele apenas tivesse mantido o controle de si próprio, a vida de Jezabel seria diferente. Contudo, o pai sempre fora fraco, e ela pagara o preço por ele. Sempre.

3

Jezabel

Jezabel ergueu a cobra da caixa. Seu pai a traíra. Embora essa fosse a última traição, ainda a machucava como um ferimento recente, mesmo depois de três dias da chegada de Acabe. Seu pai a machucara com tanta frequência que o ferimento nunca cicatrizava.

Agora Jezabel tinha um presente para dar a ele antes de partir. Ela não queria agir na frente dos criados, mas seria melhor para todos se eles assistissem. Eles precisavam saber. Ela riu silenciosamente, dando-se conta de que até nesse momento ela tentava provar o seu valor ao pai.

Um nódulo era evidente na barriga da cobra, indicando que a refeição anterior ainda não estava completamente digerida. Jezabel lentamente a colocou no saco aberto, segurando-o com as duas mãos em função do peso. Então andou dos estábulos até o palácio, subindo as escadas em direção ao quarto do pai.

Ele estava acordando, as empregadas cuidando dele como um bando de pombos nervosos que dispersaram com a entrada de Jezabel. Uma delas olhou para o saco com um olhar carrancudo. Etbaal também viu isso e esforçou-se para se sentar, movimento acompanhado de uma careta, mas, se era devido à dor nas juntas ou ao pesar ao vê-la novamente, Jezabel não soube. Logo estaria terminado. Ela sentia-se cansada de tentar entendê-lo.

Então parou aos pés da cama dele e colocou o saco perto dos pés do pai.

Primeiro apareceu a cabeça da serpente. As criadas se encolheram no canto, sussurrando em sua própria linguagem. Jezabel assistiu à cena de o belo animal rastejar da abertura do saco, deslizando pelos lençóis para trás e para a frente lentamente.

O Rei Etbaal virou a cabeça e nunca olharia sua filha nos olhos. Ela viu o peito do pai movendo-se rapidamente para cima e para baixo, embora o rosto nada revelasse, nenhuma emoção. A garganta dela tornou-se gelada e enrijecida pela dor de decepcioná-lo, inclusive agora, quando ela estava preparada para sacrificar tanto por ele.

– Fui informada de que devo partir até amanhã – Jezabel disse. Ela não via Acabe desde o banquete, o que exigira uma boa dose de habilidade para evitá-lo.

Etbaal não respondeu. A cobra se moveu pela coxa do rei, a qual estava escondida sob os lençóis. Ele se recusou a reconhecê-la.

– Você não sabe nem sequer o que está perdendo – ela comentou calmamente, a voz apenas um sussurro. Isso ribombou em seus ouvidos.

– Eu perdi tudo que importava anos atrás! – O queixo de Etbaal se moveu conforme ele falava, mas ele não olharia para a filha.

A cobra, entretanto, o observava aproximando-se bastante da parte mais carnuda da coxa do rei, escondida sob o fino lençol. Ela começou a se enrolar no corpo dele, no padrão de um curvado apertado. Jezabel sentiu a verdade comprimindo-se e enrolando-se dentro dela, e suas vísceras enrijeceram violentamente, forçando as palavras a saírem num jato apressado:

– O sacrifício do amado pede que uma criança querida morra – Jezabel disse. – Se você tivesse me amado, pai, ainda que só um pouco, ainda que apenas um mínimo, eu poderia ter morrido no lugar dela. Eu teria feito isso por você. Mas, como você não me amava, não pude morrer. Foi você e a mãe, o seu amor, e também seu ódio por mim, que condenaram Temereh.

– Saia! – ele gritou, batendo na cama com a mão fechada.

A cobra o atacou de uma vez, afundando suas presas na coxa do rei. Ele inclinou a cabeça para trás, engolindo outro grito. Então a cobra o soltou, enrolando-se na cama. Pequenas poças de sangue apareceram no lençol. Etbaal abriu a boca, ofegando, olhando a filha com olhos selvagens. Ainda tentou dizer algo, mas as palavras se prenderam na garganta, que inchava com rapidez. Ela pensou tê-lo ouvido falar "demônio". Em seguida, o olhar desvairado se dirigiu à estátua de Asherah, ao lado de sua cama, como se tentasse dizer algo a Jezabel. Estendendo a mão, ele a derrubou no chão e desabou da cama para o chão.

Os criados correram para ajudá-lo e cuidar do ferimento. Eles olharam para Jezabel. Embora certamente já tivessem ouvido os estranhos tratamentos dela, ninguém jamais presenciara um.

– É uma antiga cura suméria – Jezabel explicou, a voz parecendo rouca e envelhecida. – Eu troquei um cavalo real pelo segredo. O veneno terá o seu efeito total dentro de uma hora, e as juntas do rei estarão livres da artrite. Ele se sentirá muito melhor dentro de poucas semanas. Mas tomem cuidado para que ele nunca faça isso mais de uma vez, a cada ciclo da lua, ou o veneno vai matá-lo. E sempre alimentem a cobra antes, assim ela não usará toda a sua força. Deixo os dois aos seus cuidados.

Jezabel atravessou o quarto e se abaixou para beijar o pai na bochecha, como Temereh sempre costumava fazer. Jezabel podia ser atrevida desse jeito nesse dia, pois ela estava partindo para sempre. Ele não poderia mais machucá-la. Inalou o ar do quarto, na tentativa de apreender algo dele para levar consigo nesse estranho futuro. Ela, entretanto, não sentiu o aroma do pai, mas o de sua irmã e de sua mãe, um quê da suavidade que elas um dia tiveram. Então se afastou com um olhar severo, incerta se aquilo era algum dos truques dele.

Ele estava escorregando para o inconsciente enquanto ela saía do quarto pela última vez. Mas, de qualquer jeito, o pai sempre estivera perdido para ela.

Acabe

A caravana de Jezabel se estenderia ainda mais do que a extensão da cidade capital de Israel, conforme Omri dissera com desgosto. Acabe concordou, mas não disse nada. Havia mais de cem criados envolvidos no preparo da partida dela.

Omri deixou a Fenícia após a primeira divisão do exército dirigir-se para a Samaria, levando cinco dos homens favoritos de Acabe com ele. Ele pretendia irritar o filho, mas este estava agradecido por Omri ter partido antes. Então partiu dois dias após seu pai.

Acabe cavalgava com Obadias e mais oito homens, além de várias mulas e dois criados para cozinhar e cuidar dos animais. Já se passara por volta de uma hora desde que eles haviam deixado o palácio, quando Acabe parou para retirar uma pedra do casco do seu cavalo, e então se virou e viu. A caravana da princesa contava com quarenta carroças cobertas.

Obadias havia parado ao lado do amigo.

– A maioria é para os sacerdotes dela.

Acabe se perguntou quanto ele poderia dizer sem revelar suas imperfeições.

– Eu não havia percebido que os deuses significavam tanto para ela.

Obadias pausou como se considerasse se acrescentaria algo doloroso à conversa. Acabe acenou para o amigo, pois não precisava de mais problemas. Ele pensara, quando entrou na Fenícia pela primeira vez, que a princesa que ele adquirira estaria disposta, ainda que não feliz, a se casar.

Contudo não contava com a raiva dela, embora a sua resistência soasse estranhamente inspiradora. Talvez fosse isso que ele sempre odiara sobre esse acerto entre pais: era muito fácil. Acabe crescera lutando. E precisava lutar por isso também. Era um insulto receber uma esposa. Acabe iria ganhar essa.

Sentia-se ansioso pela batalha.

Ele e seus homens estavam oprimidos pela Fenícia, com aquelas mulheres devassas que não se assemelhavam em nada com as jovens hebreias de casa, e ele se perguntou se algum dos homens se sentia aliviado, como ele, de voltar para casa. As dançarinas fenícias usavam véus transparentes e um pouco mais, e entregaram-se aos homens como uma forma de adoração. A depravação foi tão surpreendente que seus homens não pararam de importunar Acabe sobre sua própria experiência, sobre sua primeira noite com a princesa.

– Nós invejamos você! Ela é tão bonita! – um dos homens disse. – Estamos surpresos de que você tenha força para a viagem de volta.

Todos, menos Obadias, riram. O administrador estivera em silêncio e pálido desde que havia entrado na Fenícia. Acabe ponderou por que ir embora não o aliviava de seus fardos secretos.

Entretanto, Acabe estava contente de deixar a conversa terminar. Ele tinha um segredo próprio: nada recebera além de uma mordida nervosa na mão na noite do seu casamento. O rapaz havia sido conduzido a um quarto reservado para visitantes especiais, onde duas jovens tentaram entretê-lo, com esforços que começaram com ambas se despindo. Isso o deixara enfurecido. Jezabel achava que ele era um homem insensível que podia se satisfazer com qualquer mulher? Ele as retirou do quarto, ignorando os choros agudos de dor em função de sua mão apertada no braço despido delas. Sozinho, esperou no quarto até ter certeza de que elas haviam desistido de retornar, então andou pelo palácio, parando apenas quando encontrou seu quarto. Uma vez dentro de seu aposento, ele não dormira bem, inquieto por uma confusão agitada de culpa, frustração e alívio.

No horizonte à frente, Acabe viu as primeiras fogueiras na noite, o que significava que Omri e seus homens tinham viajado durante o dia. Faltava a Omri a resistência de seu filho, o jovem percebeu com um sobressalto. Omri estava ficando velho. Acabe nunca acreditou que poderia acontecer, mas agora suspeitava que Omri queria viajar na frente para o filho não vê-lo cansado e ansioso por voltar para casa. Omri quis ver o casamento acontecer, mesmo que a viagem tivesse sido difícil para ele. No entanto, parecia determinado a manter sob controle tudo o que acontecia no reino, embora Acabe, antes, não houvesse entendido. Agora ele entendeu. O envelhecimento forçou Omri a reconhecer quão rápido tudo tinha mudado.

– Chame a todos – ordenou Acabe a Obadias. – Acamparemos aqui esta noite. – Ele queria finalmente se conceder a paz de seu pai.

Apesar do agradável ar noturno, um brilho de suor cobria a testa de Acabe, que podia senti-lo escorrendo por seu peito enquanto caminhava de volta para a caravana de Jezabel.

As carruagens e liteiras cobertas foram trazidas e dispostas em dois grandes semicírculos. Em cada um havia uma fogueira; os criados de Jezabel corriam na mata à procura de fontes de combustível, conversando entre si em uma linguagem que só eles entendiam. Acabe os chamou para avisá-los das víboras, e alguns assentiram imediatamente em agradecimento. A julgar pela pele escura deles, mais escura mesmo que a de Jezabel, Acabe imaginou que eram das terras abaixo do Egito. Alguns voltaram apressadamente com esterco, que proporcionava fogo excelente, com exceção de esterco de lobo, uma lição que Acabe havia aprendido de forma dura anos atrás. Seu pai lhe batera pelo seu engano.

Acabe caminhou, levantando tiras de couro e removendo cortinas de linho das carruagens, procurando a esposa. Rostos o olhavam através dos tecidos drapeados das liteiras, sacerdotes com olhos pintados e inexpressivos, e jovens criadas com olhos margeados de vermelho em função das lágrimas.

Quando Acabe viu Mirra escapar de uma carroça, percebeu que sua missão acabara, pois havia encontrado Jezabel também. Uma súbita onda de agitação fez o suor frio grudar-lhe nas costas. Arrepiado, ele se aproximou, a mão trêmula quando alcançou a cortina, da mesma forma que muitas vezes tremera na véspera da batalha.

Jezabel estava deitada em almofadas, sozinha. Nenhum criado permaneceu após a saída de Mirra, uma falha de segurança e protocolo, mas Acabe suspeitou que ela poderia ter-lhes ordenado que saíssem.

Um banquete espalhava-se aos pés dela, duas grandes taças de vinho equilibrando-se sobre uma bandeja de prata ladeada de pérolas incrustadas. Ao lado da bandeja, havia travessas de uvas frescas e bolos de mel e pequenos pedaços de cordeiro assado. Não era a comida que ele normalmente comia quando em viagem. Ela viajava como uma princesa, mesmo que não agisse feito uma.

Jezabel usava um longo vestido filetado de ouro, mil cordas finas entrelaçadas, que lhe caíam livremente pelo corpo e brilhavam no ar enquanto ela levantou a mão para ele, impedindo-lhe a entrada. Mas Acabe forçou, a cortina caindo atrás dele. Ela observou-o com a quietude de um gato, como se avaliando o momento certo para atacar.

O jovem, recusando-se a qualquer ato de covardia, respirou profunda e lentamente e abaixou-se ao lado de Jezabel, tocando-a. Ela era um trovão nas veias de Acabe, cuja pele queimava onde ele a tocara. A jovem o havia mordido, e isso o machucara, mas esse suave toque acidental doía muito mais. Obadias uma vez lhe contara uma antiga lenda hebraica, segundo a qual Javé criara um ser e depois o separara em masculino e feminino, colocando cada um na terra para que se encontrassem. Quando o fizeram, casaram-se, e o casamento reconstituiu o todo, ou seja, completou novamente o trabalho de Javé. Será que os outros também sentiam isso, quando encontravam sua parte perdida?

Acabe não esperava se alegrar por uma esposa, mas a hesitação quando a tocou também não era o que ele esperava. Omri ficaria encantado de saber que seu filho estava desconcertado com uma mulher. Isso seria provar-lhe que ele estava certo sobre Acabe. O jovem pensou se defender seu próprio nome era o verdadeiro motivo por que queria conquistar Jezabel. Omri saberia, então, que seu filho tinha feito o que o pai nunca fizera: uma mulher feliz.

– Israel consegue cidades portuárias estabelecidas pela Fenícia – ela começou sua primeira conversa – e o acesso à melhor frota do mundo. A Fenícia terá acesso à Estrada do Rei e a todas as rotas de comércio, mesmo aqueles que levam para o Egito.

Acabe assentiu.

– Minha *esposa* declama bem o acordo.

Jezabel franziu a testa, reconhecendo a palavra esposa como se fosse um insulto.

– Mas eu não entendo; o que você ganha?

– Eu tenho concubinas quando quiser, algumas esposas inferiores dadas como presentes. Não preciso de outra mulher em minha casa. Poucos homens precisam.

Acabe fez uma pausa, fingindo desinteresse, à espera de que ela não percebesse como ele esfregou as palmas das mãos sobre as coxas, pois suava como se estivesse em uma fornalha. Jezabel virou a cabeça para olhá-lo de frente, os olhos brilhando intensamente e, em seguida, estreitando-se quando ela o examinou.

– O que você ganha? – ela repetiu, soando como uma ameaça.

A boca de Acabe se abriu enquanto sua mente tropeçava em algumas possíveis respostas. Ele nunca conhecera uma mulher que falava como homem. Talvez a adoração pela deusa tivesse esse efeito. Se assim fosse, ele não entendia por que os homens permitiram isso. Até que se lembrou das dançarinas. Homens permitiriam muitas conversas sobre esses tipos de mulheres.

– O seu pai fez uma aliança com os anciãos? – ela perguntou. – Ou foi você?

– O Rei Omri e o Rei Etbaal negociaram o acordo eles próprios. Eu não tive parte nisso – Acabe respondeu.

Ela baixou o rosto e fechou os olhos, como se ele a tivesse golpeado.

– Eu poderia ter tomado o trono da Fenícia para mim. Agora a minha maior conquista será carregar um filho – o sarcasmo escorria de sua boca.

Jezabel levantou uma taça de vinho como se fosse entregá-la a ele, mas, em vez disso, a inclinou deixando a bebida alcançar a borda, a tristeza gravada no rosto, os olhos brilhando com o reflexo vermelho do vinho. Acabe prendeu a respiração, sem se mover. A princesa era tão linda. E ele não tinha a menor ideia de como lidar com ela.

Com um ligeiro giro do pulso, ela inclinou mais a taça, e o vinho escorreu em um filete, um pequeno rio escuro manchando o caminho entre eles. Ela começou a inclinar a taça ainda mais, para derramar o vinho todo. Acabe estendeu a mão e segurou a dela. A bebida borrifou entre eles, mas o jovem segurou a taça, interrompendo Jezabel.

– Nada de bom nunca deve ser desperdiçado – disse ele.

Ela não largou a taça. Ele puxou-a à boca e, de um gole, bebeu o que restava. Quando Jezabel jogou a taça para o lado, ele decidiu beijá-la e se inclinou em direção a sua boca, mas foi empurrado.

– Eu não sou sua vaca de reprodução premiada. E nem quero filhos.

– Você nasceu uma mulher! – Acabe berrou, imediatamente arrependido, mas berrou de novo: – Nada disso é culpa minha! O que você quer de mim?

– Saia – Jezabel gritou. – Comece com isso.

Acabe sacudiu a cabeça e levantou-se para sair. Ele desejou que Omri tivesse ouvido as terríveis e amargas advertências de Elias, afirmando que nada de bom viria do casamento. Acabe sentia-se agora apreensivo que Elias estivesse certo. Um soldado não tinha de se casar com uma princesa, mesmo que ele fosse tecnicamente um príncipe. Acabe se perguntou se era mais fácil matar um homem do que amar uma mulher.

Ele tinha de voltar aos seus homens e discutir a última parte da viagem. Afinal, logo estariam próximos da capital, a cidade de Samaria, e fazer uma boa entrada era importante para Omri, que estaria observando como Acabe entraria na cidade com sua esposa. Se ela não o quisesse, deveria desejar ao menos o reino, para o qual ela precisava estar à frente.

Com uma das mãos na cortina, Acabe virou para trás a fim de olhá-la de frente.

– Quando eu era muito jovem, por volta dos doze ou treze anos, assisti a meu pai abater mil homens. Talvez mais. Talvez menos. Ele era o maior guerreiro de nosso exército e um deus para mim. Lembro que o chão sob meus pés afundava com o peso de tanto sangue. Então, no dia seguinte à batalha, eu me levantei antes do amanhecer e saí de nossa tenda para recolher pedras. "O que você está fazendo?", meu pai perguntou ao me encontrar. "Eu estou construindo um monumento a você", respondi. Era o costume do nosso povo. Meu pai apontou para os cadáveres que se estendiam os longe no horizonte, em todas as direções. Ele não conseguia nem levantar os braços naquela manhã, de tão dolorido que estava por ter ficado balançando sua espada por horas. Mas ele disse: "Não. Eles são meu monumento". Eu o vi claramente pela primeira vez naquela manhã. E vi que ele era forte, mas cego. Mortos nunca edificam um monumento. Pedras o fazem. Eu construirei um poderoso império, Jezabel, e minha rainha jamais será lembrada como uma vaca reprodutora. Ela será a mais invejada de todas as mulheres. – Após tais palavras, ele a deixou. E pensou que esse seria o sentimento certo a deixar com ela. Além disso, Acabe viu a mão de Jezabel procurando algo para atirar nele.

4

Obadias

Obadias sabia que Acabe saíra à procura de Jezabel. Eles viajavam havia dois dias naquela estranha terra a meio caminho entre as águas turquesa da Fenícia e a terra marrom e seca de Israel. Obadias temia o retorno tanto quanto inicialmente temera sair. Ele tinha ido até a Fenícia esperando que se provasse que Elias estava errado, e retornava para Israel sabendo que Elias não os advertira com força suficiente. Elias devia imaginar que ninguém acreditaria nele, embora tivesse viajado muito e por lugares bastante distantes e visto muita coisa. Quem poderia acreditar que um povo próspero vivendo em liberdade e beleza fosse matar seus bebês, prostituir suas mulheres mais jovens, adorar demônios e beber sangue? Alegaram que as mortes infantis honravam suas mulheres e lhes permitiam viver sem restrições, mas Obadias não vira mulher alguma livre. Ele vira apenas mulheres entorpecidas, olhos vidrados com natureza animal. Corpos que se moviam enquanto adoravam, ainda que seus espíritos não dançassem.

A Fenícia tinha comprovado a si mesma ser uma cidade de prazer, mas sem alegria.

Obadias sabia agora por que tantas lendas cresceram em torno das águas fenícias. O mar fora uma miragem de mudança constante que chamava a atenção e brilhava. Um homem podia imaginar algo subindo daquelas profundezas. Tal beleza inspirava a imaginação. Mas que terrível acusação fizera contra seu próprio povo. O mar da Fenícia não era melhor que um espelho refletindo uma imagem pintada. O que o povo tinha gerado a partir de sua imaginação fora horror envernizado para parecer culto. Milhares e milhares de crianças morreram em nome do prazer e da liberdade.

Ele estava tão perdido em pensamentos enquanto vagava pelo improvisado acampamento para encontrar água, que ficou surpreso ao sentir uma mão forte agarrá-lo pelo braço e puxá-lo para trás de uma carroça coberta.

Mirra olhava-o.

– Você deveria ter me contado quem você era! Eu não aprecio um criado importante saber algo que eu não sei.

Obadias encolheu os ombros em resposta, sem palavras, e seus nervos derreteram-lhe a língua e os joelhos ao mesmo tempo. Era um milagre ele conseguir até mesmo ficar em pé estando tão perto dela.

– Você é o administrador de Omri – ela continuou.

– Sim. – E molhou os lábios para que não colassem, porque a boca estava secando.

– Então, livre-me dos meus deveres. Não quero servir à princesa.

– Seu pai fez esse arranjo ele próprio. – Obadias achava que não era sábio para uma jovem questionar o pai, especialmente quando ele era temperamental e tinha mão rápida.

– Meu pai quer que eu encontre um marido. Ele acha que, se eu estiver na corte, vou encontrar alguém mais adequado do que um soldado. E os soldados são os únicos homens em Samaria.

Isso magoou Obadias, que limpou a garganta para falar:

– Os soldados podem ser bons maridos. Embora não sejam realeza, ou anciãos, li muitas histórias de bravura... – ele começou, soando estúpido até mesmo para seus próprios ouvidos.

Ela o interrompeu com um olhar de desdém:

– Desde que você mantenha os registros, escreva isto: eu prefiro morrer a sentir o toque de um soldado. Mas também não quero que meu futuro seja decidido por meu pai. Quero liberdade, Obadias. Não me importa como eu a consiga, mas quero a liberdade.

Mirra o soltou e saiu como uma tempestade. Ele ficou parado por vários minutos enquanto o sangue voltava a circular no local do braço que ela havia agarrado. Erguendo a manga ao pôr do sol em laranja e ouro, Obadias viu as sombras sob sua pele. Ele teria um hematoma pela manhã. E hematomas duram mais do que beijos. Satisfeito com esse pensamento, Obadias voltou ao seu trabalho.

O acampamento estava ocupado com os criados dedicados a suas tarefas: potes de lixo sendo esvaziados longe do caminho, fogueiras acesas para o jantar. Obadias sentiu-se contente ao ver os criados fenícios já dando água a seus animais, o que significava que haviam encontrado água. O rapaz sabia que seus batedores eram excelentes nisso, muitas vezes a farejando no ar antes mesmo de vê-la. Assim, relaxou um pouco. Se todos os animais fossem tratados, ele teria menos coisas com que se preocupar, e não precisaria pedir aos criados estrangeiros que fizessem o que precisava ser feito. Eles podiam não ser a carga que ele temia. Eram os sacerdotes que o preocupavam.

Obadias sabia que seu único momento livre para falar com Acabe seria enquanto o amigo se lavava. Depois de ter certeza de que os cozinheiros estavam trabalhando para trazer um bom fogo e preparar a refeição da noite de Acabe, Obadias estava livre para procurá-lo, e acabou por encontrá-lo andando entre a caravana, perguntando onde a princesa estava, parando para inspecionar as mercadorias sendo transportadas para a capital da cidade. Obadias atirou-se ao lado dele, sabendo que teria de escriturar cada item nos registros. Para Acabe, essa inspeção foi uma mostra. Para Obadias, o trabalho de um mês.

Mas ele não podia pensar em si mesmo ou no trabalho, pois precisava avisar Acabe de que Elias tinha razão, embora não lhe houvesse contado tudo. Obadias não acreditara, não realmente, não até ser real e em suas mãos. Acabe tinha de ser alertado.

– Ela traz seus deuses – Obadias começou. – E tem uma caravana de estátuas da deusa. Ouvi dizer que ela tem a intenção de dá-las como presentes às mulheres nobres de Israel. – Acabe assentiu, dispensando o comentário. O estômago de Obadias retorceu e ele continuou: – Você se lembra do aviso de Elias. Aqueles deuses trazem uma maldição. Talvez ela devesse destruí-los.

Acabe o pegou pelo braço.

– A princesa é apenas uma menina de quinze anos. Que tipo de deus amaldiçoaria uma menina?

– Os deuses dela *são* a maldição. Eles não adoram uma deusa, mas um demônio. Eles adoram a morte e pensam que é vida.

Acabe gemeu e continuou andando.

– Eu sabia que você não participaria dos rituais de adoração. Como você gasta seu tempo? Lendo?

– Ninguém entende – lamentou Obadias como uma fraca defesa, sentindo-se derrotado.

Obadias era um homem quieto. Ele não era corajoso, e contar uma história de milhares de ossos infantis queimados exigia uma força de caráter que ele achava não possuir. Se Acabe não queria ver a verdade, como Obadias poderia forçá-lo a isso?

Acabe fez sinal a Obadias para que o acompanhasse, movendo-se com um propósito e comando de soldado. Obadias se movimentava como um servo, sempre em expectativa. Ele se envergonhava de Acabe caminhar sempre três grandes passos à sua frente, mesmo que o amigo não tivesse ideia de onde estava se metendo. Obadias viu a crescente distância entre eles e franziu a testa. Então esmagou um formigueiro com a sandália, e uma multidão enfurecida de formigas emergiu da lama para atacá-lo. Ele caminhou em direção a um cozinheiro e sacudiu o calçado no fogo.

Jezabel

Jezabel se preparou para o percurso final de sua longa jornada até Israel. Em uma hora, ela seria apresentada à capital, Samaria, ao povo e à nação que governaria para o resto de seus dias. Naturalmente, ela sabia que se aplicava a palavra *governar* apenas vagamente. Posição não significava poder, não para as mulheres. O poder real precisava ser conquistado. Nunca era dado. E, mesmo quando uma mulher tentasse tomá-lo, como Jezabel o fizera tantas e tantas vezes na Fenícia, os homens estariam sempre lá para arrancá-lo. A verdadeira ironia agora estava no fato de que dar um herdeiro a Acabe era a única maneira de conseguir poder real. A rainha-mãe implicava uma posição incomparável, e, a partir dela, Jezabel poderia decidir qual poder tomar em seguida. Ela tinha de dormir com o príncipe.

No entanto, o problema era que ela não tinha qualquer desejo de ser tocada por ele ou por qualquer outro. Embora Acabe claramente a desejasse – ele quase arquejava na presença dela, e a jovem se lembrou de seu beijo desesperado na mata, antes de ela ter sabido que o viajante anônimo logo se tornaria seu marido –, ele só conhecia um exterior pintado, suas finas vestes, e apenas havia sentido o perfume dela. Assim, não tinha ideia do que estava escondido por baixo. Ele não a viu como ela realmente era: uma filha desprezada e quase selvagem, comendo do lixo, sentada entre as crianças quebradas de barro; uma menina que se submetera aos deuses e aos homens, com o coração morto a cada vez. Mas ela sentia que a verdadeira morte, aquela que iria acabar com o seu sofrimento, não a queria. Mesmo a morte preferira sua irmã. Temereh sempre fora tão abençoada. Temereh saberia o que fazer com um príncipe perplexo. *Temereh nunca teria ficado nesta liteira*, pensou. No entanto, seus pais nunca a deixariam partir. Temereh teria herdado o trono.

Os animais da caravana foram os primeiros a registrar a presença de estranhos. Os cães que os seguiam latiram furiosamente, e Jezabel levantou o véu de sua liteira. Homens estranhos olhavam fixamente do alto de uma colina à medida que a caravana se aproximava da cidade. Eles usavam peles de animais ao redor da cintura, mas não mantos. E a intrigaram, embora ela não sentisse medo, não com o exército na frente e atrás, em uma formação mais estreita enquanto eles se aproximaram de Samaria. Os sacerdotes da deusa Asherah foram os próximos a vê-los, olhando-os por trás dos véus com temor e ódio.

Jezabel podia ver Acabe lutando para manter seu cavalo em movimento. Ele gritou para os comandantes que o acompanhavam visando forçar todos a seguirem em frente.

– É apenas um grupo de profetas – ele os chamou de volta.

Havia comentários confusos entre os sacerdotes. Na Fenícia, só eles falavam com os deuses, e viviam sob a autoridade do rei, como favor, no complexo real. Não havia regras de profeta, e certamente não de um profeta que vagava.

O sol se escondera atrás das nuvens enquanto a caravana de Jezabel chegava a Samaria. Crianças corriam ao lado de sua liteira, aplaudindo a chegada, jogando tâmaras e pequenos berloques amarrados com cordão em seu colo. Os jovens se reuniram em grupos ao longo do caminho, olhando Jezabel com apreço e curiosidade. Ela não sabia como responder. Na Fenícia, os filhos dos anciãos eram os únicos jovens com quem ela tivera contato, e eles a consideravam um rival desprezível. Lembravam-se de quem ela tinha sido. Mas os homens ali estavam contentes de vê-la e demonstravam aprovação. Lilith parecia tão surpresa quanto Jezabel e se escondeu atrás dela. Mirra sentou-se em um impulso, provavelmente ansiosa por seus iguais a verem entrando na cidade junto com a princesa. Jezabel sabia que Mirra era tão tola quanto Acabe. Israel poderia ser uma nação inteira de tolos.

Jezabel avaliava cuidadosamente as mulheres sempre que uma se aproximava. Sujas, com roupas esfarrapadas e de forma alguma distintas, faces marcadas por anos duros de sol e sem qualquer traço de cosméticos. Em toda parte ela via mãos erguidas pedindo-lhe a bênção, mãos cheias de calos e cobertas de camadas de pó. As entranhas de Jezabel se reviraram pelo choque de ver todos tão ansiosos e adoradores. Ela nada fizera para merecer o amor deles. Nem mesmo a conheciam. Então gostaria que alguém os fizesse parar. As mãos da princesa começaram a tremer e ela sentiu uma descarga de adrenalina em seu abdômen. Não merecia isso. Não conseguia nem ao menos fazer qualquer ruído que expressasse gratidão pela adoração que eles lhe dedicavam. Ela sentou-se, paralisada pelo sofrimento, enquanto eles gritavam e a chamavam pelo nome.

Acabe andou à frente de Jezabel, entrando na cidade a pé, acenando com as mãos e aceitando as congratulações, o que o fazia progredir lentamente. Ela o amaldiçoou. Queria entrar logo no palácio, não perder tempo nas ruas da cidade enquanto mulheres erguiam crianças para uma bênção real. Jezabel entrou em pânico. Eles estavam zombando dela. Portanto, recolheu as mãos recusando-se a abençoar as crianças, para que as mães recuassem, mas elas aproximaram-se ainda mais. Seu rosto ficou quente. Ela não queria ver todos aqueles recém-nascidos de olhos arregalados com inocência, as minúsculas bocas cor-de-rosa emitindo sons doces.

Pequenos insetos pretos rodopiavam em sua visão, embora mais ninguém parecesse vê-los. Jezabel tentou esmagá-los, procurando desesperadamente Lilith para ajudá-la, até perceber que estava prestes a desmaiar.

Um toque de *shofar** a fez saltar, trazendo-a de volta à consciência. Um homem com vestes finas se aproximou, e a multidão abriu espaço. Ele curvou-se perante Acabe e pediu atenção:

– Uma canção para a nova princesa!

A multidão gritou. Jezabel foi a primeira pessoa da realeza trazida para Samaria, e o primeiro sangue real para continuar a linhagem de Omri. *Eles nem sequer imaginam o rancor em meu*

* Instrumento de sopro antigo feito de chifre de carneiro.

sangue, ela pensou. Não tinham nenhuma ideia de quanto sangue havia em suas lembranças.

O homem sincronizou um grupo de músicos que havia se reunido na multidão: tocadores de lira, harpa e flauta.

– Para a melodia de Lírios – ele gritou, e eles começaram. O homem cantou alto e com uma voz clara e bem profunda que agradou a Jezabel, embora ela odiasse as palavras:

O povo de Israel é como um rio
Estourando suas margens com alegria
Vamos comemorar com um poema para o príncipe.
Você, Acabe, é o melhor dos homens.
Seus lábios, ungidos com graça.
Cinge a espada ao seu lado, poderoso príncipe,
Vista-se com esplendor e majestade!
Que suas flechas possam perfurar o coração dos reis inimigos,
Que todas as nações caiam sob seus pés.
Todas as suas vestes cheiram a mirra e aloés e cássia
Trazidas daquele fino palácio adornado de marfim
E em sua mão direita está a noiva real em ouro da Fenícia.
Toda gloriosa é ela, seus vestidos tecidos de ouro.
Escute, minha princesa: esqueça o seu pai e a casa do seu pai.
O príncipe está encantado com a sua beleza
Honre-o, pois ele é agora o seu senhor.
Que seus filhos tomem o lugar de seus pais,
Que as nações a louvem para todo o sempre!

A multidão aplaudiu, e Jezabel soube que finalmente acabara. Ela havia se distraído para não desmaiar, estudando a cidade por trás do cantor. A primeira injúria era que a muralha que devia definir seus limites e protegê-la ainda estava em construção.

Trabalhadores em vestes esfarrapadas e lenços de cabeça desgastados tinham jogado as suas pás para se aproximar de Acabe, e assim Jezabel observou o fosso empoeirado onde eles estavam trabalhando. A muralha poderia levar outro ano ou mais para ser concluída.

Jezabel procurou no horizonte a bandeira de Omri, cujas cores deveriam esvoaçar acima do palácio, e, assim, ela saberia qual construção seria seu novo lar. Afinal, nunca tinha visto nenhum palácio, exceto o dela própria.

Um homem de cabelos brancos deu um amplo sorriso para Jezabel. Ele havia bebido de uma velha caneca marrom cheia de um leite espumoso, e uma sujeira branca pingava de sua barba quando sorriu sem dentes. Vacas e cabras se moviam entre as pessoas, entrando pelas tendas e sendo delas enxotadas. Toda a repulsa dos primeiros anos inundava Jezabel novamente. Estava em uma nação de pessoas selvagens. Não havia casas, conforme percebeu. Ninguém tinha limites ou barreiras. No entanto, nenhuma tensão pairava no ar, apenas riso e as crianças que irromperam em canções pela atenção da princesa.

Assim que passaram pelo fosso que estava sendo escavado para a fundação da muralha, havia fileiras de escudos e armaduras expostas em cada lado da rua. Mais abaixo, tendas por todos os lados e poços de fogo cavados a esmo, alguns com animais assados em espetos, alguns cheios de cinzas.

Enquanto a liteira seguia em frente se arrastando, Jezabel viu o que deveriam ser as casas, pequenos quadrados feitos de pedra e madeira, com duas janelas que davam para a rua, uma de cada lado de uma porta aberta. Essas deviam pertencer aos anciãos. Samaria era uma cidade nova, conforme Omri contara a Jezabel. Uma cidade ainda em construção, um novo centro de poder na região. Ela nunca percebera que todo poder nascia sujo, pensamento que a confortou. Talvez por isso Asherah nunca a salvara. Ela nascera para o poder, suja.

No limite dessas casas, as pessoas comuns que a seguiam pararam. Existiam limites, ela percebeu, mesmo que invisíveis.

Acabe estendeu-lhe a mão. Ela desceu da liteira, sem aceitar sua ajuda, e começou a andar entre as pessoas remanescentes, na verdade anciãos mais velhos e os seus criados, aqueles incapazes de fazer a viagem para o norte para buscá-la. Procurando novamente as cores de Omri, ela as viu, finalmente, e apertou os lábios para não chorar. O palácio era pedra pura, sem decoração alguma, sem sequer um pouco de cor, apenas uma pedra quadrada em cima da outra. Determinada, Jezabel endireitou sua postura. Não importava, contanto que ela pudesse se enrolar em uma cama, sozinha.

A fundação fora feita no ponto mais alto da colina que era Samaria. A cidade suja se estendia abaixo e por trás dela; Jezabel entendeu que a paisagem era o que Omri havia chamado terra inutilizável. A fundação propriamente dita se constituía apenas de uma plataforma de pedra lisa com cerca de seis metros de altura, e, cortadas na face da plataforma, havia duas tumbas vazias, que se assemelhavam à falta de dentes em meio à grande quantidade de pedras brancas ao redor. Uma estava reservada para Omri; a outra, para Acabe. Isso era estranho. O povo de Jezabel fazia planos apenas para a vida, não para a morte.

As paredes do palácio eram tão sombrias quanto a sua fundação, apenas pedra lisa, janelas escuras e vazias e um retângulo aberto como entrada. Várias ovelhas descansavam debaixo do palácio, desfrutando as sombras frescas formadas pela muralha. Uma olhou para ela e baliu.

– Não é Fenícia, é? – Acabe, por trás de Jezabel, deslizou o braço em volta da cintura da mulher, sussurrando. Ele era grande, e talvez tal gesto intimidasse as mulheres. Mas só enfureceu Jezabel, cuja cabeça estava cheia de pensamentos que gritavam para se expressar, embora ela os tivesse calado e se recusado a falar. Cada interação com ele era um novo pesadelo. – Esta não é a sua terra natal, Jezabel – continuou Acabe. – Agora, parece ser terrível, mas, se você insistir por mais tempo, vai começar a ver o lugar como uma promessa. – Ele se afastou, dando-lhe um pequeno aceno formal, e saiu para ir apresentar-se a Omri.

Ela foi levada a seus aposentos por um homem de constituição leve, com aproximadamente a mesma idade de Acabe. Ele era o único que parecia temê-la, desconfiado.

– Quem é você? – Jezabel murmurou.

Ele abaixou a cabeça.

– Obadias, administrador do palácio. Acabe me pediu para cuidar de você por ele para que tenha o melhor quarto para esta noite. – E, em seguida, ele a deixou ali.

Ela entrou em um tranquilo aposento que lhe fora preparado, no qual havia uma cama, uma mesa baixa e uma taça de vinho caso ela tivesse sede.

Jezabel tirou as sandálias, deitou-se e chorou até dormir.

ACABE

O vento era implacável, assobiando através da cidade empoeirada. Acabe ouviu o ruído e gemeu enquanto subia as escadas em direção aos aposentos reais, para a segunda noite desde que haviam chegado a Samaria. Ele dera paz a Jezabel na noite anterior como cortesia, afinal ela precisava dormir após a viagem e após ter sido apresentada a Israel. Ela era tão jovem, fisicamente dois anos mais nova do que ele. No entanto, nos olhos dela havia sombras cujo significado ele não compreendia. Uma escuridão escondia-se no espírito de Jezabel. Ainda assim, Obadias estava errado, pelo menos sobre ela; o que quer que fosse a escuridão, não tinha relação alguma com morte. O horror que vive no coração humano certamente não habitava o dela. Não na sua idade, e não depois de viver no palácio real da Fenícia.

Acabe só conhecera novas terras quando seu pai fora contratado para matar alguém em uma delas. Assim, ele cresceu vendo o mundo através dos olhos de um assassino. Para Omri, glória e dinheiro estavam sempre a uma cidade de distância. Só mais um assassinato, Omri lhe prometia cada vez que eles partiam; só mais um gemido de morte e acabaria. No entanto, seu pai nunca se satisfazia, e Acabe achava que entendia o porquê: o pai também queria morrer. Toda vez que ele brandia sua lâmina era uma oração por um inimigo que fosse mais forte. Mas Acabe não queria morrer, não até que tivesse feito o próprio nome, à sua maneira. Omri, contudo, não entendia que podia haver outra maneira além da espada.

Acabe não poderia dar a Jezabel mais uma noite. E ela não deveria pedir. Ela pertencia a ele a partir do momento em que seus pais derramaram gordura derretida sobre o rolo de couro e cravaram os seus selos na cintilante poça aquecida. Se ele lhe permitisse resistir por mais tempo, seria como roubá-la dele, Acabe disse a si mesmo enquanto subia os últimos três degraus de pedra e entrava no corredor iluminado por chamas. O arco da porta lançava sombras nos rostos dos dois guardas, então tudo o que ele podia ver claramente através da luminosidade das tochas era o brilho das espadas ao lado deles. Acabe observou as lâminas e a porta e respirou fundo para se acalmar.

Quando ele entrou, viu Jezabel reclinada sobre a cama. Uma única lamparina queimava na mesa de cabeceira, embora a lua estivesse brilhante o suficiente para iluminar o aposento sem ela. A jovem estava sozinha, uma expressão vazia no rosto. Os longos cabelos negros, naturalmente encaracolados, mantinham-se no lugar por um grande pente de marfim que brilhava à luz suave da lâmpada. Ela olhava fixamente para a branca parede de pedra calcária.

Jezabel se virou para Acabe, e ele viu um olhar que já estava começando a conhecer. Ela estava desesperada.

– Amanhã vamos sair para passear. Vou mostrar-lhe a cidade – ele disse, esperando consolá-la.

Ela encolheu os ombros.

– Eu posso vê-la pela janela.

– Você ainda não a viu através dos meus olhos – retrucou ele. No entanto, quando Jezabel nada comentou, Acabe ficou confuso. Ele não sabia o que fazer, sendo nascido e criado nas forças armadas. Então resolveu limpar a garganta e usar seu tom mais imponente: – Eu lhe dei a primeira noite aqui para você se recuperar da viagem. Esta noite você vai dormir no meu quarto. Na minha cama. – Ela não esboçou qualquer reação visível ou audível, então ele acrescentou: – Como minha esposa.

– Nós podemos fazer isso agora, se quiser – ela disse, levantando-se com um suspiro.

Acabe recuou; não esperava tal atitude. Uma mulher disposta era uma mulher pronta, conforme os soldados sempre dizíam, mas ela não parecia conhecer esse ditado. Jezabel não estava disposta, mesmo que estivesse pronta.

Mas, se ele não fizesse nada e ela contasse a alguém, mesmo que fosse a jovem que jogava ervas em seu banheiro todas as manhãs, ele perderia o respeito. Ou pior. Um homem suspeito de preferir homens muitas vezes morria de causas misteriosas durante o sono, tendo como único mistério o fato de que ninguém nunca confessou ter cortado sua garganta. Acabe havia presenciado isso duas vezes em seus anos de batalha.

Assim, ele atravessou o cômodo e, com um profundo suspiro, colocou a mão em torno da cintura de Jezabel e a puxou para si, beijando-a na boca. Ela não separou os lábios, nem fechou os olhos. Acabe a beijou mais uma vez, lentamente, mostrando-lhe que ele não representava uma ameaça, e ainda assim ela permaneceu imóvel nos braços do príncipe.

Ele parou e a empurrou para trás, franzindo a testa, tentando ler seu rosto sem expressão.

– Você não quer sexo? – ela perguntou, inclinando a cabeça, como se perplexa pelo comportamento estranho dele.

– Eu quero você – respondeu Acabe, a honestidade de suas palavras surpreendendo-o. – Há uma diferença. – Era uma verdade que ele nunca tinha conhecido, e ainda assim, falando, se tornou real.

Uma luz brilhou nos olhos de Jezabel, indicando que, ela, de fato, estava viva.

– Você não me conhece – disse ela. – Eu entendo o que lhe devo, e vou dá-lo a você. Não é preciso que minta para conseguir o que quer. – Foi a coisa mais pessoal que ela já tinha dito a ele. Acabe conteve a língua, chocado. – Eu não queria o casamento – ela acrescentou. – Fui forçada a aceitá-lo.

Ele riu, assustando-a.

– Eu também não queria o casamento, que foi decisão do meu pai. Se eu soubesse que poderia fazê-lo mudar de ideia, teria lutado com uma centena de homens para escapar.

Ela afastou o olhar, a cor chegando a suas bochechas. Como nenhuma lágrima escorreu pelo rosto de Jezabel, ele não pensou que a tivesse magoado com sua confissão.

– E então eu vi você – ele acrescentou.

Estendendo a mão, Acabe puxou o pente de marfim do cabelo da jovem, que deslizou como uma cascata preta ao redor dos ombros dela. Ele viu sua mão tremer enquanto agia, o que não o incomodava. Ela precisava vê-lo vulnerável. E não confiaria nele até que ela o visse.

Acabe se despiu e sentou-se na cama dela. Jezabel o observou, mas sem se mover ao encontro dele, e mais uma vez ele não conseguiu ler a expressão do rosto da jovem.

– Eu pensei que você queria que eu fosse para os seus aposentos – ela falou.

– Se eu sair, mesmo que por um momento, você voltará para os seus pensamentos antes que eu a veja novamente. E ficará presa a tudo o que você perdeu.

– E se você ficar? – ela lhe perguntou, dando um passo em direção a ele, não por desejo, ele pensou, mas por curiosidade.

– Podemos formar uma aliança contra nossos pais, à nossa própria maneira.

Jezabel

O sol estivera escalando o céu por quase cinco horas antes que Acabe saísse na manhã seguinte, saciado e em silêncio. Ele parecia não ter percebido como as mãos de Jezabel estremeceram quando ele as beijou antes de sair. Os pensamentos dela eram como mil agulhas afiadas espalhadas em sua mente. Em nenhum lugar ela poderia encontrar conforto para o que tinha acontecido.

Não houvera sangue. Ela estava acostumada a sangrar quando homens a tocavam. Mas Acabe não a machucara. E parecia se preocupar com ela, com os sentimentos dela, com o modo como ela recebia a ternura dele. Sentia-se como uma formiga capturada em um frasco, com Acabe a todo momento atento a ela. Jezabel sentira muito medo de fechar os olhos. Mas ele fechara os dele, de prazer, e não apenas o seu próprio prazer, mas o prazer de estar com ela. Ele teve prazer com ela. Outros homens tinham tirado prazer dela.

A raiva subiu de seu coração para a boca. Ela cuspiu de sua língua o gosto de Acabe sobre os lençóis sujos. Precisava agir como uma princesa, uma princesa real, não uma que havia dormido perto de esgotos a céu aberto e que observava crianças assassinadas para que suas mães pudessem continuar se doando.

A noite passada fora horrível; uma intimidade tão terrível que perfurou sua alma. Jezabel ficou em pé, rasgando as roupas da cama, jogando-as no chão, revoltada e com medo do que elas agora representavam.

As oferendas sem nome tinham sido fáceis. As mulheres nunca davam nome para as crianças que planejavam entregar à deusa. Não era para elas serem conhecidas. *Algumas coisas não são destinadas a ser conhecidas*, pensou. Depois das oferendas, ninguém jamais ficou. Mães fugiam para que não vissem os corpos queimarem. Homens que adoravam por meio do sexo fugiam para que não tivessem realmente de ver as mulheres com quem haviam estado.

Acabe não fugira. Ele permanecera por horas com ela, acariciando seus cabelos. E nos olhos dele não havia nenhuma vergonha pelo que ele tinha feito a ela, tocando-a como se ela fosse de valor, em vez de uma coisa rejeitada, uma coisa desprezada como sempre fora. O casamento soava pior do que ela imaginara. A intimidade era um mundo novo e cruel, que parecia acentuar todas as suas feridas e sua perplexidade, como o ar faz com uma chama.

Ela pegou a lâmpada de óleo da cabeceira e derramou-o sobre os lençóis. Não queria ser conhecida ou tocada ou amada. Sua família a tinha julgado indigna, desprezada, menos até. Passara a vida tentando provar que estavam errados, mas, na noite passada, Acabe demonstrara que estavam certos. Querendo ser amado, para conseguir aprovação, ele a levara às suas piores tristezas. Jezabel havia sido uma tola em ter deixado que ele a tocasse assim, para abrir-se para o passado até aquele sofrimento, como ela quase teve com Acabe. A jovem princesa jurou nunca fechar os olhos; nunca se render à bondade dele. Era nauseante ele ter pensado que ela poderia querer tanta ternura. Ela sabia a que ele chegara: só sofrimento.

Ela tocou a chama para as roupas de cama e abriu a porta. Ignorando os gritos dos criados que correram para apagar o incêndio, foi em busca de água.

Jezabel precisava de um banho.

Obadias

– Eu gostaria de pedir para darmos outra tarefa a Mirra, uma que não seja tão pública – pediu Obadias a Acabe.

Foram necessários vários dias para Obadias decidir a melhor forma de se aproximar do príncipe. Finalmente, resolveu que tinha de ser direto e simples. Acabe era frequentemente muito distraído. Embora Obadias tivesse procurado o príncipe no palácio, acabou encontrando-o nos estábulos, que se localizavam mais abaixo, em um terreno do palácio, junto com outras construções reais que marcavam o início do complexo real. Havia também uma construção de armazenamento para grãos e alimentos e uma para o tesouro, na qual recebiam os impostos e tributos. Cada uma era em forma de retângulo simples de pedra branca, com uma porta de entrada principal. Não havia janelas na edificação de armazenamento de alimentos, mas permitiram duas janelas em ambos os lados da porta do tesouro. Contar moedas exigia luz, mas janelas seriam convites para roedores no edifício de armazenamento. Obadias foi o primeiro a sugerir as janelas para o tesouro, cansado de ler pergaminhos com lampiões e na esperança de que os contabilistas tivessem mais conforto.

Acabe estava escovando seu cavalo, um pequeno e perverso animal com um temperamento tão negro como o casaco do príncipe. Obadias manteve distância.

– Não – respondeu Acabe, claramente perdido em pensamentos.

– O pai de Mirra quer que ela encontre um marido em uma das visitas de anciãos ou da realeza. Foi por isso que ele pediu a Omri que permitisse a ela servir à princesa. Mas ela não tem talento para o serviço.

– Mirra deve estar satisfeita com o acordo. Ela vai encontrar um bom marido.

Obadias ergueu as mãos em um frágil protesto. Ele odiava amar uma mulher que nunca poderia ter, mas pior ainda seria falhar com ela.

– Eu não entendo as mulheres, Obadias – comentou Acabe, deixando o cavalo e andando pelo centro do estábulo.

Em cada lado havia baias com paredes de pedra e portas de madeira na entrada, e em cada uma tinha uma janela, portanto o sol do início da tarde iluminava a poeira que circulava constantemente ali. A forração estava sendo substituída em uma baia vazia, e Acabe fez uma pausa enquanto o cavalariço a espalhava. Quando Obadias o alcançou, o jovem voltou sua atenção ao amigo, intenso e ainda distraído.

– Quando seu pai morreu – ele perguntou a Obadias –, por que sua mãe nunca se casou novamente? Será que nenhum homem a quis como esposa? Será que foi por isso que ela teve de vender a si mesma?

Obadias endireitou as costas com a menção à mãe.

– Ela não quis ser uma esposa. Isso vale para os dois lados, como você sabe.

– Por que uma mulher se sente assim? É contra a natureza.

Jezabel é qualquer coisa menos natural, Obadias pensou, lembrando o fogo que ela tinha provocado na semana anterior. Acabe dissera aos criados que ela derramara o óleo da lâmpada por acidente. Obadias suspeitava que não, mas não tinha certeza se Acabe sabia da verdade. Ela dava respostas estranhas. Também não gostava que os criados a tocassem, e nem sequer de comer com outras pessoas olhando-a; parecia temer pegar a melhor parte da carne, e olhava com desconfiança quando os anciãos da cidade a elogiavam. Mais de uma vez ele a tinha visto cuspir neles quando viravam as costas.

Acabe suspirou.

– As mulheres são complicadas, não são?

– Eu acho que a maior parte da vida – concordou Obadias.

Mas Acabe não o escutava mais, não sobre Fenícia e não sobre Mirra. Acabe fizera a sua escolha e parecia vagar em sua própria cabeça.

Obadias desejava que tivesse uma escolha a fazer também, mas tudo o que ele tinha era responsabilidade, o que não significava o mesmo que autoridade. Cabia a ele manter todos alimentados e vestidos, o palácio e a corte funcionando sem esforço, e os membros da realeza livres das preocupações do dia a dia que poderiam distraí-los. Ele desejou que Deus lhe tivesse dado escolhas, não apenas responsabilidades.

Obadias observou enquanto o responsável pelo estábulo fazia a contagem diária dos cabrestos e freios pendurados na parede.

Então, testou o metal do cabresto em sua própria boca.

5

Jezabel

Acabe a havia deixado horas atrás para atender aos negócios da corte. Mirra, aparentemente notando o tédio de Jezabel enquanto ele estava fora, ofereceu-se para ensinar a ela um jogo de dados que o seu povo jogava. Lilith se ofereceu para lhe preparar um banho. Mas Jezabel preferiu andar. E, sozinha, saiu de seu aposento.

Um mês havia se passado desde a chegada de Jezabel a Israel, e ela, lentamente, começava a se sentir mais forte diante dos carinhos de Acabe, e precisava de menos truques para resistir emocionalmente a ele. Havia algumas semanas, a jovem princesa tinha resolvido sobreviver ao toque dele até que concebesse. Quando ela estivesse com criança, Acabe felizmente não iria tocá-la durante meses.

Até isso acontecer, Jezabel encontrara uma maneira de suportar a ternura do marido: fechava os olhos e pensava nos outros homens, aqueles que a haviam machucado e usado, mas não a conheciam. Com eles, ela se sentira muito mais segura. Quando Acabe a tocava, era como se ele quisesse arrancar sua pele, a parte dela que não podia suportar nem sequer o toque de ar fresco.

Enquanto caminhava, Jezabel sofria com o desejo do conforto solitário de sentar-se entre as crianças de argila. Ela não tinha como rezar a Asherah, a rainha do céu, sem os sacrifícios regulares de crianças. Sua rotina diária era ainda desconhecida, como o era o calendário religioso dos hebreus. A corte fenícia centrara seus dias nas visitas a comerciantes, visualização de mercadoria e negócios. Israel era um país de base militar, dirigido por um comandante de exército que não dedicava muita atenção a luxos ou a comidas finas. Ou à deusa. Os hebreus que Omri governava passavam dias de jejum e dias de banquete, embora Obadias tivesse respondido secamente a ela que ninguém oferecia sacrifícios em Israel. Apenas em Jerusalém, no templo de Salomão, e, o rapaz dissera, eles eram sagrados. Jezabel não tinha certeza do que ele queria dizer.

E por essa razão ela havia vagado até a particular ala do palácio em um fim de tarde. Jezabel já ouvira falar sobre Javé, o deus único de Israel – pois ele recusou a consorte –, mas sua história fora escrita em pergaminhos, e Obadias os mantinha com os registros do palácio. A princesa tinha andado o suficiente pelo palácio para saber onde ele os guardava, em uma sala silenciosa, com apenas três compridas mesas e bancos para sentar. Havia cestas que revestiam as paredes, e potes, todos com pergaminhos, e alguns pareciam de fato muito antigos. As paredes eram de pedra nua. Não existiam janelas ali, e as três lâmpadas de óleo que queimavam projetavam sombras escuras de sujeira nas paredes.

Jezabel parou do lado de fora da porta, inundada por uma familiar onda de expectativa. O cômodo era como o seu próprio, o que a fez sentir-se de volta à Fenícia. Obadias crescera perto de Javé por meio dos pergaminhos, e estes não eram diferentes das crianças de argila. Se Obadias apenas imaginasse como ela era semelhante a ele...

Jezabel ouviu vozes masculinas provenientes do interior. Ela abriu a porta e inclinou a cabeça na direção da abertura, prendendo a respiração.

Omri e Acabe estavam de pé olhando um pergaminho aberto em cima da mesa. Obadias permanecia sentado, observando Omri com um olhar de expectativa, uma pena posicionada no ar.

Omri era o mais confortável no cômodo, o que ela podia perceber pela maneira como ele apontou para o pergaminho diante de si e observou com impaciência enquanto Obadias assentiu e escreveu.

Omri estava planejando algo, e Acabe deu um passo e argumentou. Quando os olhos de Acabe e os dela se encontraram, o estômago de Jezabel se apertou.

– Jezabel, volte para seus aposentos – ele ordenou.

Omri a viu.

– Espere. O que você sabe de Ben-Hadade, Jezabel?

– Ela não sabe nada sobre isso – protestou Acabe.

Obadias a observava, os olhos estreitando-se ligeiramente.

Jezabel havia enfrentado muitos homens como ele; homens que por qualquer motivo ela divertira, tentando provar que não era estúpida só porque tinha nascido uma menina.

– Eu sei que ele será em breve rei da Síria – disse ela. – Que ele não é tão paciente quanto o pai. Que ele gosta de mulheres estrangeiras. – A sobrancelha direita de Acabe arqueou. Jezabel nunca tinha falado com ele sobre Ben-Hadade. Ele nunca havia pedido, e ela agora temia as perguntas que viriam mais tarde. – Quando ele visitou o nosso palácio – ela continuou –, sempre se levantava antes do amanhecer para ser o primeiro no porto logo que os navios de escravos chegavam. E comprava pelo menos quatro ou cinco meninas em cada visita.

Os olhos de Omri estavam frios enquanto a estudava. Como Jezabel havia crescido sob olhares frios, não se alterou.

– Seu pai alguma vez considerou dá-la a Ben-Hadade no lugar de a Acabe? Fizeram promessas?

O ar no quarto era como uma parede de lâminas se fechando, estendendo-se sobre sua pele e repousando contra ela, pronta para cortá-la. Mas, em seguida, Jezabel exalou tranquilamente. A intuição de Omri a surpreendeu, mas lhe deu uma oportunidade.

As pedras sob seus pés pareciam mais sólidas agora. Ela conhecia esse terreno, o caminho por meio do qual homens importantes se enfureciam com ela quando estavam com medo, e ela dispunha de defesas muito boas.

– Não foram feitas promessas; Ben-Hadade buscou a união – explicou Jezabel, evitando olhar para Acabe. – Eu o rejeitei – acrescentou.

Omri sorriu com uma distância fria e cruel nos olhos.

– Acabe, podemos ter de lidar com um amante desprezado.

– Ele nunca foi meu amante. – *Nenhum homem jamais o fora*, ela queria acrescentar, mas desviou o olhar quando Acabe a olhou.

Omri cruzou os braços.

Ela deixou a coragem dominá-la. Atravessou a sala e encontrou o território de Ben-Hadade no mapa. Rodeou-a com o dedo. Ficava a leste, um pouco acima do ponto médio entre Israel e a Fenícia.

– Ben-Hadade tem um exército forte, mais forte do que o da Fenícia, talvez mais forte até mesmo do que o seu – Jezabel explicou. – Mas, se aliado com a Fenícia, ele teria atacado Israel e tentado tomá-la para si mesmo. Meu país perderia o controle das rotas comerciais. Portanto, eu o aconselhei a recusar Ben-Hadade por causa de dinheiro.

Omri sorriu com arrogância e olhou para o filho. Mas era verdade. Jezabel havia recusado o casamento, e seu pai e os anciãos aplaudiram a sua decisão. Foi por isso que ela pensou que podia confiar neles. Enfim, eles viram algo valioso na jovem princesa. Mas ela percebia agora que o que haviam visto era o seu valor no casamento, se fosse vendida a Israel.

– Ele quer suas rotas comerciais, não a mim – acrescentou. E olhou para Omri, odiando-o por fazê-la confessar sua inutilidade.

Acabe se colocou entre seu pai e a esposa.

– Pegamos um espião na noite passada – Acabe disse a ela, falando baixinho. – Um de Ben-Hadade. O espião disse que Ben-Hadade está interessado em nosso progresso na construção de Samaria.

Jezabel assentiu, agradecida por ele dispensar-lhe tratamento igual.

– Ben-Hadade precisa da Fenícia por seus portos marítimos – ela lembrou. – Mas Fenícia e Israel estão alinhados agora. Se ele atacar Israel para conseguir suas rotas de comércio, vai irritar o meu povo e perder o acesso aos portos.

– Afinal, talvez ele não esteja atrás de Israel – Omri sugeriu – e *nós* somos o seu povo agora. Não somos?

– Meu rei! – Um mensageiro irrompeu pelo quarto, sem fôlego. – Elias está aqui!

Omri amaldiçoou, e seu corpo se transformou na armadura de um guerreiro. As mãos crisparam-se em punhos, os ombros retesados para trás e para baixo, as sobrancelhas unindo-se em uma linha feroz. Ele seguiu o mensageiro sem qualquer palavra ou olhar. Obadias e Acabe o acompanharam de perto, trocando palavras silenciosas e preocupadas.

Jezabel só ouvira rumores obscuros desse homem chamado Elias, mas nunca o havia encontrado. Ele tinha sido nada mais do que um fantasma nas histórias dos servos hebreus, histórias de milagres e crianças que ele resgatara dos mortos. Elias tinha uma magia poderosa, caso se pudesse acreditar em metade das histórias.

Talvez ele soubesse de Asherah. Talvez ele pudesse rezar à deusa por ela. O andar de Jezabel se acelerou com o pensamento. Se ele era um poderoso homem dos deuses, podia até não precisar sacrificar uma criança.

Jezabel continuava seguindo-os, mas Omri parou e se virou para ela.

– Tire-a daqui – disse a Acabe.

Acabe balançou a cabeça para a esposa, indicando que não os seguisse. Obadias a viu dar mais um passo, e se moveu para agarrar o braço dela, como se ele estivesse em pânico.

Eles não queriam que ela encontrasse Elias. Desejavam manter ele e sua magia longe de Jezabel. Mas por quê?

Quando a mão de Obadias alcançou o antebraço da jovem, ela levantou o braço e afundou os dentes na mão do administrador. Ele gritou, e, no intervalo de tempo entre o choque e a reação, ela já estava correndo à frente deles.

A sala do trono estava vazia. O trono de Omri, feito de madeira lisa e posicionado sobre uma plataforma elevada, era a única mobília da sala. Acabe tinha determinado que artesãos da Fenícia pintassem as paredes e colocassem revestimento de marfim no trono.

Portas localizavam-se no outro extremo da sala, levando para um *hall* comum, onde os anciãos podiam negociar em relativa calma. Discussões importantes e homens importantes, mas Jezabel não tinha nada disso em mente quando as portas se abriram e Elias entrou.

Ela ficou chocada ao ver crianças pequenas circulando-o, e viu quando ele se inclinou para elas e sussurrou algo que fez todas ficaram quietas, os olhos arregalados. Então o homem procurou alguma coisa dentro de um saco em sua túnica, até achar algo que parecia sementes ou pequenas frutas, e as crianças gritaram de alegria antes de pegá-las e sair correndo.

Fascinada, Jezabel o observou. Ele tinha uma barba branca espessa e o nariz bulboso esparramado. Os olhos eram grandes e claros, como os de uma criança. Energia pulsava dele, sua presença agitando o ar. Mas o rosto era doce, como um avô que queria ouvir uma história, e ela estava tentada a aproximar a mão dele, como se o homem pudesse lhe dar também alguma coisa boa. Ele era tão tranquilo e equilibrado. Não surpreendia, portanto, o fato de que o povo lhe implorasse cura. Ele era o tipo de homem que fazia as pessoas acreditarem que tais coisas ainda fossem possíveis naquela época. As bochechas salientes pareciam pequenas maçãs vermelhas acima da barba, e, sob o bigode de Elias, Jezabel podia ver os lábios dele se contraindo. Ele sorria muito, o que ela percebia pelas profundas linhas em volta de toda a boca. E também não era magro, com um estômago de bom tamanho, similar ao de alguém que gostava de banquetes. Não era rico, a julgar pelas vestes grosseiramente tecidas, mas obviamente era amado. Alguém, talvez muita gente, estava alimentando-o muito bem.

Omri, Acabe e Obadias entraram no cômodo atrás dela, todos respirando pesadamente. Ela não se virou para confirmar, mas sabia que eles estavam lá. Então esperou, olhando fixamente, que Elias falasse com ela.

Quando os olhos dela se encontraram com os dele, o bigode já não se contraía. Seu olhar intenso queimava a pele dela. Jezabel mudou seu pé de apoio, sentindo-se como se devesse sair correndo. Ele deu um passo em direção a ela, que sentiu um medo totalmente novo. Considerando que, no início, ela foi confortada por Elias, algo nele agora a fez se encolher. Ela queria se esconder nas sombras; a sala do trono pulsava com uma energia estranha. Parecia uma culpa horrível, mas Jezabel não tinha feito nada, exceto servir a seus deuses.

Ela perdeu o fôlego, sufocando em dor. Seu coração parecia desnudado diante dele. Sentia-se como um verme contorcendo-se no chão depois de uma pesada chuva durante a noite, morrendo sob a luz forte da manhã.

– Vejo que fez sua escolha – disse Elias a Acabe em um tom tímido, como se aborrecido.

– Eu não tive escolha – respondeu Acabe. Ninguém se moveu. Jezabel ouvia apenas a respiração deles e o som do seu próprio coração batendo.

Elias coçou a barba e esperou. Acabe não disse mais nada. Então Elias falou, a voz embebida de tristeza:

– Eu pronuncio uma maldição sobre você. Assim como o Senhor Deus de Israel vive, em cuja presença estou, não haverá orvalho nem chuva de novo, a não ser pela minha palavra.

Elias segurou a dobra extra na sua túnica e voltou-se para a saída. Ele parou apenas para descansar a mão no ombro de um guarda, dirigindo ao jovem um olhar de tristeza. Então se foi.

Omri olhou para Jezabel, dando um passo em direção a ela, o rosto obscurecido pela raiva. Acabe segurou-a pelo braço, afastando-a do pai.

O estômago da jovem se agitou, e ela não sabia se em decorrência de sua nova enfermidade, uma pequena praga que a atacava diariamente, sobretudo pela manhã, ou do choque de pensar que Elias poderia ser forte daquele jeito. Que magia era essa? De que deus? Ela apertou a mandíbula quando percebeu que não dedicara sequer uma palavra a ele. Quem quer que fosse o deus de Elias, Jezabel queria fazer um sacrifício para ele. Se ela tivesse conhecido esse deus antes, quantas coisas poderiam ter sido diferentes.

Por essa razão, haviam lhe permitido viver, para que ela pudesse finalmente conhecer Seu nome.

Esse era um pensamento estranho, e não em sua voz.

Ela parou, cravando os calcanhares, obrigando Acabe a se virar para olhá-la. Então falou com firmeza, como se fala a uma criança assustada:

– Eu quero falar com Elias sozinha. – Acabe fechou sua boca em uma linha dura e puxou Jezabel de novo, para forçá-la a ir adiante. Ela se recusou, libertando-se do controle dele. – Eu tenho de falar com ele. Quero que seu deus seja trazido aqui para Samaria de uma vez. Vou fazer sacrifícios para ele. Ele vai ficar satisfeito.

– Elias? Não. E o deus dele é Javé – explicou Acabe. – O deus de Israel. Javé já está aqui.

– Isso não pode ser verdade. Por que um deus amaldiçoaria sua própria nação? Elias deve servir a outro deus.

Acabe balançou a cabeça.

– Ele não conhece outro, nem qualquer coisa que não seja Javé.

Jezabel tinha pensado em Javé como um deus mais velho, menos potente do que o seu próprio, um deus para uma geração moribunda, mas Elias proclamou uma ousada maldição viva. Reter a chuva significava a morte lenta para uma nação. Por que qualquer deus ameaçaria o seu próprio povo? Por que um deus seria tão desinteressado por ela e ainda assim tão irritado com a sua presença? A corte ao redor de Jezabel estava viva com sussurros e movimento frenético.

– O que poderia ter irritado seu deus assim? – ela perguntou.

– Você – respondeu Acabe.

O familiar sabor de condenação lhe subiu como bile na garganta. Nada havia mudado. Sim, ela era uma princesa, mas continuava, como sempre, indesejada.

6

Acabe

Mais de duas semanas se passaram desde a visita de Elias. Nenhuma chuva tinha caído, mas ainda era o início da estação.

Acabe não conseguira dormir, inquieto com pensamentos que desejava evitar, os quais sempre pareciam encontrá-lo à noite. Ele ficaria feliz em deixar Jezabel. A esposa dormia ao lado dele, e a constância do subir e descer de sua respiração representava um alívio. Acabe não fora capaz de olhá-la desde a visita de Elias. Ele deveria ter dito a ela de sua batalha com o profeta muito antes de o homem se apresentar na corte com uma maldição como presente de casamento.

Acabe nunca tivera uma escolha. Elias lhe havia avisado de que não honrasse os desejos do pai e, assim, não trouxesse essa princesa para Israel, mas Acabe não era habituado a obedecer a homens que não estivessem em sua cadeia de comando. Recebia ordens apenas de seu pai, e de mais ninguém.

E por uma boa razão: soldados obedeciam a Omri, ou morriam.

Mesmo que essa terra, como dissera Elias, pertencesse a Javé, um homem tinha de governá-la, não tinha? Reis haviam governado os povos de Javé por gerações. Obadias concordou, afirmando que estava tudo escrito em seus pergaminhos. Mas aqueles homens não eram em nada como Omri. *Ou talvez*, Acabe pensou, *Omri não era em nada como eles.*

Acabe rastejou silenciosamente para um canto do aposento, sustentando na palma da mão uma pequena lâmpada de óleo para iluminá-lo. No canto havia uma mesa em que Acabe guardava sua bolsa, onde estavam todos os amuletos e colares e imagens de pedra de deuses, 23 ao todo. Ele acendeu um pedaço de carvão na chama da lamparina de azeite e colocou-o em um prato, polvilhando incenso sobre ele. O carvão queimou vermelho e, em seguida, lançou uma fumaça branca que fez arderem os olhos de Acabe. Com as mãos em concha, ele mergulhou seu rosto em meio à fumaça, agitando-a sobre cada um dos ombros e, em seguida, sobre a cabeça.

– Para qual deles você está orando? – Jezabel perguntou, atrás dele. Ele fechou os olhos, irritado consigo mesmo por ter sido pego.

– Volte para a cama – ele respondeu.

– Eu não reconheço todos esses deuses – ela comentou. – Eles são feitos de forma grosseira.

– Os soldados os esculpiram nas tendas quando estavam à espera de uma batalha e não conseguiam dormir. Então esculpiam a imagem de seu deus e oravam, às vezes a noite toda. Eles morreram pela manhã. – Ele suspirou.

– Os deuses falharam – ela provocou, parecendo distante, irritada, como se estivesse falando com outra pessoa.

Acabe se levantou e a olhou nos olhos. As pupilas de Jezabel estavam dilatadas e negras já que ela permanecia nas sombras.

– Eu não estou honrando os deuses. Estou honrando os homens. Eles eram meus amigos.

Ela balançou a cabeça, como se estivesse tentando entender, tentando afastar uma lembrança ruim para vê-lo mais claramente.

O príncipe pegou a mão da esposa, que não a tirou. Um sorriso brincou em seus lábios, mas ele não a olhou. Cortejá-la era como tentar convencer um gatinho assustado a sair de seu esconderijo.

– Eu tive um irmão mais velho. Você sabia disso?

Os olhos dela se abriram mais, percorrendo-os um lampejo de algo como reconhecimento.

– Não – ela sussurrou.

– Eu tive. Ele era mais velho dois anos, e muito parecido com o meu pai, que por isso o amava mais do que a mim. Quando meu irmão morreu, meu pai disse: "Eu permaneci a noite toda com o corpo para que os animais não o pegassem. Segurei suas mãos e as esfreguei entre as minhas, por horas, tentando mantê-las aquecidas. Mas ele só ficava cada vez mais frio. Ele não adorava qualquer deus, e nem nosso pai. Aquele não era o seu caminho, e então não havia nada que eu pudesse fazer por ele. Eu acho que é por isso que os deuses são importantes. Se eles são reais ou não, se eles falham ou não, isso não importa. Os deuses são para nós".

Jezabel chegou mais perto, ouvindo atentamente, algo se avivando em seus olhos.

– Como ele morreu?

– Tínhamos ido para a batalha, confiantes de que possuíamos mais tropas, melhores armas. E era verdade. Mas ele e eu nos separamos, e, quando o procurei, um homem mais forte o segurava sob uma lâmina. Meu irmão olhou diretamente para mim quando morreu. E me odiava naquele momento. Eu seria aquele que viveria. Não havia nenhuma razão para isso; ele era mais forte e mais amado. Mas eu fui quem viveu.

Jezabel estendeu os braços e o puxou para um abraço, e ele não resistiu. Acabe sentiu a cabeça dela descansar sobre seu peito, e inclinou a sua própria para lhe cheirar o cabelo, preto, perfumado, penteado e brilhando à luz do lampião. Os braços dela eram fortes, mesmo que tremessem, incerta de como tocá-lo. Jezabel era uma mulher estranha e maravilhosa, e Acabe não tinha ideia do motivo de lhe ter dito essas coisas.

– Deixe-me mostrar-lhe uma coisa – ela murmurou, afastando-se. Então caminhou de volta para a mesa onde suas vestes haviam ficado pela manhã, e pegou de dentro de um saco uma estátua de pedra do tamanho da palma da sua mão. Era a figura de uma mulher com seios e barriga acentuados, mas sem rosto. Os pés tinham sido quebrados. – Esta é Asherah. Eu a mantive ao meu lado desde que era criança. – Jezabel olhou para Acabe, mordendo o lábio, e, em seguida, colocou sua Asherah entre os outros deuses. Ajoelhou-se, franzindo os lábios, e soprou a fumaça perfumada sobre a estátua, sussurrando uma oração silenciosa.

– Podemos orar juntos – disse Acabe, e ela gemeu em uma agonia que não entendia, enterrando o rosto nas pernas dele.

O rapaz se levantou, acariciando os cabelos da esposa, imaginando o que havia dito ou feito para explodir essa mágoa. Provavelmente, quando ele terminasse a construção do templo dos deuses, ela se sentiria melhor. O acordo de casamento exigia que ele fizesse isso, assim como todos os acordos de união entre nações exigiam. O templo de Baal seria construído em primeiro lugar, e depois, quando as pessoas viessem a aceitar que até mesmo o poderoso Baal precisava de uma esposa, a deusa teria seu próprio templo. Até os israelitas entendiam o poder do feminino, portanto, eles não iriam adorá-lo, não completamente.

– Se o seu deus alguma vez lhe pedir que me mate – disse ela, olhando para cima com um rosto contorcido pela dor –, você o fará?

– Não.

Ele não faria isso. Ele nem sequer parara para pensar, ou dera a ela aquele estranho conforto, prometendo que o faria. Ele nunca poderia machucá-la. Algo já a ferira, muito longe em seu passado. Finalmente, ela ficou em silêncio, e sua respiração se acalmou. Ele se ajoelhou ao lado de Jezabel, observando-lhe o rosto, agora resignado, de volta à sua máscara de indiferença, antes que a fumaça fizesse os olhos dele arderem, e Acabe os fechou por alívio.

Jezabel

Jezabel baixou a cabeça sobre a bacia, esperando a onda passar. Lilith tinha solicitado um *ashipu.** A princesa precisava de medicina ou de uma mágica ou, ainda, de uma oração, não importava qual. Implacáveis ondas de náuseas pela manhã a atormentavam todos os dias. Mirra a encorajou a inclinar-se para trás nos travesseiros da cama e ofereceu-se para limpar a testa de Jezabel com um pano de linho úmido.

Jezabel recusou. Logo seus sacerdotes estariam prontos para fazer sacrifícios à deusa. Mesmo antes de Elias aparecer, Acabe

* Conhecido como mago ou feiticeiro, ao *ashipu* cabia fazer o diagnóstico da doença e determinar se um deus ou demônio a estava causando. (N.T.)

tinha determinado a seus trabalhadores que construíssem um templo para Baal, o marido de Asherah, com uma árvore sagrada esculpida e um altar do lado de fora do templo em honra a ela. Uma vez que os deuses vissem a fumaça subindo de Samaria, eles viriam. E iriam falar com Javé, ou afugentá-lo.

Jezabel respirava fundo entre as ondas de náuseas, o que ajudava. Sua testa estava gotejada de suor, e ela engoliu o gosto amargo que havia em sua boca. Em seguida, virou a cabeça para olhar pela janela. Um abrasador vento siroco tinha soprado até o final da tarde no dia anterior, arrancando as últimas folhas de verão e revelando galhos que pareciam rios escuros. Choveram folhas passando em espirais frenéticas pela janela de onde Jezabel observava a paisagem.

A princesa se perguntou se ela iria sobreviver à seca. Um mundo sem água era inviável para um fenício. Será que a morte seria lenta? Ela estava presa aqui, presa em seu próprio corpo por essa doença, presa por terra seca em todas as direções, sem uma casa para onde voltar. Acabe ainda a trazia para sua cama durante a noite, mas ele parecia relutante em tocá-la. Ela deveria ter sido socorrida, mas, nas semanas que se passaram desde a maldição, o nome não dito que pairava entre eles era Elias.

Uma temporada de alegria começava para o povo dela na Fenícia, mas o humor nas tendas abaixo, em Samaria, e nas novas casas, estava tranquilo. A notícia sobre a maldição espalhara-se. Jezabel suspeitava que Ben-Hadade estava lá fora também, em algum lugar, observando e esperando.

Obadias entrou no aposento, uma bola vermelha de fogo arrancando um suspiro de Jezabel. Ele estava segurando a primeira romã madura da estação, carregando-a como uma joia. Era um rubi radiante que iluminava o aposento.

A jovem princesa se recusou a segurá-la na mão, embora seu corpo se retorcesse de ganância. Obadias hesitou e, em seguida, a colocou na cama ao lado dela.

Jezabel sentou-se para agarrá-la, sentindo o peso do suco dentro da fruta, pensando nas sementes ricas que iria estourar com a borda dos dentes. A pele vermelha era áspera sob seus dedos. Um prêmio. Ela não tinha conhecido fome como essa antes, mais poderosa do que qualquer outra que sentira em seu passado. Ela não entendia a razão de tanta fome, e tão rápido. A seca ainda não se instalara. Havia abundância de alimentos à mesa.

– Vamos nos mudar para o palácio de inverno em Jezreel neste mês – informou Obadias. – É a tradição, já que os invernos aqui são desagradáveis. Acabe irá na frente com o exército, portanto você terá tempo de se preparar. Vai precisar de minha ajuda?

– Não – ela respondeu, desejando que ele saísse logo para que pudesse comer a fruta.

Obadias foi pegar a romã, e Jezabel a puxou. Ele estendeu a mão, pacientemente, até que ela viu o braço dele tremer por ficar por tanto tempo esticado no ar. Ele não iria machucá-la, ou roubá-la, por isso ela colocou a fruta na cama e a rolou para ele.

Ele começou a descascá-la para Jezabel, franzindo a testa suavemente como se um grave problema estivesse agitando-o. Obadias não gostava dela, o que Jezabel soube imediatamente. Ele deveria ter vindo ali regozijando, o prazer cintilando nos olhos por ela ter causado um conflito entre Acabe e Elias e o deus da nação. No entanto, ele não fez nenhuma reprimenda. Obadias continuava um mistério para ela. Como Acabe, sua gentileza era imprevisível.

O suco escuro manchou os dedos dele.

Obadias estendeu a romã para ela, o topo descascado, revelando a branca medula e as bagas vermelhas em seu interior. Ela a aceitou, com cuidado para evitar tocar nele, e a levou aos lábios. O suco era frio e extremamente doce. Ele falou enquanto ela bebia, aliviada demais para se concentrar. Algumas sementes caíram dentro de sua boca, e a princesa as mastigou.

– Jezreel é o nosso quartel-general militar – ele explicou. – Não se parece em nada com Samaria. As terras a sua volta são bonitas, embora o palácio seja construído como uma base militar e cercado por conjuntos militares. Não vai ser do seu gosto quando a vir pela primeira vez.

Ela assentiu com a cabeça, entregando a romã a um criado, que a colocou sobre uma mesa para que a princesa a saboreasse mais tarde. Lilith entrou com o *ashipu*, que, silenciosamente, deixou sua bolsa sobre uma mesa no canto do aposento, de costas para as mulheres, enquanto preparava os medicamentos.

– Você está tentando me impedir de ir? – ela perguntou.

– Não – Obadias balançou a cabeça com ênfase. – Eu a estou preparando porque você irá. Acabe vai querer que você seja feliz. Pegue tudo que acha necessário, e lembre-se de que vai estar lá por vários meses. – Obadias se adiantou e baixou a voz, falando com urgência, mas sem desrespeitá-la, como se estivesse tentando salvá-la: – Quero falar francamente com você. – Ela assentiu com a cabeça. – Deixe os seus deuses para trás, Jezabel. Você é uma princesa de Israel agora. Você pertence a Javé.

Ele estava com medo, e a princesa viu isso nos olhos dele. Pareciam seus próprios olhos quando ela era uma criança. No entanto, ninguém ia salvá-lo; Obadias devia saber disso da mesma forma como ela mesma uma vez já soubera.

– Não pertenço. Eu me entreguei a meus deuses há muito tempo. E dei tanto – ela retrucou, desejando que Obadias de alguma forma entendesse tudo o que ela não poderia dizer.

– Israel não é a Fenícia. Deixe o passado para trás.

Jezabel ouviu o desespero na voz dele, como se estivesse lutando por ela. Por que ele se importava? Como ele poderia achá-la repulsiva e ainda querer ajudá-la? No entanto, foi a conversa mais interessante que tivera desde que colocara os olhos em Acabe. Obadias estava falando com ela como com um igual, mas Jezabel não se ofendeu. Alguma coisa o guiou.

– O passado não me abandonará – ela disse.

– Renuncie a Baal e Asherah – Obadias insistiu em um sussurro, o olhar penetrante. Ele não piscou enquanto olhava fixamente nos olhos de Jezabel, em busca da alma que restava por trás deles.

– Certamente há espaço aqui para mais de um deus – ela retrucou num tom de voz elevado, enquanto o *ashipu* aproximou-se com uma estátua de Asherah em uma das mãos, e uma xícara de remédio na outra. Obadias recuou, mantendo as palmas das mãos para cima num gesto de proteção. – Cheguei longe demais – Jezabel continuou, embora Obadias já não estivesse mais ouvindo. Ela podia muito bem estar falando para si própria. – Eu dei tudo. Se eu estiver errada, mereço a morte, não uma segunda chance com algum novo deus. Não vou cometer o mesmo erro duas vezes.

E, na verdade, ela não era uma mulher ignorante. Já ouvira tantas histórias quanto Obadias as tinha lido. Nunca um deus havia dado ao seu povo um problema desses. Javé não honrava aqueles que eram devotados a ele? Se ele trairia seus melhores súditos, então Jezabel sabia muito bem que tipo de deus ele era. E não era diferente do pai dela e de Elias, apenas outro homem ansioso por ver a queda dela. Se os deuses de Jezabel fossem desonrados, e o dele elevado, Elias podia pedir qualquer coisa e conseguir. Até mesmo a coroa aos anciãos. Ela havia perdido uma coroa uma vez, e isso não aconteceria novamente, que havia confiado na palavra de um deus uma vez e feito o impensável, e isso só a tinha levado até ali.

– Por que a morte é o único caminho? – ela perguntou ao *ashipu*, que levantou uma sobrancelha, esperando que ela continuasse. – Em qualquer religião existe a morte. A morte é a única maneira de provar a si mesmo para os deuses. – Ela suspirou. – É a única maneira de progredir.

Ele balançou a cabeça, sem entender; afinal, era um curandeiro, não um sacerdote. Ela era o oficial de mais alto escalão de sua religião nessa terra, sendo a filha de Etbaal. Se fosse para defender o seu deus, Jezabel teria de fazê-lo.

– Se você precisasse matar alguém, quem contrataria? – ela perguntou.

Ele pensou por um momento, coçando a barba.

– Um soldado chamado Amun ficou na cidade. Todas as manhãs, há uma semana, ele tem esperado no portão, à procura de trabalho. Acabe, porém, não vai contratá-lo, porque há rumores de que ele mata até mesmo crianças pequenas. Os hebreus o consideram repugnante.

Ele parecia perfeito.

– Eu tenho um trabalho para um homem que não tem medo de irritar um deus. Contrate-o para mim.

Jezabel sussurrou os detalhes para o *ashipu*, aliviada por saber que havia pelo menos um homem em Israel tão corajoso quanto ela.

Obadias

Obadias procurou os pergaminhos a noite toda para ter certeza do que já sabia, apenas algumas horas antes da partida deles para Jezreel. Ele não poderia levar sua biblioteca consigo. Nunca, na história de Israel, as chuvas de inverno deixaram de cair. E tinham de vir, porque a vida não poderia continuar sem elas. Chuva era vida. Sem ela, não haveria trigo de primavera, ou cevada, ou frutas ou sementes ou vinho. Sem chuva, não haveria Israel.

Obadias estava meio enlouquecido de medo, embora ninguém lhe tivesse dado crédito quando falou de escritos antigos e da história que eles contaram de Deus. Todos os criados da corte, até mesmo alguns das famílias dos anciãos que iriam acompanhá-los, tinham vindo repetidamente a ele durante a tarde, e também à noite, interromper sua leitura. Muitos precisavam de ajuda para encontrar itens, ou liberar os suprimentos armazenados, ou verificar o que deveria ser levado tanto para a viagem como para a estada. Obadias ficou em sua sala de pergaminhos, procurando freneticamente uma solução por meio das palavras. Nada pôde ser encontrado.

Elias tinha proclamado uma maldição inédita, um flagelo sem remédio.

– Não me faça ir para Jezreel – pediu uma criada chamada Amitra, que ficou na porta, com o rosto marcado pelas lágrimas.

Ele se levantou e foi até ela, tomando-lhe as mãos. Estava pálida, e os olhos pareciam ter perdido a vida.

– O que é, Amitra?

O ano anterior tinha sido difícil para ela. Seus pais a venderam como escrava para a corte de Omri, mas sem avisar que a filha estava grávida. Foi por isso que eles não a queriam mais como filha. Ela não teria um bom preço como uma esposa, mas tinha valor como uma escrava.

– Eu não quero servir a Jezabel, pois acredito que ela mente – disse, quase sem perceber.

Ele franziu o cenho.

– Você nunca deve falar da princesa dessa forma. Isso é desrespeitoso, e, mesmo que lhe perdoe, o rei pode não perdoar.

Um pouco de cor, de repente, voltou ao rosto de Amitra, e sua testa ficou marcada pela raiva.

– Mas ela mente! Ela me disse que havia uma maneira de eu poder ser livre, mas não sou livre! E pensei que eu poderia ser capaz de ir para casa se…

Obadias de repente soube o que a jovem estava prestes a dizer, e fechou os olhos, tentando não assustá-la. Ele exalou com força e então abriu os olhos.

Amitra explodiu em lágrimas, e ele teve de segurá-la quando seus joelhos pareceram se dobrar.

– Ela disse que sabia como era difícil para mim fazê-lo – ela gaguejou –, que a minha escolha não seria fácil, mas eu poderia ser abençoada no futuro, se sacrificasse a… criança… meu filho. Ela disse que isso tornaria as coisas melhores para todos. Asherah poderia até trazer chuva. Eu lhe obedeci. – Ela chorava em silêncio, tremendo. – Eu não podia olhar para o bebê, porque ele me lembrava de tudo que eu havia perdido. – A menina soltou um gemido silencioso. – Mas agora eu não posso olhar para mim mesma.

Obadias colocou os braços em volta de Amitra, apesar de ela ter resistido no início, batendo os ombros contra ele, recusando todo o conforto, mas ele foi paciente e a segurou até que ela se acalmasse. Então sentiu o gosto de suas próprias lágrimas que desciam, também, por sua face. Era o que ele temia: mentiras fenícias tinham despertado interesse em Israel também.

Essa menina não se importara em honrar a deusa ou adorar o sagrado feminino como uma declaração ousada de seu poder como mulher. Ela só tinha pensado que aquela era uma maneira mais fácil.

Obadias consolou a criada do melhor jeito que pôde, então mandou-a de volta para os aposentos que ela ocupava. Ele mesmo iria tomar providências, e assim prometeu, para mantê-la em Samaria durante o inverno. Obadias precisava de muita sabedoria para os planos que precisava elaborar. Acabe e Omri estavam preocupados com a guerra. Eles eram soldados, e a ameaça parecia mais real. Mas Obadias era um hebreu, e ele confiava em Elias tanto quanto o temia. Se as palavras de Elias eram verdadeiras, a seca estava chegando e a fome se seguiria. Obadias procurou em seus pergaminhos para encontrar as palavras de Moisés, a história sobre José, um administrador do palácio, que conduziu os egípcios durante um longo período de escassez. Se Deus não cedesse, ao menos essas palavras salvariam muita gente se Obadias as aplicasse fielmente.

Perto da hora final, ele sentiu cheiro de fumaça, uma fumaça espessa e adocicada, como a das fogueiras das cozinhas. Mas esse vinha de outro lugar, e ele o seguiu até que chegou a uma janela. Ao longe, um fogo brilhava em um altar improvisado de Asherah, o qual os homens de Acabe tinham levantado.

Obadias vomitou, segurando as mãos contra a boca para abafar o som. Ele tinha de manter esse segredo, até que tivesse certeza, até que segurasse um osso queimado aqui, em solo hebraico.

Tudo o que definia Israel passava por mudanças. Uma nação abençoada estava sob uma maldição. As chuvas de inverno não viriam. O primeiro bebê tinha morrido para homenagear uma deusa estrangeira, um demônio que Obadias não conhecia.

O administrador se perguntou se havia alguma misericórdia agora para salvá-los.

7

Jezabel

Jezabel pensou em todos os passarinhos que ela tinha apanhado para alimentar sua serpente no passado em Sidon. Será que eles se sentiram assim? Engolidos, dissolvidos, presos para sempre em um território inimigo? Era isso o que sentia ao deitar com um homem todas as noites e deixar crescer o seu filho no ventre. Por toda a sua vida, os inimigos tinham sido visíveis, externos, pessoas de quem ela podia fugir. Agora sua própria carne havia se tornado a coisa detestável. O corpo de Acabe tinha consumido o dela, e essa coisa crescia em seu ventre, alimentando-se dela, o volume em sua barriga igual ao da serpente.

Ela odiava Jezreel também, para onde se mudara havia duas semanas.

No entanto, sua localização fazia sentido. Duas rotas comerciais principais cruzavam-se em Jezreel. Uma ligando as nações de cima com as de baixo, e outra ligando as nações orientais com as ocidentais. Jezreel estava no coração de tudo e, portanto, tinha de ser defendida. Se uma nação atacasse Jezreel, isso desencadearia tumulto em toda a região. Eles seriam assaltados por todos, desde os belos egípcios até os sírios desordeiros brandindo espadas e ficando bêbados debaixo das árvores.

O palácio era uma decepção, ainda maior do que Obadias a havia alertado. Os construtores não tinham dado nenhuma atenção a sua aparência, ou à construção, ou mesmo à disposição. Apenas um palácio militar, construído por um militar para militares. Muito menor do que o de Samaria, era rodeado por uma muralha espessa com torres em cada um dos quatro cantos. Como Samaria, foi construído sobre uma elevação, então, qualquer pessoa sentada ao lado de uma janela tinha vista para um jardim, uma vinha que ficava abaixo e o vale. *Isso seria bastante agradável*, pensou, embora Omri pretendesse somente uma visão clara da aproximação de inimigos. Ele não tivera a intenção de proporcionar felicidade a ninguém.

Na muralha ao redor do palácio havia um portão enorme, e Jezabel ficou contente quando viu que estava concluído, e na frente da muralha se posicionava um fosso seco e profundo. Um homem podia morrer só por cair nele, já que era cortado em rocha. Nenhum exército poderia cavar através das muralhas ao redor do palácio sem ter passado pelo fosso.

Ela hesitou até mesmo em chamar Jezreel de cidade. Era um palácio ladeado por algumas construções e residências, e fora da muralha, no vale abaixo, ficavam as tendas para os soldados.

Acabe tinha saído para inspecionar as rotas de comércio e falar com os soldados. Ela estava desgostosa pela batida de seu coração quando ele a deixou. Acabe era conhecido, mas o lugar era desconhecido. Isso foi tudo o que sentiu, disse a si mesma. A princesa não podia confiar no marido, não se ele não tinha a força para fazer o que era certo por seus próprios deuses. O deus a havia testado, e ela tinha se provado digna. O mesmo ocorria com Acabe, que também estava sendo testado por seu deus. Qualquer esperança que ela alguma vez alimentara de que ele a baniria ou a mataria em obediência ao seu deus desaparecera. Essa dor era dela para sempre.

O *ashipu* entrou nos aposentos de Jezabel e começou a preparar suas substâncias.

– Saia – disse Jezabel, e ambas, Lilith e Mirra, olharam assustadas por cima de seu jogo de dados. O *ashipu* continuou trabalhando. Nenhum deles tinha certeza de a quem a princesa se dirigia, então ela gritou: – Todos vocês!

Mirra e Lilith saíram imediatamente, mas o *ashipu* não fez nada.

– Você não pode adiar isso por mais tempo – disse ele.

Ela cedeu, cuspindo em uma panela de barro, e seu curandeiro avaliou cor e textura. Depois a princesa urinou em outro pote, e ele murmurou sobre isso também. Então acrescentou o cardo-santo e agitou, sussurrando feitiços. Jezabel ficou olhando o conteúdo aquoso ficar vermelho. Em seguida ele passou um fígado fresco de um sacrifício recente sobre a barriga de Jezabel.

O *ashipu* o colocou na mesa ao lado de um modelo de fígado feito de argila todo perfurado. Enquanto examinava o sacrifício, ele observou o padrão de gordura e nódulos e depositou o pino correspondente em cada furo do modelo até que completou o diagnóstico.

– É uma menina – disse o curandeiro, e limpou a garganta.

Jezabel balançou a cabeça de um lado para o outro.

– Você fez isso errado – ela retrucou. – Os deuses estão testando sua habilidade.

O curandeiro limpou a mesa e colocou o modelo de volta em um saco manchado.

– Eu nunca estou errado – ele sorriu. – Além disso, a resposta vem dos deuses. Talvez estejam testando você.

Jezabel olhou-o. A saia enrolada em torno da fina cintura e rebaixada, o rosto barbeado e limpo, como todos os *ashipu*, embora o cinza dos cabelos tivesse crescido rapidamente, o que dava à cabeça um brilho opaco conforme a luz incidia nele. Ela supôs que ele tinha setenta anos, considerada a melhor idade para os curandeiros, que adoravam números e suas combinações.

A princesa se levantou e foi para a janela, abaixo da qual viu um cão marrom de rua vasculhando pedaços de comida que os guardas lhe atiravam.

Jezabel se virou e olhou para o curandeiro.

– Vou beber o cobre e abortar. Ainda não disse a Acabe que estou grávida.

O curandeiro balançou a cabeça.

– Em primeiro lugar, o cobre apenas pode selar o útero antes que a vida comece. Uma vez que a vida reivindique o ventre, é uma adversária feroz. E, segundo, Acabe não é um homem estúpido. Ele talvez esteja esperando que você lhe conte, mas na verdade já sabe.

Ela mordeu o lábio, observando o *ashipu*. Ele não tinha soluções ou talvez se recusasse a oferecê-las.

– Eu não quero uma filha! – Era a primeira vez que ela usava aquela palavra, *filha*, e o som no aposento a fez enfraquecer. Jezabel caiu no chão, e ele correu para ajudá-la, segurando-a por sob os braços, tentando levantá-la, mas ela se agarrou a ele e gritou: – Uma menina não! Por favor! Livre-me dela.

O homem lhe acariciou o cabelo e a embalou enquanto ela puxava o ar entre gemidos secos que faziam seu corpo tremer. Jezabel não sabia como chorar sem lágrimas. E ela não iria deixar que as vissem.

– Minha princesa, vou elevar o seu nome aos deuses e pedir outro sacrifício para você; gostaria disso? Talvez os deuses tenham misericórdia.

– Você é tão gentil – disse Jezabel, odiando-o por isso. Bondade não era mais do que sal em suas feridas.

Ela se aproximou e envolveu as mãos ao redor do pescoço do *ashipu*, gentilmente no início, para que ele não percebesse o que estava fazendo até que chegasse à posição perfeita. Então Jezabel o apertou com toda a raiva inundando suas veias por aquele bebê que ela não ia matar e pelas chuvas que não iam cair. Alguns vasos sanguíneos estouraram no branco dos olhos dele enquanto se contorcia de horror.

Quando, em poucos segundos, ele caiu, ela conseguiu apertá-lo com mais força. Ele não criava uma resistência forte, e ela queria alguém que a machucasse como fizera. Ela queria que ele lutasse, mas, sem se importar com a força com que ela o havia apertado, ele simplesmente afundou a seus pés, até que se deitou no chão, contorcendo-se, os olhos fechados. Ela se levantou e o chutou. Ele não se moveu. Ela pulou em sua barriga, desejando que inchasse e o machucasse. Mas ele estava morto. Ela se dobrou e encostou sua face na dele, gemendo em agonia. Ele era tão afortunado.

O guarda do lado de fora da porta veio olhar quando Jezabel fez alguns ruídos, chocando-se por ver o *ashipu* caído no chão.

Jezabel se sentou, fingindo choque e tristeza. Ela tinha visto mães o suficiente em sacrifícios na Fenícia para saber como fazê-lo.

– Eu tentei salvá-lo!

– Vou pedir ajuda – disse ele.

É muito tarde agora, ela pensou.

Acabe

Notícias perturbadoras de Samaria alcançaram Acabe apenas um mês após eles terem chegado a Jezreel. Não havia caído uma gota de chuva em Samaria, apesar de já terem passado mais de seis semanas da data prevista para o início das chuvas de inverno. O mensageiro avisou a Acabe que o ânimo na cidade havia mudado. Os trabalhadores já não cantavam enquanto trabalhavam. Todos os dias, o som do trabalho demorava a começar, e terminava bem antes do pôr do sol. Acabe tinha autorizado um aumento nos pagamentos para que se fizesse pelo menos a metade dos serviços. Desde que a chuva parara, ninguém mais quis trabalhar para concluir o templo de Baal. Então Acabe escreveu para o pai de Jezabel, solicitando-lhe que viessem trabalhadores adicionais. A energia e o talento artístico deles iriam reanimar o serviço.

Ele estava voltando para seu palácio depois de cavalgar com Obadias, num percurso durante o qual estiveram conversando com as tropas, verificando as estradas que conduziam para e de Jezreel. Não encontraram qualquer sinal de espiões de Ben-Hadade, mas também ali não havia chovido.

Acabe e Obadias cavalgaram para o palácio antes do amanhecer, enquanto os sacerdotes de Jezabel começavam a se alinhar nas estradas, com potes grandes dispostos entre eles, no chão, queimando incenso. O ar estava cheio de fumaça. Criados seguravam chocalhos de argila com formato de deus e deusa, sacudindo-os enquanto Acabe se aproximava. Todos os outros sacerdotes empunhavam uma tocha, de modo que a linha de iluminação se tornou uma sinuosa serpente cintilante subindo a colina para o palácio de Jezreel.

Jezabel estava no caminho, sem joias adornando-lhe o pescoço longo e macio. Ela manteve as mãos sobre o ventre, e ele soube que ela estava pronta para lhe dizer.

Obadias parou seu cavalo perto, a feição mudando à medida que ele viu a barriga inchada dela. E então ela olhou para Acabe, que desmontou, beijando-a nas mãos e pressionando-as contra seu rosto antes de se ajoelhar para beijar o ventre da esposa. Ela não se mexeu quando ele a tocou. Foi como acariciar uma estátua.

Os sacerdotes começaram uma música baixa, uma oração para o futuro brotando para a vida no ventre da princesa. Os criados também cantaram, balançando os chocalhos para a frente e para trás. A música subiu assim como o sol, parecendo o batimento cardíaco do mundo, e os sacerdotes dançavam enquanto tinham visões.

– Bênçãos para a casa de Acabe! – gritavam. – O nome de Acabe será grande! Ele não expulsou os muitos deuses que observam, e então irão cuidar dele!

Os soldados saíram de suas tendas. Eles estavam acostumados com os profetas de Israel, que falavam em termos simples e preferiam a companhia do povo comum e das crianças.

Acabe soltou-se de Jezabel e olhou para seu povo.

– Em todo lugar neste país encontrei uma cidade em ruínas. Israel viu muitas batalhas. Como vocês, uma vez eu desejei morrer por esta nação. Mas o tempo de morrer por ela já passou. É hora de construir, meus amigos. É hora de uma nova vida!

Os sacerdotes soltaram um grito de vitória e encheram a estrada atrás do rei, separando-o dos soldados. Acabe pegou as mãos de Jezabel e a conduziu de volta ao palácio pela estrada de terra simples.

– Está contente? – perguntou a ela, a voz suave o suficiente para que ninguém mais ouvisse.

– Você está? – ela perguntou. – Isso é tudo que importa, não é?

Foi um sentimento doce que soou ácido de seus lábios. Ela era uma esposa estranha, ele sabia, mas carregava um filho seu.

Ter filhos muda uma mulher, as pessoas sempre diziam. Eles dão um novo propósito à vida, mudam o coração das mães, de alguma forma fazendo-o crescer. *Para qualquer outra mulher*, Acabe pensou, *seria uma evolução natural, um crescimento fácil.* Mas o coração de Jezabel era tão reservado, tão cuidadosamente constrito, que o príncipe sabia que o crescimento poderia ser lento. Ele havia demorado um mês inteiro no início para ensiná-la a descansar em seus braços, a suportar o seu toque. E passou meses depois disso persuadindo-a a não apenas receber o seu toque, mas retribuí-lo.

Perguntou-se, com um suspiro, quanto mais ele iria ter de ensiná-la.

Obadias

– As notícias de Samaria não são boas – Obadias lhe disse no dia seguinte. – Sua intervenção é necessária. Se chover logo, poderemos ser capazes de salvar a metade final da época de cultivo.

Acabe bebeu vinho enquanto caminhavam na vinha abaixo do palácio e verificaram as flores crescendo pesadas com os frutos.

– Não temos com que nos preocupar – retrucou Acabe. – Tenho oito rastreadores procurando por Elias.

– Que bem fará encontrar Elias? Foi o Senhor quem amaldiçoou Samaria.

Obadias não podia dizer que o Senhor tinha amaldiçoado Acabe, embora isso fosse verdade, assim como ele não tinha coragem de dizer a Acabe que suspeitava ter sido uma criança oferecida no altar de Asherah. Ninguém poderia fazer uma acusação tão ultrajante sem provas. Obadias caminhara até o altar naquela noite, quando os sacerdotes se foram, e o local fora limpo e varrido. Se não houvesse vergonha no que fizeram, por que não deixaram vestígios? Que eles tivessem escondido suas ações era prova suficiente para Obadias, mas para ninguém mais.

Acabe disse a Obadias:

– Um dos sacerdotes de Jezabel falou comigo e afirmou que a maldição vai acabar com a morte de Elias.

Obadias segurou Acabe pelo braço.

– Você não ouviu uma palavra do que eu disse? Estou lhe dizendo que o Senhor está fazendo isso. Ele está irritado com a adoração a Baal e Asherah. Ele está irritado com o seu casamento com Jezabel. Se você matar Elias, isso vai provocá-lo novamente!

Acabe tomou um longo gole de vinho, então deliberadamente balançou o braço para se livrar da mão de Obadias.

A voz do amigo subiu quando ele tentou explicar mais uma vez:

– Israel não é como as outras nações. Você não pode substituir a sua religião, porque ela não tem um deus. Ela tem o Senhor. Você entende a diferença? Há uma presença viva em Israel.

– Todas aquelas horas que você passou estudando, eu passei no campo de batalha – Acabe retrucou. – Você acha que isso faz você mais inteligente?

– Não.

– Então não me diga como governar meu reino.

– Há coisas que você não sabe – Obadias começou.

Acabe o socou no estômago. O administrador caiu e ficou no chão, tentando inspirar ar para os pulmões. Acabe não esperou pela recuperação dele, e Obadias fechou os olhos enquanto o príncipe se afastou e chutou terra no rosto do amigo. A terra estava muito seca, e ia ficar ainda pior.

– O que você está fazendo? – Mirra estava se aproximando com uma cesta de figos.

– Saudações – respondeu Obadias, levantando-se muito rapidamente, e pressionando a mão sobre o estômago para não gritar. Ele nunca havia levado um soco desses, nem mesmo quando era um menino.

Mirra, distraída, entregou-lhe a cesta e desenrolou o véu que lhe envolvia os ombros. Ele podia ver as gotas de suor no rosto dela; o sol da tarde era forte. A jovem sacudiu os cabelos e deixou cair o véu na cesta, revelando ombros bonitos. Obadias desviou os olhos dela para evitar envergonhá-la.

– Posso ter a minha cesta de volta? – ela perguntou.

Obadias não conseguia pensar em nenhuma resposta, então ele a estendeu para Mirra, que o olhou com uma expressão confusa, até se virar para ir embora.

Obadias a olhava, a forma como suas vestes macias se moviam a cada passo, o cabelo escuro solto balançando, quando de repente ela se virou e o pegou olhando-a. Rindo, ela atirou um figo para ele e, em seguida, se foi.

Obadias verificou a posição do sol. Não era ainda meio-dia, e ele tinha sido humilhado duas vezes.

8

881 a.C.

Jezabel

Jezabel reclinava-se em sua cama, apoiada em travesseiros, lendo uma carta de seu pai, que ouvira falar da maldição, bem como da chuva que não caía. Ele queria saber se seria preciso enviar um homem para ajudá-la. Talvez o filho de um ancião? A carta viera acompanhada de um presente dos anciãos, que desejavam saber se ela prosperara em Israel, o que lhes dava boas condições de negócios. Eles haviam enviado uma cama de marfim com tecidos de linho vermelhos e roxos a ela amarrados, e correntes de ouro que passavam através das hastes que se erguiam altas dos quatro cantos da cama. O fino linho pendia de cada haste; Jezabel poderia fechá-lo quando os insetos noturnos se tornassem persistentes, ou caso não quisesse ser vista por algum criado. Ela tanto desprezava o presente, quanto sabia que tinha de aceitá-lo. Era como ingerir leite ruim. E ainda havia o fato de o palácio fervilhar de excitação por ter um artigo tão belo.

Os criados sempre observavam tudo. Observavam enquanto ela se alimentava e examinavam o que era deixado no recipiente quando ela acordava e urinava. Jezabel se lembrava de como ela própria se observava beber o cobre antes da adoração com um homem, e a observavam sem se mover quando ela passava mal e vomitava de novo e de novo. Jezabel odiava qualquer um que quisesse ajudá-la. Eles apenas queriam observar.

A jovem procurou em volta do cômodo um meio de destruir a carta, mas ela era feita de velino. Assim, se a queimasse, o quarto ficaria impregnado de um cheiro ruim, e Jezabel nunca havia aprendido a apreciar o odor de carne queimada.

Acabe cambaleou para dentro do cômodo, fedendo a cerveja. Ela enrolou a carta o melhor que pôde e deixou-a de lado. Um criado foi soltando o cinto de Acabe, um enorme tecido enrolado várias vezes em torno dele, que cambaleou vacilante conforme o objeto era afrouxado.

Somente com a túnica, gemendo, Acabe se esticou e segurou um pedaço do tecido das costas. Jezabel dispensou o criado, pois detestava que houvesse uma testemunha quando o marido a tocava, ainda que casualmente.

– Você está bêbado demais para ouvir? – ela perguntou.

– Apenas não me faça um sermão – ele respondeu, desabando na cama.

– Seu pai anda tão preocupado com Ben-Hadade que talvez esteja negligenciando uma ameaça mais séria. Você já ouviu falar dos ataques de Salmaneser no norte? – ela indagou.

– Como sabe disso? – Acabe retrucou, a voz soando oca pela exaustão. – Você não fala com ninguém além de seus sacerdotes. E com aquele *ashipu*.

– Ele morreu. – Acabe olhou-a, talvez à espera de alguma emoção. Jezabel explicou: – Ele já estava velho e não era muito bom no seu trabalho. Mas você não está ouvindo. Era para eu ser uma rainha. Afinal, sei como ficar de olho nos meus inimigos.

– Você ainda será rainha – Acabe retrucou, tocando o estômago de Jezabel suavemente.

– Não. Eu ganhei a coroa na Fenícia; não é a mesma coisa aqui.

Acabe sentou-se.

– Você não me deixará dormir, não é?

Ela segurou a mão direita do marido, forçando-a a ficar aberta, a palma para baixo, e apontou para o polegar.

– Egito. – Em seguida, para o dedo indicador. – Fenícia. – Então, com firmeza, ela apertou a carne macia entre os dedos, para ter certeza de que Acabe prestava atenção. – Você. Israel. – E apontou para o segundo dedo. – O topo? Esse é a Assíria. Salmaneser. Abaixo, entre os nós dos dedos, está a Síria. Ben-Hadade. Judá e Israel são conquistas tentadoras, pois implicam o controle das terras das duas mais ricas nações, Fenícia e Egito, o controle das rotas comerciais, e você pode controlar as nações.

– Mas Ben-Hadade não nos atacará. Você mesma já disse isso.

– Exceto se Salmaneser unir-se a ele. Salmaneser invade o território do norte a cada primavera, justamente como seu pai fazia. Todo ano as mesmas cidades são atacadas, no mesmo mês, algumas vezes no mesmo dia. Eles concordam em pagar tributos, e ele deixa assim até o próximo ano.

– Até eu sabia disso – Acabe retrucou –, e não tinha esperança de que viesse a ser rainha. – Jezabel ignorou a brincadeira. – As cidades do norte estão formando uma aliança contra ele, naturalmente usando o ouro que ele lhes pagou para financiar sua campanha. Com essas cidades esmagadas, sem condição alguma de pagar impostos durante anos, os assírios terão de encontrar um novo país para roubar. Por anos, a única defesa deles tem sido a preferência Assíria por vítimas que se fingem de mortas. Salmaneser se tornará perigosa, uma vez que ele tenha vencido uma guerra real. Venho escutando histórias de suas atrocidades que fariam você ficar com os pelos do pescoço em pé. A agressividade dele está aumentando.

Acabe mordeu o lábio, provavelmente pensando naquilo que ele havia visto em batalha. Certamente um soldado compreendia a depravação. Jezabel nunca havia presenciado tais cenas, mas as histórias a amedrontavam como a uma criança.

Ela olhou através da janela.

– Eu encontrei o pai dele uma vez, o primeiro Rei Salmaneser – ela contou. – Ele visitou a Fenícia para discutir negócios, um homem de dentes afiados, a barba enlameada e os olhos amarelos. Havia hematomas em toda parte de seu corpo, parecendo alguns homens cheios de tatuagens. Não gostei dele. Seu filho também estava lá, escondido atrás das vestes do pai, e me olhava com malícia. Ele roubou doces da mesa, pensando que ninguém o observava, enquanto os homens conversavam e cuspiam sementes em nosso chão. Agora é aquele menino que está no poder, e ele leva o nome do pai.

– Os assírios jamais conquistarão Israel – disse Acabe. – Tenho visto o término de mais guerras do que ele jamais começará, e a razão é meu desejo de construir cidades para tornar Israel grande. Cada muralha que construo? Duas fileiras de pedras. Cada torre? Arqueiros, óleo fervente, pedras elevadas. Cada portão? Mesmo os deuses têm de tremer. Nenhum assírio se aproximará de minha cidade ou de minha esposa.

Jezabel recostou-se nos travesseiros. Ela sentia sono, embora ainda fosse cedo. Seu corpo mudara muito, o que lhe era estranho.

– Quais são as notícias de Samaria? Já choveu por lá?

Os músculos de Acabe estavam tensos, e ele virou para seu lado na cama. Então adormeceu, deixando Jezabel sozinha com suas tristezas no silêncio, o cômodo tranquilo, apenas as vozes dos soldados irrompendo através das paredes.

A criança que carregava fez o estômago de Jezabel ficar contraído e instável. Felizmente não havia criado algum ali, e ela sabia que chegara a hora de fazer o que havia planejado. Naquela noite, pairava algo poético em Acabe ali, na cama, junto com ela.

A princesa alcançou uma pequena tigela que tinha escondido sob a cama. Havia trazido o objeto da Fenícia, quase como uma lembrança tardia, imaginando que seria algo útil se ela precisasse ferir alguém. Apenas desconhecia que esse alguém seria ela própria. Jezabel não compreendera, então, que a perda da coroa soaria tão horrível e dolorosa como usar uma ali.

Jezabel suspirou enquanto em suas mãos em concha segurava a pequena tigela redonda com a cabeça de uma leoa esculpida agachada no topo. Dentro havia uma delicada colher de marfim e o pó que sobrara do negócio com um feiticeiro. Ela lhe dera sua maior esmeralda para isso.

Jezabel levantou a tampa da tigela e despejou o pó sob a língua. Respirava com dificuldade, frustrada por ter de ensinar um homem, frustrada por seu próprio corpo, que a transformara em uma prisioneira, frustrada por ter sido devorada viva por dentro, a cada dia essa coisa crescendo, e contorcendo-se e chutando-a. Então, pegou uma segunda quantidade do pó, feito da flor de cera verde, e esperou. Se a criança morresse, não seria uma perda. Não para ela. Nem mesmo para o reino.

Se Jezabel morresse, isso pouco significaria. Ela queria sentir a morte ali, naquele cômodo, para então acreditar que fugir era possível. No entanto, hesitou quanto a alcançar a colher pela terceira vez. Afinal, não estava certa de confiar na morte mais do que em qualquer outro salvador.

Quando finalmente ela decidiu se aproximar da colher pela terceira vez, a droga explodiu-lhe nas veias, fazendo-a arremessar as costas nos travesseiros, como se tivessem enrijecidas, e então ela mordeu os lábios. Sangue lhe escorria do queixo, e ela tentou limpá-lo, mas, em vez disso, só conseguiu golpear fracamente o rosto com a mão fraca.

Mas ela não dormiu. Ao contrário, permaneceu acordada a noite toda, com manchas de sangue no rosto e a vida chutando dentro dela. De madrugada, com Acabe muito agitado, Jezabel conseguiu afastar-se dele e encarar a parede.

Acabe já havia partido quando ela acordou. O sol iluminava o quarto em cores muito intensas para os olhos sensíveis dela. Jezabel chamou os criados para atendê-la e acabou vomitando a refeição da manhã que eles lhe haviam trazido. Lilith colocou panos umedecidos na testa da jovem e pediu a Mirra que enviasse um jarro de água aquecida.

Mirra esperou na porta a água e, quando foi entregue, ela se dirigiu à janela, olhando para fora, enquanto Lilith começava lentamente a derramar água na espinha de Jezabel.

– Posso fazer uma pergunta? – Mirra quis saber. Jezabel ergueu os olhos e a viu fitando-a com intensidade. E, ainda que ela não tivesse respondido, Mirra continuou: – Você deixou sua casa e governa um povo que mal a conhece. Nós somos muito diferentes do povo da Fenícia, não é?

– Vocês são israelitas – Jezabel retrucou, em uma resposta inteligente, verdadeira e facilmente confundida com uma educada discussão.

Ela não revelou nada de seu pensamento, da sua decepção de não ter sangrado nos lençóis, de que a criança ainda chutava, e o coração ainda batia. Jezabel se perguntava por que, depois de tudo que fizera, a deusa não tinha vindo ajudá-la. Cabia à Asherah ainda realizar um milagre nessa terra, para garantir à Jezabel que as coisas ficariam bem.

– Mas não somos fenícios – Mirra disse soando melancólica. – Em seu país, há riqueza, e visitantes exóticos, e diversões, e toda liberdade.

Jezabel suspirou com desprezo, erguendo a mão até a boca como se fosse uma tosse. Lilith estreitou os olhos, mas Mirra não pareceu perceber.

– Sim, existe liberdade. As mulheres são livres para fazer qualquer coisa que queiram. Livres para se vestir como desejam, livres para compartilhar seus corpos, livres para rejeitar uma gravidez. Mas não se pode confundir liberdade com ter o que você quer – Jezabel explicou. – As pessoas são fracas. – E balançou a cabeça, os olhos ardendo. Ela era fraca como qualquer uma delas. – São todas arrastadas para uma vida que jamais desejaram.

Como não havia altares em Jezreel, Jezabel não poderia alertar à deusa de que ela corria perigo. Nenhuma esperança de fazer uma oferenda. Ela odiava a visão e o som das crianças. Acabe atribuía o nervosismo dela ao fato de ser uma mãe de primeira viagem, e Jezabel se ressentia de não poder oferecer uma criança e, assim, acabar com o tormento em que vivia.

– Não compreendo – disse Mirra – que eu não desfrute absolutamente de liberdade alguma.

O assunto fez Jezabel voltar no tempo, recordando-se de como era ser uma menina e ter de confiar em um homem. E isso não era mais fácil do que ser uma mulher e confiar em uma deusa.

– Você está prometida a alguém?

– Não – Mirra encolheu os ombros. – Omri vive cercado de soldados. Os anciãos estão trazendo mais visitantes de outras nações, mas meu pai ainda não encontrou ninguém digno para mim.

Jezabel sinalizou para Lilith.

– Não confie em seu pai. Saiba que ele fará o melhor para si mesmo, e não para você.

– Se eu me parecesse com você, forte e sábia, meu pai me ouviria. E eu não teria tanto medo de ser dada a um homem que desprezo.

Mirra era como uma vaga sombra da menina que ela poderia ter sido.

– Você está assustada? – Jezabel perguntou. O queixo de Mirra estremeceu, em função das muitas lágrimas silenciadas. Jezabel, então, sorriu. – O medo pode significar força. O medo vai levá-la a realizar grandes coisas. – Em seguida, dirigiu-se a Lilith: – Chame Obadias. Mirra quer mandar uma mensagem ao pai.

Lilith ergueu uma sobrancelha, mas Jezabel apenas franziu o cenho, enviando-a para fora. Mirra ainda protestava, horrorizada, quando Obadias chegou. Lilith havia drapeado uma túnica em Jezabel, e estava circulando a princesa com uma faixa desgastada para acomodar a barriga já saliente. Ele deveria ter corado ao entrar e ver sua princesa sendo vestida, mas, em vez disso, pareceu não notar absolutamente nada.

O rosto de Obadias estava calmo, indecifrável, mas os olhos o traíam, seguindo cada suspiro exalado dos lábios de Mirra.

– Mirra, você tem uma mensagem para seu pai? – perguntou Jezabel. Mirra congelou, recusando-se a responder. Jezabel, por sua vez, nem sequer tentava esconder sua decepção. – Obadias, peço-lhe desculpas. Pensei que Mirra ia enviar uma mensagem, mas cometi um engano.

Obadias recuou, dirigindo um último olhar furtivo a Mirra, em cujo rosto escorriam lágrimas. Jezabel teve a impressão de que o rapaz a culpava pela tristeza de Mirra, mas ele não poderia saber a verdade. Mirra precisava sofrer. Ela precisava sentir dor suficiente para superar qualquer sentimento.

Essa era a única maneira de ela salvar-se.

Obadias

Uma grande sombra negra arrastou-se pelas costas de Obadias. Acima dele, uma revoada migrava para a primavera, assim como a corte fazia. O inverno chegara ao fim, e a corte cavalgava de volta para Samaria, após aproximadamente seis meses em Jezreel. O rapaz estendeu-se, sentado alto na sela, enquanto os pássaros sobrevoavam sua cabeça e, por um instante, sua sombra perdeu-se na deles.

A viagem de volta a Samaria era muito longa e enfadonha. A corte não podia mover-se com rapidez, embora muitos dos sacerdotes e dos criados de Jezabel caminhassem montados em camelos, animais que cobriam muita terra a cada passo. Obadias desejou que houvesse mais cavaleiros e menos cantores e dançarinos que anunciavam o progresso da princesa a cada momento. Acabe os havia contratado, pensando que assim animaria Jezabel, que parecia angustiada e deprimida conforme se aproximava a hora do parto.

Acabe sentia-se ansioso por voltar, para ouvir as novidades dos batedores que observavam Ben-Hadade, que esperara o inverno chuvoso passar, como todos os reis faziam. Se ele sabia da maldição, não acreditara nela e permanecera em casa.

Obadias espera as notícias das primeiras gotas de chuva. Ele olhou para trás, na esperança de ter ao menos um vislumbre de Acabe, que, cavalgando ao lado do pai, lançou um olhar desafiador avisando que não queria qualquer interrupção.

Obadias, por sua vez, sabia a razão pela qual fora banido da viagem: na noite passada, ele advertira a Acabe que enviasse de volta à Fenícia os sacerdotes de Jezabel. Havia centenas deles, Obadias apontara, e, se a fome viesse, a corte não poderia suportá-los sem sobrecarregar o povo. O argumento era excelente. As pessoas abasteceram de comida a corte e estariam frenéticas para alimentar seus filhos. Sendo forçados a alimentar centenas de sacerdotes estrangeiros, enquanto Elias estava exortando-os a respeito de suas paixões, empurraria o país a uma guerra civil. Era assim que Obadias pensava, razão pela qual fora punido. Acabe confundia preocupação legítima em relação ao povo com antagonismo aos deuses de Jezabel. *E talvez Obadias também confundisse*, ele pensou. Aquilo era o mais próximo de tudo que Acabe admitia.

Perto do alvorecer do terceiro dia de viagem, eles passaram por um beduíno de cabelos brancos que ordenhava um camelo, enquanto um bezerro mamava do outro lado, obrigando o leite a fluir. Ao lado dele, uma mulher usando um véu preto sentava-se no chão, agitando um saco de pele de cabra para fazer manteiga ou coalhada. Nesse dia, nada menos do que seis famílias que viajavam pela estrada pediram, e receberam, permissão para seguir a grande caravana real, o que significava segurança nas ermas estradas que se avizinhavam. Uma das mães havia apresentado todas as seis filhas a Obadias, com um brilho de esperança nos olhos. Ele não sentia nada, apenas piedade conforme olhava aqueles rostos retorcidos. Nenhuma era tão bonita como Mirra, pensamento que lhe parecia vergonhoso e o levou a ser gentil com todas elas. As primeiras quatro filhas tinham nomes comuns, inofensivos, após árvores e flores, mas a quinta chamava-se Zaoule, "o estorvo", e a sexta, Taman, "basta; por favor, não mais". Ele lhes desejou o bem e colocou a caravana em movimento com um grito.

O céu estava cinza-escuro, mesclando-se a bordas brancas. As colinas ao longe se envolviam na escuridão; as árvores distantes pareciam negras. Ao meio-dia, eles pararam para descansar perto de um poço e observaram uma mulher tentando extrair água dele. Ela puxou a corda retorcida em volta de um velho balde, na verdade uma árvore cujo galho grosso pairava acima do poço. O balde de água surgiu rápido e balançando. A mulher espreitou dentro dele, em seguida o levantou até a boca e tremeu, o cenho franzido. O filho dela permanecia distante, comprimido em túnicas imundas, o rosto confuso e temeroso. Acabe gritou a ordem de movimento, sem esperar Obadias fazê-lo.

Eles haviam deixado o mundo verde de Jezreel e entrado no mundo das pedras, e dos obstáculos e da poeira. Havia artimanhas esperando-os lá: pedras que os jumentos nem sempre viam, e onde tropeçavam; espinhos em vez de flores. A caravana entrou na região de Samaria ao escurecer, as sombras do dia já alongadas e escuras. As colinas eram mais baixas, e havia oliveiras no bosque, mas sem jardins verdes onde serem jogadas. A estiagem foi se revelando num tardio marrom que ali se estendia.

A muralha fora construída, mas Obadias sentiu-se decepcionado ao ver o escasso progresso na região. Não muito mais do que Acabe teria feito se tivesse ali permanecido, sem uma esposa, sem problemas. Obadias parou nos portões, cujas dobradiças ainda não haviam sido definidas, ainda que descansassem contra as muralhas, e estas estavam apenas a meio caminho de sua altura adequada. Ele sentou-se ereto, vigiando a caravana conforme ela entrava na cidade, consciente de manter os olhos fixos no horizonte enquanto Mirra passava.

Os portões pareciam a ele uma sentença: a corte não estava entrando em Samaria; todos eles passavam pela escuridão.

Jezabel

Jezabel ordenou a Lilith que dedicasse atenção extra a seu cabelo e aos cosméticos, na terceira manhã de viagem de volta a Samaria. Afinal, ninguém naquela cidade havia posto os olhos nela durante seis meses, e, assim, talvez, ao vê-la, soubessem o que ela havia feito por eles. O ventre protuberante de Jezabel era uma bênção para o povo, e uma prova da injustiça que sofrera. O significado era mais para ela, mas aquela situação representava tudo a que havia se reduzido. Jezabel esperava que vissem sua condição e lamentassem. Esperava que seu pai tivesse ouvido falar da gravidez e percebesse tudo que ele havia desperdiçado.

Lilith entrelaçou os cabelos de Jezabel e puxou-os para trás, usando cosméticos vermelhos nos lábios, nas bochechas e nas unhas dela. Jezabel lhe ordenou que usasse verde egípcio nos olhos, esticando-o até a linha do cabelo. Ela iria subir na liteira com as cortinas abertas para que o povo pudesse vê-la.

Obadias passou por Lilith enquanto ela trabalhava com os cosméticos e Jezabel o chamou:

– Encontre Mirra e traga-a aqui. Ela deve me acompanhar.

Lilith escolheu esse momento para aplicar malaquita nos olhos de Jezabel, que assim não pôde ver a reação de Obadias. O rapaz provavelmente empalideceu ou engoliu em seco. Devia ser uma humilhação terrível amar alguém.

– Eu não a vi – ele comentou.

Jezabel interrompeu o trabalho de Lilith e abriu os olhos.

– Eu não perguntei se você a tem visto. – Obadias ficou vermelho, mas virou-se rapidamente indo para fora, para o sol, e voltando com Mirra. – Ajude-a na liteira – disse Jezabel. – Lilith, venha atrás de nós. Pegue emprestado um jumento. – Ela fez sinal para Lilith sair dali.

Obadias não se aproximou para ajudar Mirra. Ele parecia congelado. Jezabel agarrou a mão dele e não o viu recuar, como se corroído. *Há quanto tempo ele a ama?*, Jezabel se perguntou. Será que Obadias tinha um plano para encerrar seu sofrimento ou seria vítima dele para sempre?

Lilith resmungou desgostosa ao sair para encontrar um jumento.

Quando eles se aproximavam, Jezabel sentiu que um feitiço fora lançado na cidade. Em vez de ovacioná-la, as pessoas a ofendiam. Conforme ela era conduzida pelo caminho principal, ninguém se aventurava a passar pela porta da liteira, todos a olhando com olhos sombrios e magoados. Mas as pessoas tinham a feição saudável, e ninguém parecia magro ou faminto. Não chovera desde a chegada de Jezabel, mas nenhum outro dano parecia pairar lá. Todos ainda comiam graças ao armazenamento do ano passado, e não havia nada de crítico atingindo o povo. Os olhares a acusavam, sem ver o que Jezabel fizera pelo povo, o que estava dando a eles. Mesmo que fosse uma menina, isso teria algum valor: era o sangue de Acabe.

Jezabel não havia visto nenhuma cevada crescendo nos campos conforme eles se aproximavam, nem trigo. Ela se agitou com o pensamento desconfortável de que a primavera nada traria além de horrores, fome e uma menina primogênita para o trono.

Conforme eles faziam um miserável progresso passando pelas muralhas semiacabadas, Jezabel teve o cuidado de sorrir, especialmente com a filha do homem mais rico da cidade ao lado dela, acabada a exibição de escudos à direita, a qual aumentava mais agora que eles retornavam com soldados. Mirra representava a garantia de que os anciãos não se voltariam contra ela sem aviso prévio. A moça adorava falar do que sentia, do que pensava, do que a afligia mais. Jezabel a ajudaria, sim, mas ela também iria ajudá-la, lembrando às pessoas de que os anciãos haviam apoiado esse casamento.

Acabe montava em frente à liteira, a espada ao lado, as costas eretas e desafiadoras. Seu trono estava em segurança. Ele mantivera Jezreel durante outro inverno, e voltava para ver que Samaria quase havia terminado a transformação. E tinha razões para se orgulhar. No entanto, acabou seguindo mais lentamente após se virar e ver a exibição dos escudos, e então se dirigiu ao palácio, relutante em falar com as pessoas.

Jezabel sentiu a mudança de Mirra e a viu olhar para o chão, talvez pensando que deveria caminhar ao lado da princesa, em vez de ser exaltada acima das pessoas que ela conhecia. Como Mirra tinha visto nos olhos de Jezabel, ela parecia querer se afastar. A princesa se lembrou de que Temereh também quisera se afastar, e percebeu que não quisera empurrar a irmã para o abismo da fogueira; ela apenas deixara Temereh ir.

Jezabel agarrou a mão de Mirra, e agarrou-a com força, impedindo-a de se afastar.

O cortejo do portão ao palácio de Omri levou aproximadamente duas horas até se completar. Jezabel sentia-se satisfeita ao ver a expressão assombrada das pessoas observando os sacerdotes e os artesãos que vinham atrás dela, não menos que quinhentas almas. O Rei Omri não queria esperar para falar com as pessoas, nem sequer esperar Jezabel sair da liteira, antes que ele entrasse no palácio, mas ela sabia que ele apreciava uma entrada magnífica. Um verdadeiro rei dominava imensos recursos.

À esquerda do palácio de Omri, haviam construído uma residência pequena e modesta. Seria necessário ainda muito trabalho, Jezabel sabia disso, contudo sentia-se grata por ter uma residência privada, como uma verdadeira rainha. Ela sentou-se, num gesto para aliviar a cabeça que latejava, e pensou em tudo que precisava ser feito, inclusive receber notícias de seu profeta assassino. Lilith havia perfumado a liteira para a entrada, e o local fedia. Quando Jezabel ergueu a cabeça para respirar uma brisa limpa e clara, ela os viu: os homens estavam surgindo, um a um, vindo das baixas colinas que rodeavam a cidade. Sem o bloqueio de uma muralha para lhes atrapalhar a visão, eles podiam ver tudo ali, olhando à distância, como árvores pretas em movimento. Por instinto, Jezabel sabia quem eram aqueles homens. Profetas. Dezenas deles, como Elias.

Ela não viu Elias, o profeta das pragas, entre eles. No entanto, não podia acreditar que ele resistiria à chance de ver aquele glorioso retorno. Jezabel estreitou os olhos e procurou nas colinas novamente. Elias tinha de estar entre eles.

A criança chutou dentro dela, e Jezabel fez uma careta, ansiosa por sair da liteira. Começou a se sentir em pânico, a bílis subindo-lhe à garganta. As pessoas se deslocavam e oscilavam na visão da princesa. A liteira jogava de um lado para outro. Mirra segurou Jezabel, pedindo ajuda.

A dor era como uma faca vingativa lançada para dilacerar Jezabel, forçando-a a ir para o poço junto da irmã. Em pânico, ela pensou ter visto um deus, os dentes brancos cintilando no estômago e na garganta dela, rasgando-a, enquanto a criança começava sua luta sangrenta para sair. Arremessando para o lado, segurando o ventre, Jezabel corria perigo de cair da liteira. Os homens que a transportavam tropeçaram com o grito da princesa, que começou a deslizar. Os sacerdotes, que viajavam atrás, correram em direção a ela, segurando-a pelos ombros e apoiando-a. Muitos agarraram as vigas da liteira, afastando os criados do caminho com cotoveladas, os quais gritaram com os sacerdotes e novamente seguraram as vigas, e então o caos explodiu. Sacerdotes cercaram a liteira, amaldiçoando os criados, enquanto outros apoiavam Jezabel e criadas entoavam cânticos amedrontadas, num tom estridente. Os gritos vieram tão rápidos e fortes que sua cabeça foi forçada a recuar. Jezabel não pensara que a criança viria nessa ocasião, afinal o *ashipu* morrera sem determinar a data do parto. Ele a traíra.

A princesa morreria nas ruas cobertas de poeira de Samaria.

Acabe desmontou de seu cavalo, empurrando os homens do caminho para chegar até Jezabel. Ela escutou-o gritar seu nome, vendo-o movimentar-se em ritmo mais lento, como se o mundo se arrastasse, como se a distância fosse muito grande. A confusão tomou conta do lugar; nenhum dos sacerdotes, ou dos soldados de Acabe, ou dos plebeus saía do caminho ou obedecia. Todos gritavam ordens aos outros ou alcançavam a princesa. Mãos a agarravam de todos os lados, e alguém segurou a manga do vestido de Jezabel, rasgando-o no ombro.

Então, ela viu a libertação. A espada de Acabe, a espada de Moisés, brilhou no sol da tarde, como o movimento de um relâmpago de prata, enquanto Acabe a desembainhou, os músculos do braço forte latejando à medida que a espada começava a atravessar os homens. Ele a esmagou contra ombros e cabeças, usando-a como apoio para alcançar a liteira. Os homens caíram como bonecos quebrados, silenciosamente, enquanto Acabe saltava sobre eles, os olhos dizendo a Jezabel que ele era o mais forte que ela conhecia. Talvez Acabe tivesse dito alguma coisa, mas ela não ouvia nada, somente as batidas de seu coração e a explosão de respirações atordoadas. Jezabel estendeu a mão para Acabe, mantendo a outra sobre o ventre para aplacar a dor.

Com a espada embainhada, o príncipe passou os braços ao redor dela, enquanto homens abaixavam a liteira até o chão. Sem outra escolha, Jezabel afundou nos braços de Acabe, que a ergueu sem esforço, carregando-a pelos degraus que os conduziam para dentro do palácio. Erguendo os olhos para o rosto de Acabe, com sua firme determinação de protegê-la, de resgatá-la da dor e das pessoas, Jezabel sentiu uma nova dor. Quando os olhos de ambos se encontraram, ela compreendeu a verdade.

Ele a amava, um amor verdadeiro. Nada de bom havia acontecido na vida da princesa, mas ela fechou os olhos e disse a si mesma que não tentasse manter esse sentimento.

Jezabel estava a ponto de decepcioná-lo.

9

Dentro de seu aposento, Jezabel afundou o rosto nos travesseiros. O som ecoou nesse assim chamado palácio, onde ainda havia tão poucos tapetes e móveis. Ela gritou nos travesseiros, recusando-se a permitir que os criados a ouvissem e na dúvida de ser forte o bastante para libertar uma criança. Mas sairia dali com uma, mesmo que isso lhe tirasse a vida. O título dela não sofreria.

Sargon entrou no aposento, e o coração de Jezabel disparou quando ouviu a voz dele.

– Você está aqui – ela sussurrou, quase sem força para falar.

– Eu queria vê-la usando uma coroa – ele disse. Usava seus colares, bem como o grosso anel de ouro que destacava sua posição de principal sacerdote da Fenícia. Como era bom Jezabel ver esses adornos novamente.

Ela tentou sorrir, mas a dor era intensa.

O sacerdote inclinou-se sobre ela, alisando-lhe o cabelo negro. Ver os olhos deles, que eram inigualáveis, confortou a princesa. Olhos azuis, que brilhavam como um relâmpago na face simpática e suave, sendo aproximadamente quarenta anos mais velho que Jezabel. O cabelo era de um branco puro, arrumado com perfeição, e a barba disfarçava a irônica boca vermelha, que lembrava a Jezabel sua casa.

– Seu marido está lá fora – Sargon disse. – Ele exige que uma parteira hebraica seja enviada até aqui. Qual é seu desejo?

Jezabel cerrou os dentes para impedir qualquer som quando uma nova onda de dor chegou.

– Qual é o seu?

Sargon inclinou a cabeça para um lado, pensando.

– Nascimento é sagrado e mágico. Parteiras servem a seus deuses, e o deus hebraico não gosta de você. – Ele a olhou. – Não a estou repreendendo. Seu pai deveria tê-la avisado sobre Javé. Ele sabia. Ele a enviou porque pensou que você era a única pessoa forte o bastante para encarar Javé e derrotá-lo.

Jezabel prendeu a respiração por um breve e luminoso momento, o ar doce e fresco. Seu pai havia visto alguma coisa digna nela. Sargon continuou:

– A parteira hebraica não deve entrar. Você me autoriza a conduzir a situação?

Ela assentiu.

A voz de Sargon elevou-se acima das outras, um profundo conforto para ela:

– Este é o sétimo dia do mês; um dia de magia poderosa para os hebreus! – O outro sacerdote silenciou para ouvir. – Vocês não entendem as forças no trabalho contra nós neste dia – Sargon disse aos outros sacerdotes. – Sete é um número sagrado para eles; o número da criação. Mas esse deus Javé não tem companheiro ou rival. O que ele escolhe criar, também pode escolher destruir. Entregar essa criança no sétimo dia coloca Jezabel sob o poder de Javé.

– O que faremos? Ninguém pode interromper um nascimento – outro sacerdote perguntou, um dos quatro que se amontoavam ao redor, desprezíveis. Eles eram os primeiros que o pai de Jezabel enviara, e o pai nunca lhe dera o melhor de qualquer coisa. Até a chegada de Sargon.

– Tentaremos retardar o nascimento até a lua se ajustar esta noite – Sargon respondeu. – Você pode preparar alguma coisa? – Jezabel pensou que o sacerdote devia estar falando de um *ashipu*.

A dor era intensa. A princesa implorava alívio. Havia uma droga esquecida que o *ashipu* preparava para as mulheres ricas, a qual permitiria a Jezabel aliviar a dor.

A mão de Sargon repousava na cabeça de Jezabel.

– Vamos esperar. Você é forte. Lute para segurar a criança.

Ela gemeu em agonia.

Pela lei hebraica de seu país, Acabe não podia entrar no aposento onde ocorreria o parto, mas ela conseguia ouvi-lo argumentando com Sargon, implorando-lhe que aceitassem uma parteira hebraica. Jezabel olhou para cima e viu Acabe no batente da porta, em pé, parecendo uma criança que é pega roubando. Ele pigarreava e empurrava uma mulher para a frente.

– Ela se chama Débora e é uma excelente parteira – explicou Acabe, não suportando olhar Jezabel.

Débora caminhou até a princesa, sentindo-lhe a fronte, persuadindo-a a se sentar e beber um pouco de água. Jezabel virou-se um pouco, tentando proteger seu ventre da mulher.

– Saiam todos daqui! Eu tenho trabalho a fazer – disse a parteira, sacudindo o dedo em direção aos homens, com o tom confiante de uma mulher que entregara cada criança nascida naquela cidade.

Sargon virou-se para um *ashipu* e assentiu. O *ashipu* cruzou o cômodo rapidamente, trazendo alguma coisa aos lábios de Jezabel. Conforme a princesa bebia, ela viu um sacerdote agarrar a parteira, a mão sobre sua boca, empurrando-a do local. À medida que a porta abria e fechava, os olhos de Jezabel ficaram pesados, e ela apenas sentia o ar agitado em volta da cama.

A morte estava no aposento com eles. Ela sabia conforme deslizava para o sono. Ela conhecia o cheiro, o modo como fedia a ninhos antigos, fumaça e fruta pútrida. A morte estava lá, e faminta. Jezabel queria agora o que não havia desejado meses atrás. Ela sabia por que estava na cidade infestada de ratos, com um príncipe que não escolhera.

Estava aqui para destruir um deus. E viveria para isso.

O sangue escorria das dobras suaves da roupa de Jezabel para o chão. Ela acordou no aposento escuro, iluminado apenas por lâmpadas de óleo distribuídas nas mesas por todo o lugar. Olhando pela janela, a princesa achou que faltava pouco para o amanhecer. Instintivamente, estendeu a mão para o estômago. A criança ainda não havia nascido. O dia da terrível magia para os hebreus passara; a poção tinha funcionado, permitindo a Jezabel retardar em horas o momento do parto, até a lua mudar e indicar um novo dia.

Ela cambaleou para a frente, gritando. O ar estava pesado com o cheiro de suor e vômito. Pálidos criados colocaram tiras de linho úmido contra a testa da princesa, enquanto ela os amaldiçoava. Uma grande trouxa de linho sujo foi levada por dois constrangidos criados.

Jezabel gritou de novo, um som de fúria misturado à dor, agarrando os braços das criadas com tanta força que elas não seriam capazes nem sequer de carregar um cálice. Os olhos da princesa viraram nas órbitas quando ela deu um desesperado último empurrão e expulsou a criança para as mantas. O bebê deixou escapar um choro metálico.

As pálpebras de Jezabel tremeram, e ela caiu com uma estranha visão. Longe do aposento, uma serpente se moveu na terra das sombras, a boca escancarada, o veneno espirrando suave das presas ao luar.

Sargon cuidava do bebê, cortando o cordão e banhando-o com água salgada. O cheiro do mar pairava no aposento, transportando Jezabel para seu lar. Acabe lhe dera a criança, esse homem cujo corpo fora uma vez o mar, as ondas fortes quebrando sobre Jezabel, que era devolvida às profundezas agitadas, esse tesouro revelado, esse lamento da sereia vermelha que fascinara Sargon. O rosto do sacerdote brilhava de prazer quando viu Jezabel observando. Ele usava uma tigela de marfim em forma de cabra íbex para derramar azeite sobre o corpo arrepiado da criança, e então começou a trabalhar com a mão direita, massageando o bebê, que virou a cabeça, e Jezabel pôde olhá-lo nos olhos pela primeira vez.

A princesa não sentiu nada, o que representava um suave alívio. A criança abriu a boca, um pequeno gesto silencioso, como se fosse formar uma palavra para ela.

– É uma menina – disse Sargon.

Jezabel levou a mão ao rosto para esconder a vergonha.

O sacerdote apresentou a criança primeiro a uma estátua da deusa Asherah, cujo interior estava iluminado por uma vela amarela, e em seguida à princesa. Jezabel olhou a menina, que se contorcia e chorava. Então, viu-se refletida no espelho pendurado próximo à cama, notando o cabelo desgrenhado, os minúsculos vasos sanguíneos estourados nos olhos, devido à exaustão do parto, cobertos por olheiras escuras. Temereh parecia mais bonita do que ela quando morrera. Temereh, no entanto, não fora forte. Ela não havia sido escolhida. Ela só nascera para falar em nome dos deuses, não para matar um.

Jezabel estendeu a mão para tocar o bebê, e os criados amontoaram-se ao redor, sorrindo nervosamente. Então ela beliscou a criança, que gritou.

– Bem-vinda a Samaria – ela disse, e acenou para o bebê ser levado. – Leve-a para uma ama, e procure uma criada para me lavar. E traga-me uma taça de cobre vermelho para beber e nenhuma outra criança ver o útero vazio e ter o desejo de entrar nele do outro mundo.

Jezabel dormiu e acordou algum tempo depois, tonta e dolorida, a virilha queimando e latejando em agonia. Além disso, sua cabeça doía como se alguém houvesse lhe esmagado o cérebro com um ferro. Abrindo os olhos, ela viu que estava sozinha com Sargon. Jezabel nunca estivera sozinha com ele desde que deixara a Fenícia.

– Quanto você sabe do meu problema? – ela perguntou.

O sacerdote levantou os olhos dos papiros que estava lendo. Com um sorriso gentil, ele depositou-os sobre a mesa ao lado do banco e caminhou até ela, trazendo consigo o banco. Então se sentou próximo a Jezabel.

– Há fanáticos em todo império – ele afirmou. – Elias é de vocês, e ele tem sua melhor oportunidade. Se puder livrar-se dele, você se livrará do deus. Ninguém quer adorar um deus sem alguém para conduzi-los. Essa é a natureza humana.

– Por que eu não fui avisada? – Jezabel perguntou. – Elias amaldiçoou o povo com a seca, e eles acham que sou a culpada. E ainda há Salmaneser, Ben-Hadade… Meu pai não me preparou para isso.

Ele estendeu a mão e tocou a face de Jezabel.

– Eu acho que ele a preparou muito bem.

Fora do aposento, um pássaro cantou uma música límpida e suave. A paz pairou no silêncio do local. Eles estavam sozinhos, e a princesa sentiu alguma coisa a mais, um clima de leveza. Ela viu seu reflexo nos olhos de Sargon, o homem que a havia ensinado a se sacrificar, que a levara ao mundo das visões, dos deuses e das deusas. Nos olhos dele, Jezabel viu que era ainda uma mulher jovem. Então um pensamento veio a ela, claro e suave: seu passado não tinha de ser o seu futuro. Talvez a princesa olhasse a vida através de olhos errados. Talvez houvesse alguma coisa mais. Alguma coisa mais.

Ela queria perguntar a Sargon se ele ouvira algo estranho, sussurros pacíficos, mas alguma coisa dizia a Jezabel que não.

Sargon apoiou a mão no ombro dela e, enquanto ele piscava, a meditação da princesa perdeu-se. Sorrindo para ele, Jezabel se lembrou de quem ela era, do que tinha nascido para fazer. E tinha nascido para reinar.

O pássaro além do aposento silenciou.

10

Acabe

Acabe sentou-se no trono enquanto dois conselheiros discutiam e cinco anciãos apresentavam suas solicitações. Tantas vozes lhe dificultavam o pensamento, e ele esfregou a testa tentando aliviar a dor de cabeça crescente. Omri se retirara havia uma hora, desgastado pela briga que ele não podia resolver com uma espada. Acabe estava agradecido. Ele se sentia envergonhado pela verdade, referente à ausência de chuva por quase um ano. A gravidez de Jezabel e a transição para o inverno haviam mascarado a passagem do tempo, mas essa era a verdade. O corpo de Jezabel desistira de seus segredos, e a passagem do tempo desistira de Acabe.

A seca era real.

A maldição reinava sobre Israel. Acabe tinha escolhido obedecer a seu pai, em vez de a Javé, e as pessoas sofreriam por isso. O príncipe vira terras dizimadas pela seca e pela fome. Ele jamais se esquecera das crianças com barrigas inchadas e moscas nos cantos dos olhos, sentadas ao lado das mães mortas. Mulheres que morriam nas ruas à procura de comida ou de água.

Jezabel entrou, o corpo claramente fraco após apenas dois dias do parto. Todos os homens curvaram a cabeça em sinal de respeito, afastando-se do trono. Acabe havia permitido a construção de um trono menor para a princesa usar na corte, e ela sentou-se com cautela, mantendo os olhos nos homens ali. O príncipe pigarreou, esperando, assim, lembrá-la de seus modos. Ela ainda não podia confiar ser cortês com os homens que desconhecia. Na verdade, ela não podia confiar ser cortês com os homens que ela conhecia.

– Bem-vinda, minha futura rainha! – Acabe saudou. Os homens murmuraram em concordância forçada. Em seguida, Acabe se levantou para fazer seu pronunciamento: – Na próxima semana, como alguns de vocês sabem, será a Festa dos Primeiros Frutos,* um importante dia para os seguidores de Javé. Estou pensando em celebrar uma festa aqui no palácio, para todos da cidade de Samaria. Vamos comemorar o nascimento de minha filha, que deverá se chamar Atalia, que significa Deus seja louvado.

Houve murmúrios daqueles que frequentavam o templo de Baal, mas Acabe estava preparado.

– Eu não sou seguidor de Javé. Sou um governante. Quero a paz. Deixem que o nome da criança seja um sinal de que nós queremos a paz com o Senhor. Eu tenho visto a seca, meus amigos, e é uma péssima maneira de morrer. – Acabe julgou pelas expressões que eles estavam considerando suas palavras, e continuou: – Esta festa vai apaziguar Elias. E dará ao nosso povo um motivo para permanecer em Samaria, à espera do evento, e não viajar para o templo em Jerusalém, como faziam no passado.

---

* Também conhecida como Festa das Primícias (princípio, parte inicial), a festa marcava o início da colheita e tinha como objetivo principal agradecer as bênçãos do Senhor com as primeiras colheitas. (N.T.)

Desse modo, o dinheiro permanecerá em nossas fronteiras, o que é bom. Precisamos de todos os recursos agora, incluindo a benevolência de Elias.

O pai de Mirra veio mais para a frente.

– Precisamos conservar nossa comida. Sou leal a você, Acabe, como bem sabe, mas acredito em Elias. Se ele diz que a seca vai durar, então assim será.

– Não se perturbe, Amon – Jezabel disse, apoiando a mão no braço de Acabe. – Meus sacerdotes fizeram uma oferenda aos meus deuses que controlam a chuva. Eles disseram que Baal se sente bem satisfeito com a construção de um templo que leva seu nome aqui. Sua esposa, Asherah, aceitou nosso presente. Choverá.

Acabe inclinou-se para ela e sussurrou:

– Você não pode prometer chuva. Se não entregá-la, eles avançarão em sua garganta.

Jezabel virou-se para ele antes de falar. Acabe desejou que ela mantivesse um tom de voz mais baixo:

– Este é o seu reino, não o de Elias. E ele tampouco pertence a um bando errante de profetas. Você jamais deveria ter deixado qualquer um deles vivo. E você tem de fazer promessas corajosas se quer manter o trono.

Acabe segurou a mão da princesa.

– Eu não posso falar de deuses porque não acredito neles.

– Virá o tempo, Acabe, em que você terá de acreditar em um. A vida força todos a esse momento.

O príncipe apertou a mão de Jezabel na sua e puxou-a para ele. Então, prendeu a outra mão dela e puxou-a ainda para mais perto, murmurando em seu ouvido. Ele viu pelo canto do olho que os anciãos notaram essa exibição de descontentamento para com sua esposa, os olhos dela mortos quando ele a tocou desse modo. A princesa não parecia ficar em seu corpo ao ser ele tocado com grosseria. Acabe passaria mais de um ano a partir desse momento tentando destravar os segredos de Jezabel, para descobrir o que ela escondia e o que ela amava, mas, se a afastasse para longe, a alma da princesa evaporava diante dos olhos dele.

Acabe não prestou atenção a ninguém mais, pouco se importando com o que viam.

– Ouça-me – ele disse. – Toda minha vida fui forçado a adorar um homem dez vezes maior que eu, dez vezes tão amargo quanto um escorpião. Quando ele me entregou a coroa, havia um sorriso de escárnio em seus lábios, pois ele sabia que seria demais para mim, que eu poderia fazer pouco, mas aguentar e sofrer. E eu ainda tive de construir novas cidades. Tive de encher os tesouros e trouxe para minha terra uma princesa da Fenícia. Tenho feito tudo isso, e agido sem deus ou homem. Não me diga que serei forçado a fazer nada. Nunca serei forçado novamente.

Ele a libertou e viu que Jezabel respirava com dificuldade, os olhos em chamas novamente, os lábios entreabertos. Ela o olhou como se sentisse desejo pelo marido, mas como poderia? Acabe havia admitido uma fraqueza por ela, mas a princesa não era uma mulher que respeitasse esse tipo de sentimento. O que ela via nele nesses momentos de confissão?

Jezabel enfrentava a corte com uma expressão de pedra, em nada transparecendo o que ela sentia.

Acabe virou-se e dirigiu-se à corte mais uma vez:

– Vou mudar meus planos. Convido todas as pessoas, de todas as províncias, a celebrar o nascimento e a festa no templo de Baal e no santuário de Asherah, que estão quase prontos.

Afinal, Atalia não pertence a Javé; ela nem sequer pertence a mim. Ela pertence à nação.

Jezabel pegou a mão do marido, e uma descarga de calor o dominou.

Obadias

Obadias afligia-se ao ver os sacerdotes de Baal e Asherah movendo-se no novo templo, preparando-se para a Festa dos Primeiros Frutos. O templo era uma abominação. Construído para Baal, havia na frente dele duas colunas, que levavam a uma área aberta. Ao longo de um lado, um arco se abria para uma sala com mosaicos, com sofás alinhados nas paredes.

Em linha reta através da sala principal, havia um pequeno aposento de três paredes, onde descansava um altar de pedra que, à noite, recebia duas belas vasilhas para incenso, ornamentadas com desenhos de marfim de flores e videiras, conforme Obadias percebeu, destinadas a distrair os novos adoradores entre os israelitas. Atrás do altar, um poço de fogo que descia nas profundezas da terra. Acima dele, os braços de Baal estendiam-se, como se para ouvir as orações de seu povo. Obadias percebeu como as duas mãos estavam próximas uma da outra, levemente em forma de concha. Ali, ele sabia, colocariam uma criança. O jovem já havia lido muitas descrições para que ainda tivesse quaisquer dúvidas de que esse mal podia ser encarado como bom e necessário.

A homenagem a Asherah ficava do lado de fora, uma estátua erguida de uma árvore da vida. Artistas haviam trabalhado pesado na bela fraude e o altar fora improvisado.

A estátua de Baal descansava num trono, com sua feia cabeça de besta com chifres e o corpo de um homem, mas nenhum que Obadias já tivesse visto. Baal tinha o corpo de um dos maiores mensageiros de Deus, como o anjo do Senhor. O pensamento fez Obadias estremecer. O que quer que se sentasse no trono, não vinha do Senhor.

Fora dos portões da cidade, ele ouviu os profetas de Javé lamentando-se, dilacerando seus sacos de aniagem e espalhando cinzas sobre os rostos, alertando as pessoas a fugir. E estas mantinham os rostos abaixados conforme eles se apressavam em direção ao templo.

Obadias perguntou quem sacrificaria sua criança naquela noite, e então entendeu o apelo da ação: libertar-se de um fardo ou de um erro, e orar para que o futuro fosse brilhante. E, quando os sacerdotes prometiam isso, significava uma liberdade que eles registraram havia muito tempo, conforme comentavam as mulheres. O sentimento foi crescendo, e Obadias sabia que Jezabel trouxera o futuro a Israel, e o futuro implicava a ilusão de liberdade para elas.

Obadias sozinho sabia o que essa liberdade iria custar-lhes: uma noite de festa e a seca à frente. Ele não somente lia os registros do passado, mas também mantinha os do presente e via os preços movimentando-se a cada semana, quantidade e qualidade decrescendo. O rapaz suava à noite, conforme revisava os pergaminhos, tentando alimentar não apenas a corte, mas também os quatrocentos sacerdotes de Jezabel e uma centena de artesãos. Acabe estava em grave risco financeiro. Na verdade, o príncipe estava cercado de todo tipo de perigo, e Obadias sabia que o amigo não se importava. Ou, então, recusava-se a falar sobre isso. O administrador estava abandonado com seus pergaminhos, e seu conhecimento, e todos seus medos.

Os sacerdotes acenderam os incensos nas pesadas tigelas de ouro, e uma penetrante e espessa fumaça subiu, serpenteando pelo ar. Obadias fechou os olhos em oração, desejando que a fogueira permanecesse fria e escura à noite.

Ele percebeu Jezabel sorrindo e segurando a mão do marido, enquanto as pessoas chegavam e se inclinavam diante deles, colocando os presentes de ouro e frutas aos pés de ambos. A lei fiscal exigia essas oferendas, ainda que muitos fossem lentos para libertar seus bens das mãos. Obadias compreendeu. As pessoas estavam trazendo o melhor do que tinham, e o que sobrou não era muito. Elas ofereciam os presentes para agradar a Acabe e Jezabel, agradar aos deuses, a fim de exortar quaisquer poderes que governavam Israel a enviar chuva.

O coração de Obadias queimava. Havia crianças nessas casas, crianças que não podiam comer porque seus pais deram a comida. Entretanto, eram crianças de sorte, pois tinham uma chance de viver. Elas nunca conheceriam o terror de descansar nas mãos dos deuses de Jezabel.

As pessoas perambulavam pela sala aberta do templo e corriam as mãos ao longo das paredes lisas da Câmara dos Sonhos, admirando o lugar lá fora onde ficava Asherah, a árvore esculpida de galhos trançados e frutas de madeira. Parecia uma imagem agradável aos olhos. Acabe viu como Sargon inspecionou o tempo e o abençoou; em seguida, retirou-se para uma sombra distante, enquanto Jezabel recebia atenção.

Ela e Acabe apresentaram a criança Atalia e falavam do futuro. Obadias ainda não tinha visto o bebê de perto, porque ela era sempre carregada por uma ama de leite ou uma criada, nunca por Jezabel. A escuridão que sempre a circulava nesse momento parecia mais intensa, malévola, como se o nascimento da criança tivesse trazido alguma coisa a mais. Alguma coisa perturbada e faminta.

Uma jovem que ele havia visto várias vezes no mercado, uma doce menina que ajudava seu pai a vender ervas, veio e se curvou sozinha diante de Jezabel e Acabe. Então os olhou com olhos de admiração, vendo as joias de que ouvira falar, e, o administrador tinha certeza, provavelmente aspirando um perfume muito rico para suas posses. Acabe viu que a jovem estava deslumbrada, e isso o entristeceu ainda mais. Ela era encantadora em todos os sentidos, muito encantadora para esse absurdo.

– Eu nada tenho a lhes oferecer, salvo a minha devoção – ela disse.

Jezabel estendeu a mão e sorriu para os seus sacerdotes.

– A autoridade real tem prazer em recebê-la – ela retrucou.

O pai da jovem veio logo ao lado dela, depositando um modesto presente de vinho aos pés de Acabe, que acenou em aceitação, e o homem levantou-se para partir.

– Nada para sua princesa? Nem mesmo uma palavra amável?

O homem hesitou e voltou-se para encará-la.

– Eu tenho medo – ele respondeu.

– Do quê? – Jezabel perguntou. – Não desejo o mal a você ou a seu deus. E só peço é que permitam meu deus também.

– Isso parece bom a meus ouvidos, princesa, mas quero dizer sem nenhum desrespeito que é errado. Ouço o que as mulheres sussurram. E elas dizem que o deus que adora permite todos os prazeres, mas me preocupo que isso traga sofrimento. Portanto, não posso honrar seus deuses.

O coração de Obadias acelerou. Não estava sozinho! Alguém via a situação como ele e atrevia-se a falar.

Jezabel falou:

– Esta terra não será governada pela ignorância.

O homem curvou-se para Acabe.

– Não sou ignorante, como Acabe sabe. Deixe-me contar-lhe a história de Israel.

O homem, então, virou-se e encarou as pessoas, limpando a garganta. A filha dele passou de um pé para outro, chamando a atenção de um sacerdote.

– Muito tempo atrás, em uma terra cruel, éramos governados por alguém que dizia não haver ninguém para adorar, exceto a si mesmo. Ele era um faraó, e nós, seus escravos. Fizemos seus tijolos e construímos seus santuários, e ele tomou de nós nossas forças e nossos filhos. Choramos em nossos corações silenciosos por nosso Deus. Ele não via aquele que clamava para substituí-Lo? Ele não se irritava que alguém reivindicasse Seu trono? Mas os anos passaram e nossos pais morreram sob o sol, até que um dia o faraó provocou Deus pela última vez. Deus respondeu em seguida, cobrindo a terra na escuridão, sapos, pestes, sangue, gafanhotos, moscas. É essa a razão por que temo este templo, por Sua fúria de amor tão feroz quanto Sua ira, e Ele não sofrerá por muito tempo como aquele que coloca Seus filhos em perigo. Eu preferiria encarar a cólera de um homem sobre minha própria maldade à cólera de um pai por ter injustiçado suas crianças. Ele se move entre nós e não ficará muito tempo em silêncio.

As pessoas estavam imóveis, apenas trocando olhares.

Jezabel desceu em direção ao homem e movimentou-se para segurar a mão dela na dele, talvez na tentativa de silenciá-lo. Ele recuou.

– Você é impura – o homem disse.

Obadias encolheu-se. As palavras eram verdadeiras, mas quem teria coragem de dizê-las a uma princesa?

– Nós chamamos nossos deuses por nomes diferentes, mas será que eles todos não querem a mesma coisa? – Jezabel disse, como se houvesse uma criança irracional diante dela.

O homem saiu do templo, balançando a cabeça.

– Não. Não. Não faremos isso. Perdoe-me, Acabe; honro você como príncipe, mas não honro seus deuses.

Jezabel bateu as mãos para sinalizar que a festa começasse, indicando a Acabe que fosse conversar mais com o homem.

Os músicos começaram, e as baixelas foram passadas entre as pessoas, com bolos e doces, vinhos e ensopado de cordeiro. Os sacerdotes passavam entre eles um grande cálice de vinho para oferendas, tomando bebidas vermelhas antes de despejar o resto aos pés da árvore de Asherah.

Obadias recuou para um lugar escuro e vazio do lado de fora do templo, tentando recuperar o fôlego. O homem havia falado a verdade claramente. Por que Obadias se debatia para fazer a mesma coisa?

Os sacerdotes começaram a dançar e entraram em transe, cortando-se e implorando por uma visão do próximo ano. Será que Asherah enviaria chuva e colheita? Haveria vida no ventre de todos aqueles que a amavam, as mulheres e os rebanhos, as ovelhas e as cabras que pastavam em sua bondade abundante nos campos?

Obadias movimentou-se para ficar de olho na menina que havia abençoado Jezabel. Ela seguiu o sacerdote a quem antes observara, vendo que ele se feria no tórax, recebendo supostas palavras divinas que ele não podia proferir. O sacerdote viu a menina através do transe e a alcançou. Obadias sentiu seu rosto corar.

Quando o sacerdote a pegou pela roupa, ela hesitou. O sacerdote inclinou-se para ela e sussurrou em seu ouvido. A jovem virou a cabeça e beijou-o, em seguida despindo-se. Obadias cobriu a boca com a própria mão e virou-se.

Acabe

Mais tarde naquela noite, Acabe encontrou Jezabel vagando ao longo do portão do templo, tendo subido ao posto da guarda, observando os amantes abaixo enquanto eles apreciavam o ar noturno. Ele sentia-se feliz de ver a alma da mulher tão leve, pois mal conseguia lembrar-se da última vez que ela sorrira.

– Está agradável aqui, não é? – ele perguntou.

Uma estranha mariposa voou, chamada do deserto pelas chamas abaixo deles. Ela voou mais próximo e pousou no rosto de Jezabel, que amaldiçoou, golpeando-a para longe.

– Ela me picou! – a princesa disse.

Um vergão cresceu no ponto onde o inseto pousara. Acabe amaldiçoou o ar em torno dele e tentou confortar a mulher. Acariciou-lhe a outra bochecha e beijou suavemente a picada. Ela virou-se. Então, passou os braços em torno dela e esperou a raiva esvair-se. Depois de um tempo, Jezabel relaxou na compreensão dele, olhou-o e falou:

– Você agiu muito bem em chefiar as pessoas esta noite.

– Algumas ficarão ressentidas – ele retrucou. – Elas querem que eu escolha.

– Se um curandeiro ouvir as súplicas de seu paciente, ninguém jamais será curado.

Ele a beijou. Ela o empurrou, as mãos atropelando a insígnia real das vestes dele. Jezabel já não se mostrava tão hostil aos avanços de Acabe, embora não o desejasse naquele momento. Ela confiava um pouco mais nele, e isso era tudo. Havia começado a ver alguma coisa no marido que a fazia amolecer quando ele estendeu a mão para ela, o que, por ora, era suficiente.

– Jezabel – ele disse –, você sabe como nossos reinos são diferentes. Nossa filha é linda. Podemos casá-la em qualquer reino que ela escolher, ainda que ela jamais governe Israel. Preciso de um herdeiro. Um filho. – A princesa afastou-se, talvez repelida pelo pensamento do que deveria acontecer novamente. Acabe continuou, inclinando-se contra a muralha de pedra com um sorriso fácil nos lábios: – O culto de adoração abaixo de nós não a inspira? – E então estendeu a mão para a faixa da roupa dela. Jezabel afastou a mão dele para longe. – Achei que você acreditasse em Asherah – ele a provocou. – Achei que você acreditasse nos presentes dela.

A expressão agradável de Jezabel quase que imediatamente se transformou em tristeza, e ela o esbofeteou. Através do vergão da picada na bochecha dela, Acabe teve uma visão extraordinária: havia lágrimas na mulher; lágrimas de verdade lhe brotavam dos olhos.

– Eu acreditei! Fiz tudo que supus correto. Mesmo quando vim para cá, fiz tudo que era possível. E o que tenho recebido? Uma fedorenta filha choramingando e um marido que não quero!

Tais palavras o feriram. Ele havia pensado errado. Jezabel não estava se abrindo para ele; continuava a esposa perversa que rejeitava toda ternura.

Acabe caminhou para longe dela, desceu os degraus de pedra, passou pelo templo e retornou a seu aposento no palácio.

Quando ele se afastou, Jezabel jogou o anel real que usava, e ele bateu na sujeira perto de Acabe enquanto ele caminhava.

– Leve isso a uma concubina e peça-lhe que lhe dê uma criança em meu nome. Seria uma honra para ela.

– O que há de errado com você? – ele se virou, aos gritos. – Você é forte, o que não significa que deva ser cruel. Todos sofrem, Jezabel. Todos se decepcionam com seu deus. Mas você e eu podemos fazer alguma coisa com a nossa decepção. Nós reinamos.

Ele observou como suas palavras mergulhavam, e mergulhavam no que eles haviam feito, a expressão de Jezabel mudando novamente conforme ela as ouvia, a estranha suavidade retornando. Ela precisava ouvir aquilo, embora ele não entendesse bem por quê. E talvez jamais entendesse. Talvez todas as esposas fossem um mistério.

Acabe chutou o anel e continuou lá dentro. Enquanto ele caminhava, alguma coisa o incomodava. Era uma vaga suspeita, como a escuridão crescendo no horizonte, de que os mistérios de Jezabel não permaneceriam para sempre escondidos. O que quer que a atormentasse, um dia romperia sobre todos eles.

Jezabel

Jezabel levantou-se cedo na manhã seguinte, incapaz de dormir durante a noite de vigília. Ela mesma se vestiu e foi ao pátio, onde os criados a avistaram e correram para buscar cevada aquecida e fruta. Ela afastou-os para longe como passarinhos irritantes.

Abaixo do palácio, os aldeãos dormiam. Ela podia ouvir, às vezes, os jumentos puxando carroças pelos caminhos quase sempre imundos, os mascates movendo-se para montar suas barracas antes do nascer do sol. Ela ouvia os cantos dos insetos à distância, alto e agudo, e algumas vezes também ouvia alguma coisa agitando as árvores, e era mais do que o vento. Essa era uma terra de determinação indestrutível.

Jezabel estivera errada; isso jamais bastaria para que lhe permitissem adorar quem quisesse. A permissão não foi aprovada. E a princesa queria a aprovação, e, ainda mais, queria que sua religião fosse adotada. E, conforme Jezabel percebeu, era uma estranha ironia que homens como Elias se satisfizessem em perambular sozinhos, convencidos de sua verdade, enquanto ela necessitasse de pessoas que acreditassem no que fazia. A princesa não podia tolerar os dissidentes.

Ela tinha visto todos adotarem seus deuses. E nunca estivera mais convicta disso do que na última noite. Os poucos que adoravam não bastavam, e tampouco foram os poucos sacrifícios. Ela precisava de pessoas que acreditassem com toda sua força, para seguir Asherah e Baal com todo seu coração. Se não o fizessem, se ela ficasse sozinha, nunca poderia saber se seus deuses desapontariam a todos, ou se eles a desapontariam. Desde seu nascimento, ela sempre fora a segunda, assim como Asherah e Baal eram os segundos na terra de Javé. E ela era a segunda para Acabe.

A única maneira de ela ter paz era fazer o que ninguém estava disposto a fazer. Esse fora sempre o caminho. Trabalho desagradável fora o patrimônio de Jezabel. Ela queria uma coroa que nenhum homem lhe dera, e assim ela incitaria as pessoas a adorarem deuses que nunca haviam conhecido. Ela encorajaria sacrifícios que virariam o estômago de todos. E assim ganharia uma reputação duradoura, que era a coroa que homem algum poderia lhe dar, ou tirar dela.

Jezabel fez sinal para um criado.

– Ao amanhecer, chame todos os sacerdotes e as sacerdotisas de Baal e Asherah. Convoque todos os feiticeiros e magos a meu serviço. Encontre também uma centena de homens do exército que amem ouro mais do que honra. E não conte nada a ninguém.

Para matar um deus, ela precisava matar seus profetas. No silêncio, finalmente, ela ouviu a voz de Asherah.

Obadias

Obadias recusou o sono. Ele ficou a noite toda lamentando pelos pecados de seu povo. A Festa dos Primeiros Frutos fora profanada; o festival sagrado, pisoteado. Quão boa era a verdade quando ninguém a ouvia? Ele tentou falar com Acabe muitas vezes, mas, quando um coração está endurecido, palavras não podem fazê-lo se abrir. A maior prova de fé de Obadias era esta: suportar o testemunho de dias perversos, e ainda acreditar que o Senhor era bom.

– Mas Acabe lutou batalhas – Obadias sussurrou em oração. – Ele tem a habilidade de um homem que lutou e venceu, combatendo os inimigos e fazendo-os fugir. Dê-me alguma coisa também, Senhor. Não me peça que eu sofra se não posso lutar.

O ar da noite estava tranquilo, a luz dourada do alvorecer já iluminando o horizonte. Os camelos nas colinas eram somente silhuetas escuras, a névoa da manhã ao redor deles enchendo tudo de paz. O dia chegou, e não houve sinal de que o Senhor tinha ouvido a oração de Obadias.

11

Jezabel

Jezabel dormira a maior parte daquele dia, até a noite voltar e insetos mais uma vez minimizarem os sons de criados que correram para buscar algum conforto para ela. A princesa se juntou a seus sacerdotes no templo de Baal, onde o último dos mercenários entrou ao mesmo tempo em que as lâmpadas de óleo foram acesas e colocadas em seus lugares no alto. As mesas foram limpas de alimentos, mantendo nada além de amuletos, pós e tesouros misteriosos dos feiticeiros. Os mercenários olharam para as pilhas estranhas de penas, ossos e varas até que um feiticeiro ameaçou enfeitiçá-los a todos e cobriu a mesa com os mantos dos feiticeiros.

Os sacerdotes varreram a sala para as laterais e colocaram potes em cada canto e em cada rachadura nas paredes, para capturar os espíritos que pudessem entrar sem ser convidados.

Os sacerdotes celebraram seus polegares, o dedo mais mágico, e murmuraram orações silenciosas enquanto Jezabel assumia o trono que tinha colocado ali. Ele tinha leões alados aos pés, ouro polido, e as vestes roxas da princesa espalhavam um brilho escuro nos leões, como se sombras os tivessem envolvidos com os pensamentos dela.

Os sacerdotes sussurraram feitiços sobre a água e encharcaram os mercenários, movendo-se entre eles, certificando-se de que o corpo de cada um fora ungido, bem como sua espada e sua armadura. Jezabel se levantou, e um sacerdote aspergiu a água sobre as mãos dela em uma bênção.

Em um canto, menestréis tocavam lira, uma canção triste, pensou Jezabel, de um amante perdido no mar. Ela calou o cantor e o músico tocou a lira com mais cuidado. Então a princesa se afastou do trono, esperando no altar pelo sacerdote para terminar a sua bênção de noite e de escuridão.

Um sacerdote adiantou-se para lavar as mãos sobre uma tigela de barro, cuidadoso em pegar a água para o feitiço. O ventre de Jezabel doía, e ela pousou a palma molhada contra o altar buscando apoio. Quando ela a levantou, viu que tinha deixado uma marca escura sobre a pedra, e sorriu ao ver-se integrada com Baal. Em seguida, a marca evaporou no ar seco, sem umidade, começando nas extremidades até que o ar a consumiu totalmente. A boca de Jezabel endureceu.

De pé no altar, a princesa examinou o poder de seu nome. Ela convocara mercenários para fazer a sua vontade, e feiticeiros que iriam encantar o mundo invisível. Ela poderia comandar homens com ouro e subornar os deuses com pilhagem. Acabe quisera beber aquela noite com seus comandantes, o que foi muito bom. Ela desejava trazer para si a responsabilidade pelos assassinatos. Algumas mortes eram necessárias. As pessoas veriam que ela sozinha as salvara.

– Vejam – ela ordenou, em pé e abrindo os braços como asas de modo que as mangas de seu manto roxo se agitaram abaixo dela. – Uma maldição foi lançada sobre o povo de Israel. Um homem, com um deus, tem causado sofrimento a todos nós. Ele chamou os homens para a sua causa. As mulheres de Israel vão queimar com sede, seus filhos vão morrer no peito, e não haverá comida porque os campos estarão mortos. É isso que um bom governante deve desejar?

Os mercenários olharam para ela e um para o outro, não acostumados a falar diante de um altar, mesmo que uma mulher, e não um deus, estivesse diante dele.

Jezabel continuou, descendo para passar no meio deles, eufórica pela forma como a olhavam, certa de que eles a respeitavam. Aqueles olhos a viam como uma besta reconhece um leão antes de sua morte. A princesa umedeceu os lábios com a língua e passou os dedos pelos ombros deles, serpenteando, virando-os em diferentes direções, impedindo-os, por enquanto, de unirem seus desejos. Ela os desprezava por se moverem tão facilmente sob seus dedos. Estava acostumada a homens que lutavam.

– Acabe conhece o poder desse homem, Elias, e de seus chamados profetas. Javé é o deus de Israel, e Acabe é o seu príncipe. Acabe não pode, agora, guerrear contra Javé. Mas ele também não pode pedir a benevolência de Javé já que esses profetas invocaram maldições em seu nome. Portanto, temos de ser sábios. Para pegar um rato, precisamos pensar como um rato. Por que Elias alertou Acabe de que não adorasse qualquer deus que não fosse Javé? Não seria porque Elias perderia poder? Ele se ressente por eu ter quatrocentos sacerdotes de Baal e Asherah, os quais são alimentados e alojados, conquistando o coração das pessoas por meio da realização de atos de bondade e proteção. Os dias de Elias estão contados, e ele quer se vingar de nós.

Um mercenário se adiantou, o mais velho, ela pensou, ainda que um homem atraente, cabelos grisalhos nas têmporas, antebraço firme como um cedro.

– O que quer que façamos?

Ela afagou o músculo que percorria o braço dele, parando quando chegou ao pulso, descansando a mão no punho da espada. Jezabel não se importava de tocar um homem quando ele era impedido de tocá-la de volta.

– Encontre a congregação dos profetas. Mate-os. A maldição será quebrada quando Elias e todos os que pensam como ele estiverem mortos. Então nós vamos reunir as pessoas em Samaria e deixá-las escolher o deus que vão adorar.

– E Elias? – um homem perguntou. – Ele não acampa com os profetas. Ele fica escondido.

– Como eu gostaria que ele fizesse – ela respondeu. – Enviei um mercenário para matá-lo. Elias nunca será visto novamente nestas terras.

Ela acenou para dois sacerdotes que estavam perto do altar, e eles trouxeram um baú. Levantando a tampa, os soldados viram que estava cheio até a altura do cotovelo com camadas de moedas de prata e ouro. Jezabel observou o olhar malicioso da ganância em seus rostos, e eles distribuíram as moedas, enchendo bolsos e mochilas. Os sacerdotes escreveram os nomes de cada homem em uma faixa de cipreste, junto com o nome de Elias e de seus homens, e jogaram-na no fogo.

Logo em seguida, Sargon entrou com um pacote nas mãos. Jezabel observava, paralisada, enquanto ele afastava os panos para revelar um recém-nascido rosado contorcendo-se e piscando na luz repentina. Ele levantou a criança bem alto no ar antes de oferecê-la a Asherah e Baal, e depois desapareceu em uma câmara na parte de trás do templo.

Alguns dos homens correram para fora, e Jezabel os ouviu vomitando. Ela se lembrou de sentir-se assim, há muito tempo.

O sentimento tinha passado. O que havia parecido tão perverso e anormal na primeira vez que ela testemunhara, tornou-se, ao longo do tempo, bom e correto. Bastou educação, um fluxo constante de novas garantias de homens sábios que compreendiam os deuses. A seu tempo, Jezabel tinha aceitado isso. Até o momento, aprendera os costumes, e também estava aprendendo a adotá-los. Esses homens não haviam visto o suficiente, não tinham sido ensinados o suficiente para adotá-los também. Isso mudaria.

Os homens restantes tocavam as espadas e se curvavam diante de Jezabel enquanto saíam. Uma porta resistiu quando eles a empurraram, e Jezabel viu quando eles forçaram para abri-la, quase a arrebentando para a outro lado. Ela os seguiu e passou as mãos ao longo da moldura da porta até encontrá-lo. Um pequeno pedaço de tecido, de linho puro, havia se enroscado no pino de ferro da porta. Ela o cheirou e olhou para o pátio, antes de escondê-lo dentro de sua veste.

– Que o deus mais forte vença – Jezabel sussurrou no ar da noite.

Silenciosamente, ela temia que nenhum dos deuses realmente se importasse.

Obadias

Obadias foi lento para se afastar do templo de Jezabel. Ele havia escutado do lado de fora da porta, mas, como seus ouvidos não eram afiados, ele se mantivera cada vez mais perto para ouvir o que Jezabel dizia. Portanto, percebeu quase tarde demais quando ela disse as últimas palavras. A porta começou a se abrir, e Obadias a empurrou de volta; um instinto estúpido, ele sabia, mas que confundiu os homens tempo suficiente para ele fugir. Então correu sem parar até os estábulos do palácio. Os mercenários não seriam tão rápidos, pois eles iriam parar e protelar até provar a água da primavera no centro do pátio, ou buscar alguma uva esquecida nas videiras, caída das árvores. Os mercenários, os bolsos cheios de moedas, iriam demorar, a fim de sentir o lugar e imaginar que eles o possuíam. Afinal, se a lei mais natural, o amor pela vida, podia ser violada aqui, qualquer lei podia cair. E esses eram homens que sabiam o que fazer quando as leis caíam.

Uma vez, esses homens, mercenários como Acabe, tinham sido seus heróis. Ele sonhava ser como eles e viver a vida que levavam. Agora iria combatê-los, embora eles nunca soubessem disso. O Senhor havia concedido a Obadias não força, mas uma mente rápida, e o administrador orou para que fosse suficiente.

Obadias encontrou o cavalo de que precisava e cavalgou rápido para as terras além do vale. Ele tinha de conduzir os profetas para uma terra mais segura pela manhã, e então voltar para encontrar as provas de que necessitava. Acabe acreditaria nele, se ele, também, levasse um osso.

Na manhã seguinte, Obadias, mandíbula cerrada, andou pelo que havia restado no templo. Acabe, de ressaca, queria treinar sua espada lutando pela manhã, então Obadias teve de aceitar. Felizmente, os reflexos de Acabe eram terríveis depois de uma noite de grande bebedeira. Obadias o venceu. Após perder, Acabe quis ser deixado em paz, pois ficou de mau humor, e também para praticar, como Obadias sabia que ele o faria. Quando feriam seu orgulho, Acabe guardava isso por séculos.

Caminhando pelo templo, Obadias sentiu-se aliviado por não haver mais ninguém lá. Seus olhos foram para a câmara no interior das portas fechadas na parte de trás do templo, esculpidas com a imagem do grande touro El, a forma que diziam que Baal assumiu quando vagava pela terra entre os homens. As alças das portas eram chifres de bronze, e Obadias testou um para ver a facilidade com que girava nas dobradiças. Os trabalhadores fenícios tinham se superado nisso também, pois ela se movia tão facilmente como uma pérola em um fio. O chão era um mosaico de marfim cortado em formas e engastado em pedras pretas. Cada passo mostrava uma nova maravilha: imagens reluzentes de moedas caindo em um colo aberto, mulheres grávidas, animais fêmeas grávidas, homens doentes levantando-se de camas, crianças rindo. Havia deuses egípcios também, até mesmo o olho de Osíris, e os deuses gregos e os deuses de todos da região do Mediterrâneo Oriental. Jezabel tinha se esforçado para honrar todos os deuses, exceto Javé.

Ele sentiu cheiro de sangue, e sua pele se arrepiou, como se estivesse viva com insetos cheios de espinhos. Obadias se moveu com cuidado, procurando uma evidência, rezando, de repente, para não encontrar nada. Ele orou para estar errado, esperando que a presença de tantos estranhos tivesse tornado impensável o sacrifício de uma criança.

Então voltou para o centro ao ar livre, onde o altar com quatro chifres se rodeava por potes para oferecer incenso queimando. Foi ali, no centro, que viu os restos do sacrifício. Um único osso havia caído, perdido por quem quer que tivesse removido o resto do corpo. Curvou-se para apanhá-lo, mal percebendo que estava segurando a respiração. Mas o osso era muito grande, não como o de uma criança. Não era também o de um homem; *talvez*, pensou, *o osso de um chacal ou um gato grande*. Suspirou com alívio e endireitou as costas.

A lira jazia jogada em um canto, e o incenso ainda fumegava, embora fosse apenas um montículo preto e oleoso no pote. Mas uma travessa chamou a atenção de Acabe: rasa, a borda toda ornamentada com cabeças de touro que pendiam e se moviam. Nela ainda havia uma pequena quantidade da oferenda. Tremendo, Obadias mergulhou ali um dedo e bateu-o nos lados, primeiro lhe cheirando a ponta e, em seguida, provando.

– Azeite – disse Mirra, entrando no templo.

Obadias girou e, assustado, levou uma das mãos ao coração. Mirra deu risada e caminhou até ele, pegando a travessa de suas mãos.

– Você não precisa limpar – explicou ela. – Os sacerdotes fazem isso.

O rosto de Obadias corou. Ele não estava ali para limpar, mas o que podia dizer a ela?

Ela pegou dois punhados de azeitonas de um barril próximo, colocou-as em uma prensa e moveu cabeça de touro da tigela para pegar o óleo extraído. Uma cesta com pão sírio estava próxima, e ela mergulhou alguns no óleo, saboreando-os e sorrindo. Ela ofereceu o pão a ele em seguida.

– Jezabel pagou uma fortuna para que trouxessem essas azeitonas – disse Obadias, sacudindo a cabeça e começando a se afastar.

Mirra levantou um dedo para fazê-lo esperar. Ela prensou mais azeitonas, e prensou mais de novo até que o óleo atingiu a borda da travessa. Cabeças de touro começaram a balançar quando o azeite correu pela borda oca, os touros parecendo bebê-lo.

Obadias riu do truque, e Mirra sorriu.

– Jezabel realizou um culto aqui na noite passada – ela afirmou, uma sombra passando-lhe pelo rosto. Ela parecia desconfortável.

Obadias esperava que não fosse tarde demais para trazê-la de volta à verdade, ao que era certo.

– Você adora os deuses dela? – ele perguntou.

Mirra assentiu.

– Meu pai me venderia como uma criada se soubesse – disse. – Eu só observei daquele cômodo.

Ele foi até o altar e passou as mãos pelos chifres, testando sua resistência e construção. Então desejou poder destruir esse templo com suas próprias mãos, mas, de alguma forma, sentiu que isso não faria diferença. Esses templos iriam sempre existir, em algum lugar, enquanto as pessoas preferissem o prazer à verdade.

Mirra se moveu até ficar ao lado dele, olhando em seu rosto. Ele não se movimentou, o peito subindo e descendo rapidamente.

– Está tudo bem, Obadias. Fui uma tola por imaginar que havia alguma esperança. O que está decidido para meu futuro foi decidido por mim há muito tempo. – Ela sorriu, uma expressão triste nos lábios. – Foi decidido no dia em que nasci, e eles perceberam que eu era nada mais que uma menina. Então servirei a Jezabel até que um acordo seja feito para mim, momento em que serei mandada embora. Quero ser forte e aceitar isso. Reze por mim.

Obadias hesitou. Não sabia como rezar por ela. O que Mirra temia não era o maior perigo. Ela não imaginava que sua mente estava sendo preenchida com mentiras, e ele não imaginava como convencê-la disso.

– Além disso – ela continuou, a voz triste e suave –, Jezabel disse que não importa para onde você vá, porque sua pior dor ainda irá com você. Acha que isso é verdade?

Um pássaro entrou voando para roubar um pedaço de pão descartado. O repentino bater de asas distraiu Obadias, e Mirra se virou para ir embora.

Ele não respondera a ela. E não tinha certeza se poderia.

JEZABEL

Jezabel sentia seu coração continuar a murchar e secar à medida que outro mês passava e as trincas ainda apareciam na terra seca sob sua janela, e árvores no jardim começaram a ficar marrons. Ela chorou quando a última folha caiu da figueira mais próxima do palácio, então pegou uma lágrima na palma da mão e a levou até a luz, maravilhada com ela. Era quente e se esparramou pela pele da princesa, depositando-se nas linhas da palma.

Isso é um bom ou mau sinal? pensou. Significava que ela estava aprendendo a se sentir mais como as pessoas de verdade se sentiam, as que tinham mil emoções diferentes? Estava começando a gostar delas?

Jezabel lambeu outra lágrima do lábio, surpresa que duas tinham caído no mesmo dia, e então, por impulso, mordeu o lábio superior, provocando uma dor aguda e rápida que lhe rasgou a pele. Isso iria pará-las. Dor era necessário na vida; lágrimas, não. Dor era progresso. Era por isso que poucos seriam grandes. Bem poucos podiam suportar a dor, como ela conseguia. A princesa fora bem treinada.

Havia trabalho a ser feito, então a distração provocada pelas lágrimas não importava de forma alguma. Todo o marfim chegara de Tiro, e os artesãos estavam concentrados na residência da rainha. Ela adorava o cheiro do cedro sendo cortado para os móveis; o cheiro metálico da fumaça do golpe de um martelo; o gosto acre forte dos óleos quando eram misturados e aplicados nas paredes. E entendia o amor de Acabe por criação. Ele construía cidades, mas Jezabel não precisava delas – só de uma residência plena de conforto, cor e distrações. Um palácio para esquecer.

Acabe tivera uma reunião naquela tarde sobre o envio de mais homens para continuar o trabalho em Jericó. A notícia da seca em Israel estava se espalhando, e inimigos começavam a rodear o local. Uma seca significava fome, e fome significava presas fáceis para predadores. Jezabel esperava que ele acrescentasse na agenda do dia a necessidade de continuar trabalhando com os anciãos para terminar a muralha da cidade e os portões, assim como projetar casas melhores para eles próximas ao palácio. Ela insistiu com Acabe para considerar também os plebeus, pois, quando tudo estivesse terminado, ele poderia prometer-lhes residências modestas, mas limpas e confortáveis. Manter o povo feliz, inclusive os anciãos, não garantiria lealdade, mas representava um esforço modesto para conquistá-la.

Naturalmente, antes de isso começar a tomar forma, a corte seria forçada a retornar a Jezreel. Ela ansiava por um clima mais fresco, pelo jardim de Naboth e todos os retiros verdes e sombreados, a paz que ela se lembrava do local. Lá talvez não houvesse seca, não naquela rica terra verde. Jezabel não precisaria nem mesmo ter de esperar que um criado a alimentasse! Ela podia colher uma fruta diretamente do pé e deixar o sumo escorrer pelo queixo. Ela tiraria a sandália e correria pela grama fresca e macia tocando-lhe os pés. Jezreel era uma promessa, uma promessa de que ela estaria livre de pequenos tormentos.

A terra onde vivia era uma maldição. Nenhuma cevada chegou. De sua posição, esperando Lilith trazer água para um banho (e o retorno dela era mais lento a cada semana), Jezabel reconheceu que a deusa ainda a estava ignorando. O que mais Asherah queria dela?

Elias ainda não tinha sido encontrado. Ele era tão esquivo quanto seu deus. Embora tivessem prometido a Jezabel que o mercenário contratado era um assassino experiente e perverso, completamente sem princípios, o que o tornava perfeito para o serviço, ele não havia retornado nada, apenas cartas. Cada vez que um mensageiro entrava pelos portões com uma bolsa magra, ela sabia que Elias ainda escapava da morte. O mercenário lhe enviava somente cartas, nunca uma cabeça.

É claro que os israelitas não sabiam de nada e ainda pensavam que ela queria que todos os deuses fossem adorados. Ela não queria, não mais. A essa altura, Jezabel já tinha resolvido: tudo que ela queria era Elias morto, o que significaria liberdade para Israel. Um Javé silenciado daria a ela uma reputação duradoura, a mais permanente das coroas, exatamente tudo o que queria. Ela queria alívio, saber que conseguiria isso graças a todo o seu sofrimento.

Jezabel pensou que os israelitas provavelmente concordariam com ela. Diariamente eles traziam míseras oferendas para o templo de Baal, o santuário de Asherah, e até mesmo para o bezerro de ouro de Javé, que Acabe erigira havia muito tempo para evitar que eles tivessem de viajar até Jerusalém. Os jovens eram os únicos que pareciam gostar da liberdade para seus corpos e ventres. Jezabel era amada entre eles.

Então, ela soube que a seca não era o verdadeiro problema. Era Javé, o modo como seu nome incitava os homens à loucura de intensidade inacreditável. Era inimaginável o que Elias tinha feito. Jezabel e seus deuses só proporcionavam alegria e prazer, e os profetas de Javé tinham começado uma guerra.

Mas ela estava satisfeita, pois Acabe se concentrava em Jericó. Ele nunca lhe perguntara o que ela sabia, mas é claro que Jezabel sabia que Baal também fora Yarech, o deus da lua, ainda que em outra encarnação. Acabe construíra uma cidade para Yarech, o nome de Jericó tornando-se um dialeto esquecido para esse deus. Yarech responderia às preces de Acabe, estendidos aos pés dele em pedra e pedaços de madeira, mesmo que as dela fossem ignoradas.

Assim como para Javé, se ele tivesse qualquer fraqueza, os pergaminhos de Obadias iriam revelar. Ela procuraria os pergaminhos que Obadias tanto amava. Cada deus tinha seus segredos; como ela sabia bem disso! Ela encontraria quaisquer respostas que houvesse lá. Ela procuraria Javé e encontraria uma maneira de, enfim, destruí-lo.

Obadias

Uma mesa foi colocada na sala do trono, que estava abafada devido ao calor do verão. Obadias esperou que Omri estivesse sentado, e também Acabe, e ficou em pé por trás da mesa para instruir os criados enquanto serviam a refeição. Ele esperava não ser criticado pela falta de variedade, pois tinha comprado o que de melhor havia no mercado, e não era muito. Jezabel chegou por último, e tomou seu lugar à mesa, ao lado de Acabe, sem dizer uma palavra. Ela parecia ansiosa, mais inquieta do que o normal com alguma coisa oculta. Mirra a estava assistindo, parecendo inquieta e mais magra também. Ela tinha falado com ele sobre aceitar seu destino, mas sua força vacilava.

Obadias viu quando Omri mordeu um pedaço de coxa assada temperada com molho de vinagre e anéis de cebola; ele teve de tentar duas vezes para arrancar a carne, atirando o osso no chão atrás de si. A um sinal de Obadias, um criado se adiantou para pegar. O administrador esperava que ele atirasse o osso para os cachorros, cujas costelas estavam aparecendo, os quais rodeavam o palácio. Parecia que esses animais comeriam qualquer coisa.

– A carne está dura – Omri reclamou.

Acabe concordou.

– Era a melhor que havia no mercado – Obadias retrucou.

– Duvido disso – Omri replicou.

Os movimentos de Obadias se tornaram mais lentos, e ele olhou cuidadosamente para ambos, o príncipe e o rei.

– Eu acredito nele – afirmou Acabe.

– Eu acho que você deveria acompanhar Obadias ao mercado na próxima vez – Omri sugeriu. – Ver se realmente compra o melhor e consegue o melhor preço também. Os mercadores provavelmente o veem e sabem que podem se aproveitar dele.

As mãos de Obadias tremeram enquanto ele completava o vinho. Omri jamais o atacara antes. Ele limpou sua garganta e levou de volta o odre de vinho ao seu lado, recolocando-o no suporte.

Seu orgulho não era a injúria mais preocupante. Ele tinha um talento pequeno para traição, mas nenhum talento para escondê-la. Todos no mercado sabiam que Obadias estava comprando coisas extras e enviando a mercadoria para os profetas, escondidos em cavernas em algum lugar fora da cidade.

Jezabel poderia ter tido a cabeça dele por isso, por usar os recursos da coroa para abastecer os profetas do terror. Mas, se o fizesse, ele revelaria os segredos dela, ou seja, Jezabel estava pagando para que os matassem e exterminassem um a um. Os chacais nas montanhas eram os únicos animais em Israel que andavam engordando.

Acabe estava sentado em silêncio, então se levantou, olhando para seu pai.

– Obadias é um bom criado. Você não tem motivo para insultá-lo. Se está irritado com a seca, pai, brigue comigo.

Ninguém se moveu. Acabe nunca tinha confrontado seu pai na presença de outras pessoas. Omri baixou a caneca de vinho que estava bebendo e também ficou de pé, uma expressão indecifrável, encarando Acabe.

– Você culpa a mim, não é? – disse Acabe. – Foi sua decisão. Mas você sempre puniu a mim por seus erros.

Os olhos de Jezabel se acenderam com um fogo estranho. Obadias não sabia se alimentados por compaixão ou raiva; ambos pareciam o mesmo em seu rosto.

O administrador viu as pernas de Omri tremerem. Ele estava ficando velho, inclusive para lutar, mesmo com palavras, e não com espadas. Omri saiu sem dar resposta.

Acabe o viu sair, os ombros afundando como se ele tivesse prendido a respiração. Jezabel se levantou e sibilou para ele, então varreu parte da mesa, deixando-a limpa. Acabe olhou para o corredor por onde Omri saíra, e Jezabel o agarrou novamente, as mãos como garras afundando na carne dos braços dele enquanto sua boca encontrou a dele.

Obadias pegou Mirra e a levou embora. Uma vez fora da sala de refeição, ela começou a rir. Ele franziu as sobrancelhas em desaprovação.

– Você age como se nunca tivesse visto uma coisa dessas – ela zombou dele.

– E você não deveria – ele a repreendeu em retorno.

– Não fale comigo como se fôssemos iguais – Mirra respondeu, livrando seu braço da mão dele.

Obadias o pegou novamente, mais forte. Ele não podia acreditar que estava fazendo isso. Não podia acreditar na maior parte do que estava sendo forçado a fazer.

– Não somos iguais. Eu sou mais velho, e mais sábio, e sei distinguir o certo do errado. Você tem muito tempo perdido a recuperar.

Mirra puxou o braço para dar um tapa nele, mas Obadias pegou a mão dela. O peito da jovem subia e descia enquanto o olhava fixamente, piscando, em choque. Lágrimas lhe apareceram nos olhos, e ela se aproximou, pressionando seu corpo no dele, de modo que o rapaz sentiu as curvas suaves e o bater acelerado do coração dela. Então levantou a boca para ele, o corpo tremendo, e os lábios suaves e doces tocaram os de Obadias, tirando-lhe o fôlego. Ele jamais beijara uma mulher, e a doçura era desconcertante. Ficou perdido por um breve momento, sem saber quem ou o que ele era. Mas sua mente tinha sido sempre mais forte que seu coração, e ela o despertou para o que tinha de ser feito.

Ele a afastou.

– Você pertence a outro homem.

– Eu não pertenço a ninguém!

– Mas um dia você vai pertencer, Mirra. Um homem melhor do que eu, alguém que vai lhe dar uma boa vida. – As palavras devastaram seu coração. A verdade era amarga e vil, especialmente quando dita claramente. Ele estava envergonhado de si mesmo por amar tanto o toque dela quando não podia nunca ser seu.

Ela afastou-se correndo. Ele soltou o ar e sentiu seu corpo desmoronar, como um homem ferido em uma luta.

Se ele tinha feito a coisa certa e falado a verdade, por que isso o machucava tanto? Por que a verdade nunca era amiga de outros, mas sua própria?

Jezabel

Na manhã seguinte, Jezabel levantou-se antes de Acabe e seguiu para os aposentos da administração. Ela não tinha dormido, nem mesmo na terceira ou quarta vigílias da noite. A seca deixava a todos fatigados, sem o suficiente para comer ou beber, e os criados tinham feito barulhos durante a noite toda.

A princesa ficou contente de encontrar vazio o cômodo dos registros de Obadias e tirou uma tocha de um suporte no corredor. Ao levantá-la, a luz amarela bruxuleante encheu o cômodo de dourado. Isso era apropriado, já que ali estavam os registros de todo o ouro do império de Omri, mais os pergaminhos que ela procurava. Jezabel aprenderia sobre seu inimigo, o Senhor. Quem o tinha criado? Que inimigos no céu o perseguiam?

Sobre a grande mesa contra a parede, ficavam dezenas de jarros de argila, cada um contendo um pergaminho. Puxando aleatoriamente um de um jarro, ela o abriu e leu.

Cinquenta jarros de óleo de oliva
Trezentos pães
Dez ovelhas
Dez gansos
Vinte galinhas
Dez coalhadas
Cinquenta ovos
Dez potes de mel
Cem peixes
Quinze vasilhas de leite de cabra

Tudo era comprado na conformidade de que deveria ser entregue no palácio.

Estava datado do mês anterior. Obadias mantinha registros detalhados de suas compras no mercado, o dinheiro do tesouro real que gastava para manter os ocupantes do palácio alimentados. Consternada, ela puxou outro pergaminho livre e o leu. Era muito parecido, somente outra lista de alimentos comprados no mercado. Esse, entretanto, estava datado de três anos antes, quando ela ainda não havia chegado. Obadias comprava muito menos, gastava muito menos antes dela. Jezabel sabia que havia trazido quatrocentos sacerdotes e dezenas e mais dezenas de artesãos e criados, mas nunca tinha visto os custos registrados com tanto detalhe. Ela colocara um grande fardo nas costas do povo, e sentia-se um pouco surpresa por notar que na verdade não ligava. Eram despesas necessárias.

Então abriu outro pergaminho e o leu, e repetiu isso várias vezes, durante duas horas, revisando registros honestos e precisos. Mas onde Obadias mantinha os pergaminhos de história, aqueles que falavam de todas as fraquezas do Senhor, era um mistério. Lamentando ter perdido o sono sem ganhar nada, Jezabel enrolou os pergaminhos e pegou um jarro, preparando-se para colocá-los dentro.

Mas já havia um pergaminho no jarro. Um pergaminho pequeno, perfeitamente enrolado e colocado no fundo. Ela prendeu a respiração enquanto o pegava. É claro que Obadias esconderia dela tal informação sobre o seu Senhor. Ela começou a ler, mas não era nada mais que outra lista de alimentos comprados e entregues, ainda que não no palácio. Sua mente começou a trabalhar enquanto passos se aproximaram, e ela ouviu o guarda trocando palavras com alguém.

A princesa enfiou o pergaminho na faixa da veste e deixou o cômodo. Por que estaria Obadias comprando alimentos que não eram entregues no palácio? A quem mais ele estava alimentando?

Os profetas. A compreensão a enfureceu. Ele estava usando o dinheiro dela, o tesouro de Acabe, para manter vivos os inimigos. Obadias não era tão leal quanto ela pensara. E então riu; apesar de tudo, ele era um homem.

Jezabel

O cavalo não diminuiu a marcha ao se aproximar, a crina levada pelo vento de setembro que açoitava o cavaleiro portador de uma bandeira marcada com o emblema da casa de Etbaal. A mulher junto ao poço parou e olhou-o, e crianças abandonaram seus jogos para ver o cavaleiro voando na direção deles como uma pedra polida lançada por um estilingue.

Jezabel assistiu de sua janela quando ele cavalgou para o portão do palácio. Ela estava tirando seu manto, deixando a brisa lhe refrescar os ombros. Com um suspiro irritado, colocou-o novamente e instruiu a Lilith que chamasse Acabe.

– Ele está caminhando nos estábulos com Atalia – Lilith respondeu.

– Quem? – perguntou Jezabel, então assentiu.

É claro. Mas era ingenuidade de Acabe investir tempo em uma menina que seria simplesmente mandada embora. Ocorreu-lhe que Acabe poderia começar a amar a criança, e então sofreria quando ela se fosse. Ou pior, ele poderia fazer um acordo que não fosse bom devido ao seu apego. Jezabel gemeu, pensando que problema as emoções de Acabe tinham dado a ela.

Do lado de fora, não esperou Acabe, mas gesticulou para que o cavaleiro se aproximasse.

Ajoelhando-se, o cavaleiro beijou os pés dela.

Jezabel estendeu uma das mãos, e ele se levantou, tremendo quando os olhos encontraram os dela acidentalmente.

– Salmaneser derrotou os reis do norte e começou sua invasão. Ele exige mais que tributos; todos os reinos deverão ceder-lhe seu governo ou serão destruídos.

– Meus sacerdotes previram isso há meses – ela respondeu. – Você deve trazer notícias mais valiosas que essas. Os guardas disseram que você cavalgou com uma velocidade assombrosa.

O cavaleiro assentiu e manteve a face baixa.

– Ben-Hadade hospeda um conselho de guerra em seu palácio. Ele diz que sua intenção é a proteção contra os avanços de Salmaneser.

Jezabel exalou o nome mexendo com seu sangue.

– Mas? – ela perguntou.

– Mas é o seu nome que está nos lábios dele quando ele pensa que vive entre amigos. Eu sinto que ele não tem boas intenções para com Israel.

– Ou para comigo – disse Jezabel. Ser descartada como espólio de guerra destruiria todo seu trabalho.

– Ele sempre diz que por você, embora para nenhuma outra rainha, inclusive a dele próprio, ele cavalgará contra Salmaneser. Mas precisa de aliados. Ben-Hadade virá e pedirá para passar em segurança, pois Acabe o reconhecerá como um amigo quando ele cruzar as suas fronteiras.

– Será dada passagem em segurança – ela disse, andando. Então dispensou o cavaleiro, dando instruções aos seus criados para que cuidassem das necessidades dele e de seu animal. Em seguida retornou ao palácio. Ela tinha dado o comando, mas Acabe precisava dar seu selo. Isso era um tecnicismo infeliz.

Acabe

Acabe sentou-se na cama, girando a espada de Moisés para a frente e para trás na luz. Não tinha chovido em quase dois anos. A cada dia ele acordava pensando que a seca não podia ser real e que não podia realmente ser a mão do deus hebreu. Toda noite ele dormia esperando ouvir a chuva, e acordava desanimado. O que Salomão teria pensado dele? Como Salomão teria governado todas as tribos e mantido centenas de esposas estrangeiras e nunca tivera esse problema com um profeta ou um deus? O que fizeram Acabe e sua esposa de tão diferente, tão repulsivo ao Senhor?

Ele podia ouvir os sons dos trabalhadores do lado de fora da janela, entalhando marfim para a residência de Jezabel, e os guardas xingando quando outro tropeçou durante seus esforços em manusear uma espada de ferro mais pesado. Sim, o casamento trouxera maior acesso a bens materiais. Tinha trazido novos deuses e outras maneiras de adoração. No entanto, tudo que se queria agora era chuva.

– De que outra forma eu posso agradar ao rei? – perguntou a jovem. Ela era da mesma idade que Jezabel, mas com olhos claros e a boca em um formato suave.

Era uma coisa simples e doce, que ele ganhara em alguma batalha de que não podia nem mesmo se lembrar. Ele tinha ficado feliz por ela na época, antes mesmo de ouvir o nome Jezabel. Então pensou que ela poderia ajudá-lo a se lembrar daqueles dias e fez um gesto em direção aos pés da cama.

– Dance para mim.

Ela dançou. Tinha um sorriso no rosto que não se moveu ou mudou de disposição, um sorriso visto por ele em homens cegos, que ficavam nos portões de cidades, e que nunca tinham certeza de quando uma alma boa podia lhes jogar uma moeda. Ele se virou, e ela mudou, os braços e as pernas leves como poeira no sol da manhã.

– Você não olhou – ela falou.

Acabe fez uma careta e atirou o manto para ela.

– Sua dança não me ajuda em nada.

Um guarda avançou a fim de escoltá-la para fora do cômodo enquanto o queixo dela tremia, a primeira expressão verdadeira que ele havia visto.

Acabe esfregou os olhos e se levantou.

– Dê a ela uma porção extra de comida esta semana, e uma prova da afeição do rei.

Outro guarda se afastou e um mensageiro entrou.

– Jezabel pede uma audiência.

– Será que a princesa agora me comanda?

– Não, não, meu senhor – disse o mensageiro. – Um cavaleiro da casa de Etbaal trouxe novidades que ela disse que precisa compartilhar com o senhor.

– Diga a ela que se prepare para partir para Jezreel.

Acabe não precisava de notícias de sua esposa. Ele era o príncipe. Ele herdaria a coroa, não ela.

– Mas a mensagem... – começou o mensageiro.

Acabe atirou a espada, e ela assobiou pelo ar encravando na viga de cedro que passava logo acima da cabeça do mensageiro.

Ele fez uma reverência e saiu.

12

Dois anos depois, 879 a.C.
Fim de novembro, no Palácio de Inverno em Jezreel

Mais intensa que o normal, a chuva atrasou Salmaneser e Ben-Hadade. Toda a chuva que seria de Israel caiu sobre seus inimigos. Jezabel em vão observava as estradas de comércio todo dia. Nem um tráfego pequeno aparecia para lhe dar esperança. Israel sofria com o esgotamento de suprimentos, com os mercadores estrangeiros impedidos de chegar lá. Os estrangeiros tinham sido abençoados pela chuva, com colheitas abundantes e bolsos cheios de ouro. Ela os odiava, imaginando-os em casa, engordando.

Jezabel, como todos no reino, sentia fome. Ela não comeu uvas nem melões. Nem figo nem qualquer outro tipo de fruta. A corte tinha exaurido o suprimento remanescente de grãos secos e carne. Poucas ervas sobreviveram, apenas lembranças cruéis da comida que houvera ali uma vez. Somente condimentos, nem carne nem pão nem vegetais. As câmaras da administração estavam tomadas por conselheiros. Acabe tinha chamado os sábios que pudera encontrar, mas todos disseram que ele tinha de fazer as pazes com Javé, o que significava destruir os outros deuses. Jezabel o lembrou dos termos do acordo. Tê-la como esposa era assumir também seus deuses. E ela lembrou a ele que recusar uma escolha ao povo era tirar dele sua liberdade. Acabe tinha escolhido esse caminho. E teria de segui-lo até o fim. Assim como ela. Mas, até agora, se Javé apresentava uma fraqueza, ela ainda não a encontrara.

Eles passaram mais dois invernos dessa forma, cada mês trazendo más notícias. À noite, fatigada, Jezabel andava. Acabe não queria quase nada com ela, que suspeitava que ele a culpava. Todos o faziam, sua sede, fome e pobreza crescentes empurrando cada um para a loucura. Ela sempre soubera que seca significava terra seca, mas não sabia que seca significava depressão e desespero sem alívio.

Quando eles voltaram a Jezreel no terceiro ano de seca, Jezabel andou em uma liteira com as cortinas fechadas. Nenhum presente lhe foi jogado, nenhum grito de louvor e boas-vindas. Ela andou sozinha, uma prisioneira por trás de paredes de seda roxa esvoaçante. E orou para Asherah e Baal abrirem seus ouvidos a Sargon enquanto ele fazia sacrifícios.

Saindo das fronteiras externas do território de Samaria, ela viu que um incêndio havia destruído campos em todas as direções ao alcance da vista. A paisagem era negra, como o mundo dos pesadelos. Enquanto avançavam passando silenciosamente, ela reconheceu as formas. Eram pessoas. À vezes animais também, apesar de a maior parte das pessoas tê-los comido. Era melhor do que vê-los morrer de fome.

Ela tinha esperança de que Sargon mantivesse os sacrifícios. Jezabel o incitara em cartas a ficar firme, para confortar as mães em sua tristeza, para ajudá-las a ver que o necessário não era sempre fácil. Elas não tinham escolhido acabar com uma vida, mas evitar que sofresse. Que deus recusaria honrar tal escolha?

Acima de tudo, ela tinha escrito, ele devia atenuar as crescentes suspeitas sobre Baal e Asherah assim como de sua princesa. Ela prometera ver cada tribo sobreviver. Aqueles que sobrevivessem poderiam recomeçar. Bebês poderiam sempre ser feitos de novo.

Acabe

Acabe jogou sua taça para o canto, ouvindo seu ressoar enquanto rolava em pequenas rotações até parar. Nem mesmo havia vinho o suficiente para deixar um rastro no chão. Obadias gastara as horas iniciais da manhã, conforme havia dito, cuidando dos animais no estábulo antes de o sol nascer. Outro deles tinha morrido enquanto dormia. Um animal, um jumento, saíra e não voltara. Ele provavelmente seguira vagando à procura de água e tinha morrido dilacerado em um instante pelos cães que vigiavam o estábulo à noite. Era impossível parar os cães selvagens quando tiravam uma vida, razão pela qual haviam alertado os idosos a não caminharem sozinhos. Os jovens deviam ficar dentro de casa. As noites se tornaram um recital de lamentos dolorosos e famintos de animais e crianças.

Obadias retornava agora com um pano molhado, o que era uma alta oferenda, embora não tão bem-vinda como um banho frio. Acabe esfregou atrás do pescoço e o rosto. Aquela situação não era culpa de Acabe. Ele não podia controlar os céus e fazer chover durante uma seca, e duvidava de que qualquer deus também pudesse. O povo tinha orado para cada deus esperando conseguir que um fizesse alguma coisa, se é que algo assim podia acontecer. Acabe estava convicto de que não. Se orações fossem realmente atendidas, ele não veria tantos jovens morrerem em agonia, o nome dos deuses nos lábios. Ele deixou de fazer oferendas para os meninos mortos à noite, desejando que um fantasma se agitasse e o comesse ou o levasse também para o submundo. Qualquer morte era preferível à morte lenta de seu nome.

Todos os olhos em Jezreel encontravam o seu com olhar frio. As pessoas podiam orar para os deuses, mas elas o olhavam à espera de respostas. A fé que se voltava para ele era tolice ou loucura, ele sabia, e, assim, toda fé parecia horrível.

– Vamos percorrer o país – ele falou, virando-se para Obadias. – Encontraremos cada fonte e cada riacho. Vamos ver se achamos grama suficiente para manter nossos cavalos e mulas sem morrer.

Obadias não hesitou, o que surpreendeu Acabe. Ele esperava resistência do administrador, que não tinha experiência em procurar água nas montanhas. Ele não sabia nem mesmo se Obadias alguma vez tinha estado nas montanhas, com aquelas cavernas escuras e proibidas, mas a seca tornou desesperados até mesmo homens como o administrador.

Só levou um instante para dividir o país entre eles e iniciar a busca. Acabe estava contente por se livrar do palácio que seu pai tinha construído em tempos melhores e das pessoas que herdara.

Liderando a saída dos estábulos, ele cutucou seu cavalo e pensou com satisfação que, se nunca mais voltasse, o povo seria finalmente confrontado com a verdade. O que destruíra Israel fora a religião, e não Acabe.

Obadias

Obadias e Acabe partiram, cada um com esperança de encontrar água. Eles tocariam um *shofar* se encontrassem e esperariam por um sinal de resposta. Então poderiam orientar o outro até a água, soprando o *shofar* a intervalos regulares para lhes servir de guia. Obadias suspeitava que Acabe queria ficar sozinho com seu mau humor. Afinal, o príncipe fora tantas vezes impotente em sua vida que sabia como lidar com isso. Seu pai o havia arruinado para o poder.

Obadias viu um homem andando em sua direção, as roupas viçosas e limpas, o rosto lavado recentemente, como se isso fosse mesmo possível. O homem estava assobiando, o passo leve e fácil, como se estivesse bem alimentado e descansado.

Obadias desceu de seu cavalo e caiu de joelhos.

– É mesmo você? Meu senhor Elias?

– Sim – falou Elias. – Vá e diga a Acabe: "Eu vi Elias".

Em pé, na terra quente e rachada, videiras mortas emaranhando-se aos seus pés, Obadias viu que Elias parecia bem, sem ter sofrido com a seca ou passado necessidade. Ainda assim, Obadias tinha passado fome e sede e inclusive roubado do tesouro do palácio para sustentar aqueles que pertenciam ao Senhor. Ele fizera coisas ruins por uma boa razão, mas os pergaminhos, as leis de Moisés, não tratavam disso. Obadias considerou que a mancha de culpa pesava sobre ele, e não queria olhar para Elias, e não queria levar as palavras de seu retorno a Acabe.

– Ninguém lhe disse o que eu fiz, como Jezabel mandou matar os profetas de Deus, como arrisquei minha vida escondendo uma centena deles, cinquenta em uma caverna, e garanti que recebessem comida e água? – Obadias perguntou. – E você me pede para dar atenção a mim mesmo anunciando ao meu senhor que Elias foi encontrado. Porque ele vai me matar com certeza. Não quero arriscar minha vida novamente. Muita gente depende de mim. – Obadias pensou em Mirra, e então corou, esperando que Elias não pudesse ler seus pensamentos. – A partir do momento que eu o deixar, não vai ser o espírito de Deus que o levará para quem sabe onde? Então, quando eu contar para Acabe, você terá desaparecido, e Acabe me matará. E servi devotadamente a Deus desde que era um menino! – Obadias se levantou, e sentiu que seu rosto estava vermelho. Ele estava gritando com Elias.

Elias continuou em pé, o sorriso torcendo sua boca sob a barba branca. Esticou a mão e pegou a de Obadias, acariciando-a como se fosse uma criança assustada. Obadias se afastou. Ele não queria fazer isso. Colocar Elias e Acabe juntos agora seria como atear fogo ao pouco que restara.

– Tão certo como o Exército dos Anjos de Deus existe – disse Elias –, e ante Quem tomarei minha decisão, eu me encontrarei com seu mestre frente a frente neste mesmo dia.

Obadias arfava quando sentiu a mão quente e suave em torno de si. Era Elias, e não uma miragem. Elias sempre tivera um estranho dom de dar força aos fracos. O administrador novamente se ajoelhou e beijou-lhe os pés. Elias entendeu tudo, até mesmo a fraqueza.

Obadias soprou o *shofar*.

Acabe

– Então é você, velho agitador – Acabe falou a Elias e cuspiu na estrada empoeirada.

Rochas enquadravam o horizonte, e o profeta assemelhava-se a uma delas, genuíno e inflexível. As palavras de Acabe pareciam areia em sua garganta, raspando enquanto saíam. A vida tinha sido um rio correndo através de suas mãos até que Elias aparecera havia muito tempo. E o reino escorregou por entre seus dedos. Agora essa desgraça estava em pé à sua frente.

– Não fui eu quem causou esse problema em Israel – Elias respondeu ainda em pé na estrada. – Foi você e o seu governo; pelo conforto de uma cama de mulher, você abandonou Javé e abraçou Baal.

– Sou culpado sim. Culpado por ser um rei. Preocupo-me com as pessoas que eu posso ver, não com deuses. Pessoas que enchem meu tesouro. Pessoas que vivem em minhas cidades. Pessoas cujas vidas estão em minhas mãos.

Elias balançou a cabeça.

– Acabe, o Senhor sabe como cuidar dessas pessoas. Ele sabe como cuidar de você. Ele viu como você sofreu quando era só um menino, como você sofreu vendo tantos amigos morrendo. Você não pode salvar ninguém. Você não nasceu para ser um salvador, mas para ser um grande rei. Obedeça ao Senhor, e Ele o guiará.

– Não – Acabe replicou. – Jamais servirei a um deus que inflige sofrimento, seja a um garoto que é esmagado sem misericórdia, seja a uma nação sem água.

O rosto de Elias foi varrido pela tristeza, e Acabe sentiu-se vermelho de vergonha, a vergonha que o tinha assombrado desde que era um menino, seu pai em casa vindo da guerra e cambaleante, bêbado com sangue, andando através das tendas, gritando para seu filho covarde sair. Acabe não era maior que a espada do pai naquela época. Então se lembrou de como seu irmão mais velho tinha rido quando ele havia se molhado de medo, de como Omri o espancara com a espada só para diversão dos homens.

– Aqui está o que eu quero que você faça – respondeu Elias. – Reúna todos de Israel em Monte Carmelo. E garanta que os animais especiais de sua Jezabel, suas centenas de profetas de Baal e a deusa prostituta Asherah estejam lá.

Elias estava procurando briga. Acabe examinou o rosto do velho profeta, invadido por um estranho sentimento de que devia ser grato por Elias ter vindo até ele. O profeta estava tentando resgatar Acabe, o príncipe guerreiro. Mas do quê? De sua esposa cruel? Ou da ira de um deus? O coração de Acabe se agitou como se para lhe dar a resposta, mas ele a engoliu. Ele fizera promessas. Ele tinha de amá-la, pois sabia o que era ser desprezado. E não podia deixá-la encarar aquilo sozinha, e, pior, não podia deixá-la encarar sozinha ao Senhor.

Acabe sabia que o Senhor poderia matá-la.

Jezabel

A poeira das estradas se agarrou a Acabe, espessa e descamante em manchas nos joelhos e cotovelos dele, fixando-se em linhas ao longo de seu pescoço. Ele tinha ficado uma semana procurando água, período em que Jezabel se perguntara se o marido morrera ou fora embora. Uma terra sem água não era terra nenhuma. Por que ele se importaria em voltar?

Ele desmontou com uma expressão azeda. Jezabel mordeu as bochechas, apertando-as entre os dentes. Ela não hesitaria em constrangê-lo, se Acabe revelasse fraqueza com todo o povo assistindo e os soldados correndo pelos portões para Jezreel. Ele estava descontente, e isso só podia significar que ela o havia desagradado.

Jezabel espiara, através da janela, o retorno do marido e saiu para encontrá-lo, embora estivesse grande novamente com seu segundo filho. Ela pensou que iria agradar a Acabe ver o corpo inchado da mulher. Ele apreciara a gravidez dela, e parecia ainda mais gentil com ela então, como se estivesse esperando que emergisse uma mulher mais suave em vez de um bebê.

Mas, apesar de sua expressão, ele abriu os braços para Jezabel e esfregou o rosto nos cabelos dela. Ela sabia que estava cheirando a sândalo e almíscar, um perfume que não usava normalmente, contudo, como até a mulher que vendia perfumes estava sofrendo com a seca, suas mercadorias mudavam a cada dia, diminuíam, usando óleos menos caros na mistura. Obadias tivera trabalho para conseguir até mesmo esses.

– Jezabel – Acabe sussurrou. – Jezabel, encontrei nosso inimigo hoje, o homem que causou esta grande seca. Ele propôs um confronto entre os deuses, entre Baal e o Senhor, no Monte Carmelo. – Ele olhava nos olhos dela, desesperado. – Diga para mim que seus profetas concordarão.

As mãos dele foram para trás do pescoço da princesa, forçando o rosto dela contra seu peito. Ele a conhecia melhor agora, tentando silenciá-la. Ela o mordeu, e ele virou a cabeça para trás, com lágrimas de dor nos olhos, mas não a soltou.

Acabe continuou:

– Ouça-me, por uma vez! É a oferta de um deus! Todos os sacerdotes de Baal devem se reunir em Monte Carmelo. Elias virá só. Os sacerdotes pedirão a Baal que envie chuva, usando qualquer método que quiserem. Se Baal enviar a chuva, Elias partirá para sempre, e o povo de Israel adorará somente Baal e Asherah. Mas, se Baal não enviar a chuva, Elias pedirá ao Senhor que chova. Elias disse que qualquer que seja o deus a enviar chuva será o único deus que Israel irá adorar. Mas só esse deus, e nem um outro. Isso não é nem mesmo uma batalha justa – quatrocentos profetas contra um –, mas é uma boa oferta, e devemos aceitá-la.

– Carmelo divide a terra – disse Jezabel – entre a Fenícia e Israel. Ele imagina que possa me humilhar? Nem mesmo responda. Isso é um insulto para a coroa.

Acabe a soltou, os olhos já decididos, uma calma rejeição.

– Eu aceitei a oferta dele. Diga a Sargon que prepare seus sacerdotes. Estaremos prontos no tempo de três manhãs.

Jezabel agarrou o braço de Acabe, tendo certeza de que as unhas o cortavam.

– Você pensa que Baal ou Asherah virão quando chamados, como um bicho de estimação? Você provocará a ira deles. Coisas piores acontecerão!

Acabe deu de ombros como se ele não acreditasse em Baal, como se ele acreditasse somente no poder de Elias para acabar com a seca. Provavelmente ele nunca a havia amado, muito embora ele tivesse dito que sim. Talvez Acabe tivesse recebido propina dos anciãos, com promessas de humilhar Jezabel. Elias podia ter feito o mesmo. Ela olhou em volta procurando qualquer rosto fenício conhecido. Estava sendo envenenada ali, exatamente como ela tinha sido na casa de seus pais. Jezabel nunca fora amada. Usada, mas não amada.

– Você não nasceu para a realeza – gritou Jezabel.

Acabe a enlaçou com o braço em volta da cintura e a forçou a andar, acenando calmamente com a cabeça aos soldados que estavam de guarda.

– Podemos discutir a sós – disse a ela. – Eu não nasci como um nobre, mas sei como controlar minha esposa.

Ela bufou, o peito contraindo-se de dor. Ele era um inimigo, como todos os homens que conhecera.

– Você quer me envergonhar – ela disse –, mas será o único a ser envergonhado. O primeiro objetivo de Elias é eliminar todas as escolhas do povo, para forçá-lo a aceitar apenas um deus. O Senhor não responderá a você, e então saberá o que é sentir o mesmo que eu.

– Eu adoraria saber o que você sente – disse Acabe. – Afinal, só imaginei isso, e nunca estive certo. Esperava que você visse com bons olhos a oportunidade de acabar com a seca, para mostrar o poder de seus deuses.

Ela vacilou, imaginando se deveria confiar no ódio conhecido ou em seu marido. Ele dissera muitas coisas, mas não a fizera feliz. Não tinha acabado com as sombras que a atormentavam mesmo nos dias brilhantes e claros.

– E o que você fará, marido – ela perguntou –, se os magos ganharem e chover? O que ele vai querer então? Qualquer homem que traga chuva será mais poderoso que o rei.

– Duvido de que ele queira ser rei – Acabe respondeu.

– Duvido de que você duvide – ela tornou cortantes as palavras, esperando machucá-lo. Homens machucados eram perigosos. Eles lutavam mais intensamente e com menor discriminação. Ela queria um guerreiro assim, não esse príncipe pensativo ao seu lado.

– Você queria acabar com a maldição – disse Acabe. – Prepare seus sacerdotes, ordenando-os a representar bem Baal.

– Você construiu aquele templo – ela retrucou. – Também construiu um altar para Asherah. Você se permitirá ser testado? Ter suas decisões questionadas?

– O povo está morrendo, Jezabel! O que me importa?

– Quando Elias o matar pelo trono, ele me matará também. Atalia morrerá. – Ela descansou a mão no ventre. – Você nunca verá a face de seu próximo filho. Jamais saberá se era menino. Jamais saberá quão perto esteve de um reino real.

– Sem chuva, o que há de bom em uma criança? O que há de bom em um trono? – Acabe perguntou, a cabeça pendente em derrota.

Ela falou gentilmente:

– Sem um herdeiro, o que há de bom em um rei? Não desista, Acabe. Uma criança nascerá para nós. Talvez tenhamos um menino, e o seu trono estará seguro finalmente, e para sempre. Você está tão perto de conseguir tudo que deseja.

Ele a olhou, os olhos buscando os dela.

– Eu acho que quero é um deus chamado Javé.

Ela engasgou, tentando se afastar da traição que ardia, mas ele a segurou firme.

– Se você fizer isso, irá ao desafio sozinho – Jezabel falou, pegando a borda de seu manto e sacudindo-o uma vez, deixando a poeira marcar o limite entre eles –, e vai ficar sozinho – ela colocou tal ênfase em sua última palavra que ele não pôde perder seu significado.

A expressão de Acabe mudou. Ele sentiu alguma coisa nova pela esposa, o que ela percebeu pela maneira como as sobrancelhas dele se levantaram e os lábios se entreabriram ligeiramente. Parecia como pena. Ela tinha odiado isso quando era pequena, e odiava agora.

– Eu sempre defendi você – afirmou Acabe. – Posso ter sido o único homem que realmente sempre a amou. Não me descarte por um deus que nem mesmo atendeu às suas preces.

– Traição não é amor!

A voz de Acabe ficou suave:

– Desta vez ela é.

JEZABEL

Jezabel esperou Acabe dormir naquela noite, sem vontade de falar com ele. Ele só dormiu depois de seis taças de vinho. Ele tinha se queixado que o vinho tinha gosto de vinagre. Tudo ali estava estragado. Acabe estava cansado, suas pernas chutando a coberta de linho. E gemeu quando seus sonhos começaram, e ela imaginou o que a mente dele tinha lhe mostrado. Como seria viver com tantas mortes em seu nome? O que ele sentia? O rosto de Temereh flutuando até a superfície nas águas escuras eram os sonhos dela. Sua irmã estava inchada e a pele, ferida e vermelha, como se tivesse afundado em um lago que a queimara.

Enquanto escutava a respiração ofegante de Acabe, uma voz desconhecida sussurrou para ela. O desejo de ouvi-la a envergonhou. O silêncio no aposento escuro era como um túmulo para ela. Jezabel se levantou deixando os pés tocarem o chão sem fazer barulho. Abrir a porta só trouxe uma luz dourada e fraca para dentro do cômodo. O guarda mais próximo estava no final do corredor, sob uma tocha em um suporte na parede. Ele levantou e curvou-se ao vê-la. Ela levou um dedo aos lábios e fechou a porta atrás de si. Não disse nada enquanto passava; apenas levantou a mão para indicar que não queria ser seguida.

A princesa ergueu seu manto para que não arrastasse nas pedras quando desceu a escada principal e saiu do palácio. Os guardas não estavam contentes com sua insistência para ir pela noite sozinha. Eles pensariam que ela estava louca se tentasse explicar, mas tinha certeza de que a voz queria que ela andasse naquela noite. O som de trovão, um resmungo baixo à distância, significava que vinha vindo chuva. Na noite aberta, insetos chiavam enquanto um vento soprava uma fragrância fétida e quente.

Ela seguiu pelo caminho principal, passou pelas casas dos nobres, pelos quartéis militares. Quando se aproximou do portão, uma jornada de aproximadamente trinta minutos, pois estava cansada e lenta, ela soube por que realmente tinha vindo.

Um bezerro de ouro estava em uma plataforma de madeira com rodas. Ele tinha aproximadamente o tamanho de um jumento, visivelmente, um dos dois bezerros de ouro que Acabe tinha permitido para os adoradores de Javé. Ele esperava mantê-los e a suas oferendas em Israel, e ela esperara que fosse tudo o que o deus deles solicitara.

Jezabel ficou em pé imóvel, escutando o som da chuva. O choro de uma criança em algum lugar ao longe era uma acusação, e ela pôs a mão sobre o ventre por instinto. A cidade estava negra, mais escura do que ela já tinha visto. Omri havia proibido fogueiras, mesmo que afastassem a praga das picadas dos insetos noturnos.

Segurando o fôlego, ela escutou novamente. Então não ouviu trovão, nem mesmo sentiu a promessa de chuva no ar. Jezabel olhou para o céu, as estrelas brilhantes protegendo a cidade, e então olhou de novo para o bezerro, um deus amarelo cintilando sob a luz das estrelas. Então esse era o deus dos israelitas. Ela caminhou na direção dele, o coração acelerando no peito. Eles estavam a sós, o deus bezerro e a princesa. Ela parou diante dele, olhando para os olhos de ouro cegos, e o alcançou com a mão, tocando-o, e sentiu que era frio.

Em seguida se afastou confusa. Não podia ser Javé. Aquele bezerro não era um deus. Sua mente se lembrou de Baal e Asherah, e do que a revelação significava também para eles.

Um relâmpago voou no céu, a explosão do som nos calcanhares da princesa. Ela caiu de joelhos, aterrorizada. Seu inimigo estava vivo e perto. Jezabel não tinha visto o rosto dele no bezerro, ela sabia, mas ele havia visto o dela, e estava ali fora, esperando.

E estava irado.

13

JEZABEL

JEZABEL ANDAVA EM SEU APOSENTO UM DIA APÓS A CHEGADA de Sargon.

– Enviar ao menos um sacerdote irá legitimar Elias – Sargon disse.

– Concordo – Jezabel retrucou. – Mas Elias não é mais nosso verdadeiro problema. As pessoas são. Elas seguirão qualquer um que faça chover.

– Precisamos de magos – afirmou Sargon.

– Precisamos de deuses – contradisse Jezabel. – Os deuses que você sempre me prometeu que ouviam.

Sargon não respondeu. Jezabel teve de se tranquilizar sem ele, sem palavras, ou conforto, ou promessas. Por que a confiança dele desvanecera? Se alguém lhe pedisse que provasse a existência do sol, ela teria apontado para ele, sem medo. Por que Sargon temia comprovar a existência de seus deuses? Onde estava a certeza dele? E onde estava a dela?

Juntos, naquela noite, eles reuniram os sacerdotes fora do palácio da rainha. Todos alinhados nos degraus, Jezabel dirigiu-lhes palavras de encorajamento, enquanto mensageiros desciam e subiam, e anciãos e plebeus circulavam ali, em uma energia nervosa, agitada e palpável. Ela olhou para seus próprios homens sagrados, mas eles estavam sem entusiasmo algum, sem esperança visível de que aconteceriam eventos miraculosos. Assim, somente ficavam ali, firmando a respiração, e falavam muito pouco. Alguns mordiam os lábios, alguns falavam entre si, em sussurros drasticamente cortados, dirigindo olhares de desdém às pessoas reunidas no palácio.

– O povo não foi chamado para este confronto – Jezabel os lembrou. – Não fiquem com raiva deles, mas também não os decepcionem. Ou a mim.

Ela chamou Atalia do quarto das crianças. Afinal, a menina tinha de ser protegida de acontecimentos que pudessem dar errado. Era estranho olhar para ela, ver como havia crescido, os olhos e cabelos escuros, já capaz de pronunciar muitas palavras claramente. Muitas palavras, exceto *mamãe*. Jezabel ainda iria ensinar-lhe o que *mamãe* queria dizer, mas no futuro.

Mais tarde, Jezabel quis ver Acabe e o chamou, mas ouviu uma troca de palavras do lado de fora do aposento, e um criado foi entregar o pedido que a princesa fizera. Ela sabia, então, que provavelmente Omri havia dado ordens para isolá-la de Acabe. O destino de Jezabel seria decidido sem ela, porque era apenas uma mulher, portanto, nascida para ser dominada por homens.

Ela amaldiçoou o fardo de ter nascido com um útero.

Então tentou dormir, mas havia urtigas que faziam arder seu estômago, e medos frios que se apoderavam dela. Jezabel havia planejado o fim do reinado de Javé em Israel, e estava presa na armadilha que ela mesma criara.

Acabe

O dia da batalha chegou para limpar e silenciar o céu de primavera. Não havia nuvens ou vento. Nada se movia sob ele, nem mesmo um pássaro.

Todos os animais haviam fugido, e até as aves migraram para outro lugar, pois não existia mais vida para mantê-los ali. Planícies de um marrom morto cercavam Monte Carmelo em todas as direções. Os esqueletos de arbustos mortos retorciam-se na direção das pessoas que se aproximavam, os galhos arranhando o ar como se implorando por água que nunca veio.

Muitos de Samaria e das terras do entorno tinham vindo testemunhar o confronto, porque não havia como plantar uma colheita em um terreno tão frágil e seco. Frutas não cresciam; alface não brotava. Não havia trabalho; não havia comida; não havia socorro. O confronto era, no mínimo, uma esperança, e as pessoas se agitaram por isso. Acabe lutou contra o ressentimento que construíra no peito, engolindo ar seco para manter as maldições dentro de si mesmo. *O que eles vieram ver realmente?*, ele se perguntou. A princesa perder o reinado, ou um profeta se fazer de tolo?

Eles caminharam para chegar ao Monte Carmelo por estradas que levavam ao fresco Mediterrâneo. Tal viagem não devia ter se tornado possível. Era a época das chuvas. As estradas deveriam estar instransponíveis, mas estavam secas, duras e rachadas. Alguns sussurraram que isso era um sinal. Se o Senhor já destruíra a terra por meio de um dilúvio, agora Ele mostrava sua cólera por meio da seca. Então, Monte Carmelo surgiu diante deles, uma imensa montanha de largura plana que mais parecia uma mesa gigante para os deuses. *Conveniente*, Acabe pensou. Monte Carmelo ofereceria a todos uma boa vista da destruição prestes a ocorrer. Se isso era uma herança ou uma reputação destruída, todos teriam um bom lugar. A única modesta elevação ficava perto do centro, logo acima de uma nascente. Conforme as pessoas subiam, o som da água gotejando desencadeava um tumulto de gritos e atividade, pais empurrando filhos para a frente, mães embalando crianças e pisando sobre os idosos para conseguir água. A nascente emergiu de um trio de rochas planas situadas na base de um zimbro. A água borbulhava conforme surgia e corria em um fluxo constante para baixo da montanha, sendo novamente absorvida pela terra antes de alcançar a planície.

As pessoas ajoelharam à beira das margens da nascente, cavando a água com as mãos, devorando-a e arfando em busca de ar. Acabe viu lágrimas escorrendo pelos rostos, sobretudo das mães com sua prole, e inclinou a cabeça envergonhado de ver o que a seca fizera a eles. Para Atalia nunca faltara água. Então ele cavalgou por entre a multidão que se movimentava lentamente, notando como seus ossos se destacavam em afiados ângulos irregulares. Quando eles viraram os rostos para olhá-lo, ele observou os olhos purulentos, apáticos e amarelos, a fome comendo-lhes os corpos, roubando-os um a um, começando pelos fracos e velhos. Acabe viu poucos bebês ali, mas não achava que se desenvolveriam se a mãe tivesse pouco leite. Os rumores que ele ouvira de que sacrificavam crianças para Asherah eram exagerados. Talvez uma ou duas; ele não podia ajudar pessoas enlouquecidas pela fome, e a fome era culpa de Elias, não dele. Mas não acreditava que tais atos estavam se tornando comuns, não entre os israelitas.

Acabe estimulou os cavalos quase mortos que puxavam a carruagem, ladeados por guardas exaustos, e chegou acima da nascente, onde os sacerdotes de Jezabel haviam se reunido em uma massa fervilhante. Então, lembrou-se de ver larvas agitando-se na ferida purulenta de um soldado, o que se parecia com aqueles sacerdotes, com suas vestes brancas e escuros olhos sombrios.

As próprias vestes reais de Acabe pendiam soltas em seu corpo devastado, e ele desceu movendo-se como um criado para transportar o trono e colocá-lo na base de um modesto pico. Ele observava a face de seu povo enquanto as pessoas se reuniam abaixo dele, deformadas e famintas, e Acabe sentiu que o trono não podia ser colocado em um terreno firme o suficiente. Se aqueles deuses não fizessem chover, as pessoas olhariam novamente para ele, e seu tempo como rei estaria acabado. Seria uma questão pequena matá-lo, quando todos prometeram água, e água lhes foi negada. O som da nascente os orientara.

A seca foi pior para o pensamento de isso terminar, e a sombra suave e o intenso cheiro doce das árvores que ainda estavam verdes os fizeram acreditar que a misericórdia podia chegar perto. Eles se arrastaram cansados, corpos magros perguntando-se como haviam deixado esse caminho voluntariamente. O Senhor deve revigorar a terra em casa, as mães prometeram às crianças. As mais novas choraram, visões terríveis de deuses em guerra enchendo-lhes as mentes, e torcendo os pés no caminho, o que obrigava os pais a carregá-los no resto do percurso para cima. Batalhas, todas as crianças tinham visto; Acabe não conhecia nenhuma criança que havia crescido sem observar o pai lutar. Aquelas crianças conheciam o que significava para um homem brandir espadas por carroças de arar através das linhas de soldados; conheciam o que significava ver manchas de sangue em toda a terra. Mas essa coisa, ou seja, uma guerra de deuses, jamais havia entrado na mente delas. Chegava uma nova era, as mães murmuravam aos filhos, quando deuses lutariam e os homens descansariam.

Alguns estavam falando de Monte Carmelo usando línguas antigas. Ele tinha uma vez sido chamado de Cabeça Sagrada, a mais alta das montanhas ali, e no mundo antigo, os egípcios o tinham chamado de Nariz de Gazela, um notável monte cintilante que subia das colinas saltando atrás delas. Era um lugar rico, ministrado pela brisa do mar, oferecendo cereais, azeitonas e uvas a quem gostava. Monte Carmelo também era um lugar generoso, que anteriormente deveria ter mantido os homens afastados, mas nunca deixou de lhes dar conforto e comida. Para os mais pobres, era um reflexo de Javé, a quem eles haviam adorado com temor e tremor, e lhes foi permitido ficarem bem perto e serem tão bem abençoados.

Mas, quando as pessoas chegaram a Monte Carmelo, viram as pedras que outrora tinham sido o altar de Javé espalhadas ao longo da montanha. Os sacerdotes de Baal as haviam arremessado para baixo, e cumprimentaram a todos com acenos firmes e sorrisos duros. Um sacerdote, inclusive, chutou uma das doze pedras, fazendo-a rolar para baixo, como se o altar fosse um lixo que seria repartido com a última.

Elias separou as pessoas e subiu, os olhos na revolução de pedras que veio descansar perto dos pés dele. Então ergueu uma acima de sua cabeça, de modo que todos abaixo dele pudessem vê-la, e carregou-a montanha acima, até a base da casa projetada para altar, o local destruído pelos sacerdotes dos outros. Elias depositou a pedra no chão e levantou as mãos em oração, enquanto todos o observavam. A pedra angular estava em seu lugar. Homens movimentaram-se na multidão, para recolher as onze pedras restantes e soltá-las, fazendo-as rolar até Elias, que as reorganizou e colocou-as juntas, o altar ganhando forma diante de todos. Finalmente estava feito. O sol da manhã ia alto, e a pedra calcária resplandecia contra o solo vermelho aos pés deles. O altar, cintilando branco, descansou naquele espaço vermelho de terra, e foi possível sentir a agitação do medo.

Elias não esperou Acabe para chegar a um acordo em relação a seus pensamentos. Ele ficou no altar, a maltratada face indecifrável, somente os olhos vivos examinando as pessoas com uma expressão que Acabe desconhecia. Parecia compaixão, mas o príncipe jamais havia sentido isso quando entrara em uma batalha. Elias era um homem estranho.

Elias permaneceu diante do altar e gritou. Os braços estenderam-se relaxados ao lado do corpo. Acabe viu que, seja lá o que Elias acreditava que aconteceria, já estava tudo decidido na mente dele. Como poderia um homem, mesmo sendo um profeta, ter paz no primeiro momento da batalha? Acabe percorreu o cabelo com a mão. Ele não estava no controle, e não tinha ideia se isso ainda seria possível.

Elias começou:

– Meu povo, por quanto tempo vocês se sentarão na cerca? Se Deus é real, sigam-No; se Baal é, sigam-no. Hoje vocês precisam ajustar suas mentes.

Ninguém disse uma palavra. Acabe sentiu que deveria dizer alguma coisa, mas Javé não era seu deus. Nem o era Baal, nem Asherah, nem qualquer uma daquelas coisas esculpidas que os homens transportaram. No entanto, ele era o príncipe.

– Não ficarei com raiva – Acabe considerou. – Vocês são leais a mim, a Israel, não importa a que deus sirvam.

Elias cruzou os braços, franzindo as sobrancelhas para Acabe. O sol brilhava no rosto dele, e era preciso proteger os olhos para vê-lo. Ele estava iluminado por uma luz branca, um artifício do sol da tarde, conforme Acabe sabia, mas foi uma estratégia inteligente posicionar-se ali.

– Não é Baal que faz a chuva, e Asherah que produz uma nova vida? Vamos testá-los – Elias disse.

Os sacerdotes de Baal cuspiram em direção a Elias e sussurraram maldições, soltando risos abafados entre si. Acabe conhecia o som daquele riso em particular, o som de homens ansiosos por ver outro homem morrer.

– Deixe os profetas de Baal trazerem dois bois – Elias gritou. – Deixe-os escolher um, abatê-lo e colocá-lo em um altar de lenha, mas não o acenda. Eu vou pegar o outro boi, dilacerá-lo e colocá-lo na madeira. Mas também não acenderei o fogo. Então, vocês orarão por seus deuses, e eu orarei a Deus. O deus que responder com fogo provará ser, de fato, Deus.

Acabe viu seu povo exalando e comprimindo as mãos. Eles pareciam aliviados, assentindo e falando baixo. Um ancião da cidade gritou para Elias:

– Um ótimo plano. Execute-o!

Acabe viu que havia mais poder na carranca de Elias do que em seu cetro, mas não sentiu ofensas, embora tivesse encontrado seu espírito para isso. Mas o que ele encontrou fez seu rosto corar. Elias parecia mais um pai do que um profeta amaldiçoado. Acabe sentiu a vergonha vermelha subindo, por ele ter crescido admirando secretamente um homem que poderia tomar seu reino.

Elias, como se ouvisse os pensamentos de Acabe, virou-se e olhou-o nos olhos. Um ar de suavidade surgiu no rosto duro do velho profeta, uma compaixão que fez a vergonha de Acabe piorar. Elias estava fazendo o que Acabe deveria ter feito como príncipe de Israel, e Elias nem sequer tentava humilhá-lo por sua fraqueza. O profeta apenas viu a situação e fez o que Acabe não faria.

Os sacerdotes trouxeram dois bois através da multidão, plácidas criaturas inconscientes de que o destino da nação seria escrito com o sangue delas. Deuses ou homens não faziam diferença para os animais, que sabiam somente que eram conduzidos, sem ideia de quem levava a correia. Eles escolheram seu caminho até a montanha, os flancos suados sob o sol, mais um dia sem água, como todos os dias antes daquele.

Os sacerdotes de Baal pegaram seu boi e, com um movimento rápido, lhe cortaram a garganta. O sol na lâmina lançou um reflexo que fez arderem os olhos das pessoas, e elas retorceram o rosto em uma careta, cobrindo-os, enquanto o sangue fervia no chão. O cheiro, doce e salgado, misturou-se com a fragrância do mar. Acabe sentiu seu estômago virar conforme esquartejavam o animal e lançavam-no, com um baque úmido, no altar de pedra de Baal. Somente ele não protegeu os olhos e, assim, viu Elias observá-lo em sua própria vergonha. A face do profeta permaneceu imóvel, prestando atenção, mas não acrescentou vozes devoradoras em sua cabeça.

Os sacerdotes oraram para Baal e Asherah, começando com invocações ruidosas, até que as orações se tornaram gritos.

– Oh, Baal, oh, esposo de Asherah, responda-nos! – Então levantaram os polegares e murmuraram os encantamentos sagrados: – Virgem, cachorro, serpente! Chave eterna, guirlandas de verde, bastão de feiticeiro! Concedam-nos uma benevolência!

A manhã permaneceu determinada em sua imobilidade, e o sol ficou forte. Os sacerdotes de Baal desesperaram-se, pisoteando o altar. O sangue correu em todas as direções conforme a carne do boi era reduzida à polpa e açoitada sob as sandálias. O sangue espalhava-se nos joelhos dos sacerdotes, cobrindo-lhes as vestes, e eles pediam às pessoas que dançassem para a chuva. Algumas poucas mulheres corajosas tocaram os tamborins dos sacerdotes e dançaram à medida que eles cantavam as canções das amantes de Baal, seduzindo-o para aparecer e mostrar sua força. As vozes dos sacerdotes chamavam esse deus que ocupava a montanha, enquanto mulheres começaram a dançar, sacudindo o corpo, instigando o grande deus do prazer a se revelar. Às vezes, as vestes que usavam escorregavam pelos ombros, e elas não as puxavam, e nem sequer coravam conforme levantavam suas roupas, expondo as pernas para os homens. Os sacerdotes movimentaram-se através delas, engajando algumas em um beijo profundo, puxando algumas para o chão.

Elias virou o rosto.

A manhã queimava, e os sacerdotes pareciam exaustos em virtude das canções e de qualquer que fosse a paixão que os possuíra. Alguns dos mais idosos tinham se sentado, fracos demais para levantar as mãos em oração. Outros fecharam os olhos, e Acabe suspeitou que eles mais dormiam do que rezavam. Ele permaneceu imóvel, observando Elias, observando as fundações do reino estremecidas e rachadas.

Ao meio-dia, Elias começou a insultá-los:

– Chamem um pouco mais alto; afinal, Baal é um deus. Talvez ele esteja meditando em algum outro lugar, ou talvez ele tenha se envolvido em um projeto, ou talvez esteja descansando. Vocês não acham que ele está dormindo demais e precisa ser acordado?

As pessoas riram, aliviadas, como crianças que imaginam deuses desajeitados com o leite da manhã e acordando muito tarde, como muitas vezes fizeram. Uma criança sugeriu uma vara rápida no traseiro de Baal para lhe chamar atenção, e o domínio das crianças estava perdido para todos, pois elas riam incontrolavelmente. As mães tentaram espantá-las para as margens da multidão, onde poderiam ser silenciadas com um olhar severo e a ameaça da mesma vara, mas Elias interrompeu-as com a mão erguida.

Os sacerdotes de Baal, as faces vermelhas e crivadas de suor, oraram mais e mais alto, gritando seu pedido, cortando-se com espadas e facas, até que foram cobertos com seu próprio sangue. As crianças pararam de rir e observaram com horror. E Elias não interrompeu as mães ao espantarem as crianças da multidão.

O espetáculo sangrento continuou por mais uma hora, até que o sangue do boi escureceu e o sangue dos homens tingiu-o novamente de um vermelho brilhante. Eles sabiam que cada prazer e cada encantamento tinham sido lançados para o céu ou chamados para baixo como maldições sobre o lugar. A manhã os havia deixado, substituída pela tarde, tão tranquila. Os sacerdotes cambalearam, agarrando-se uns aos outros para apoio. Nenhuma mulher dançava e nem sequer tocava tamborim. Três anos de seca os conduziram a isso, um dia de sangue drenado e orações sangrentas, esvaziando-os de toda a esperança. Baal não aceitaria seus sacrifícios.

O povo murmurou decepcionado, e Acabe sentiu que tal sentimento apontava para ele. Não poderia haver guerra entre deuses se nenhum deles chegara. Se Javé relutava em aceitar os sacrifícios, eles teriam viajado dias para morrer, e Acabe permitira tal situação, bem como permitira a seca.

Elias não gritou. As pessoas estavam ansiosas por ouvi-lo; ansiosas por sua atitude.

– Chega disto; é a minha vez – Elias falou. – Juntem-se.

Ele colocou lenha no altar de pedra. Carmelo era generoso com mortos, a madeira seca, e Acabe observou com tristeza como Elias empilhava o morto, lembrando-se dos dias em que a nascente era mais plena. Elias escavou um fosso ao redor do altar. As pessoas observaram em silêncio como o traseiro do profeta se encolheu e flexionou, os ombros queimados empurrando para baixo, enquanto a pá esmigalhava terra vermelha.

O boi ficou em silêncio enquanto Elias lhe cortou a garganta, em seguida repousando as mãos na cabeça do animal e orando palavras calmas. O boi caiu de joelhos, depois de estômago, olhando as pessoas na ignorância e temor, enquanto caía de lado e morria. Elias afundou o punhal na coxa do bicho e começou a cortar, rasgando cada perna livre, limpando as entranhas e colocando cada peça na fogueira. Acabe estava petrificado, e não conseguiu registrar as palavras de Elias imediatamente:

– Preencha quatro baldes com água e banhe tanto o boi quanto a lenha.

Elias esperou um momento até um homem à direta de Acabe entender e obedecer. Ninguém se moveu. Alguns dos sacerdotes de Baal se sentaram, as faces de pedra frias e pesadas, enquanto outros permaneceram na sombra de umas poucas e últimas árvores que ainda lutavam contra a seca. Nenhum sacerdote tinha força para se mover ou mesmo amaldiçoar.

Então ele disse:

– Faça isso de novo.

O homem, ainda postado para o trabalho, exalou e correu de volta aos baldes. Elias contou cada um que era derramado:

um, dois, três, quatro. O profeta era um homem que havia escolhido um caminho rochoso porque não sentia prazer nos caminhos suaves. A fé que ele sentia se assemelhava mais a uma prova, uma preferência criada em outro tempo e lugar, e ele não tinha paciência para preparar homens como Acabe. Elias queria o caminho difícil e estreito. E sempre o tivera.

Então falou:

– Faça isso uma terceira vez.

Acabe ouviu uma mulher sussurrar, e os sacerdotes cacarejarem que ele iria desperdiçar um dia e tornar ainda maior sua inevitável humilhação. As crianças lamberam os lábios rachados, observando o fluxo de água.

A água encheu até a borda do fosso, e Acabe sabia que sua face mostrava horror enquanto o líquido escorria, misturando-se ao sangue do boi. Ele acompanhou cada gota com sombria fascinação, como se esperando aquela que causaria o transbordamento, e este alcançando velocidade, até que foram cobertos por sangue e água salgada.

Elias rezava ruidosamente:

– Oh, Deus, oh, Deus de Abraão, Isaac e Jacó, torne conhecido agora que é Deus em Israel, que eu sou Seu servo e estou sob Suas ordens. Responda-me, Deus; responda-me e revele a este povo que o Senhor é Deus, o verdadeiro Deus, e que está oferecendo a todos aqui uma nova oportunidade de arrependimento.

Uma estrela de fogo, queimando e disparando, explodiu no ar, despejando fagulhas entre a multidão que gritava. Acabe agarrou com firmeza os lados do trono e quis mover as pernas, mas não conseguiu senti-las.

O fogo, branco no centro, mas queimando azul nas pontas, devorou tudo: as oferendas, a lenha, as pedras, a sujeira, e até mesmo a água no fosso, assobiando vapor que turvava dentro e fora, envolvendo a multidão. Mães gritaram em direção aos filhos, que haviam abandonado as mãos delas, e homens gritaram pelas esposas, arqueados na névoa, procurando crianças desaparecidas. O vapor se dissipara de uma vez, mas o fogo ainda ardia, e eles o sentiam queimando algo distante, algo vivendo entre eles, neles; não uma coisa morta sacrificada, mas algo resistente e cuspindo, afastando-se como um carrapato empanturrado, enquanto essa coisa que o fogo queimava diante deles lhes cauterizava a ferida antes que pudessem gritar de dor.

Todos caíram sobre seus rostos. Acabe, o primeiro entre a multidão. Ele não estava humilhado. Ele estava convencido.

– Deus é o verdadeiro Deus! Deus é o verdadeiro Deus! – As palavras viviam em todos os corações, e as bocas libertavam a canção com alívio. Cada fibra dos corpos ali cantou, e os ouvidos escutaram a harmonia em um mundo que eles desconheciam.

14

Acabe caiu como um homem e foi erguido como um rei. Ele sentia isso em seu sangue. O rosto firme e obstinado de Elias trazia-lhe prazer agora, e ele sabia que era verdade. O Senhor reinava em Israel.

Elias gritou para o povo:

– Peguem os profetas de Baal; não deixem que nenhum escape.

Os profetas de Baal começaram a correr, em uma fuga repleta de pânico. Alguns se dirigiram a sudeste de Muragen, cuspindo os nomes das mães, outro lugar onde esses sacerdotes haviam persuadido crianças, e dado a elas sacrifícios de fogo. Alguns correram para o nordeste de el-Qassis, considerado um monte onde sacerdotes faziam oferendas de cereais e azeite. Como esses dois locais haviam sido sagrados em Carmelo, eles, instintivamente, fugiram para lá, mas as pessoas sabiam como seguir as presas assustadas e encontrar os profanos, arrastando-os de volta ao córrego sob o comando de Elias. Os sacerdotes imploraram misericórdia, mas a multidão lançou pedras sobre a cabeça deles, sem qualquer remorso, e enfiou punhais através das vestes ressecadas com sangue de boi.

Acabe percorreu a montanha, escolhendo seu caminho através das ações sangrentas das pessoas. Embora as chamas já tivessem desaparecido, o altar continuava esfumaçado. No fosso vazio e seco, Acabe colocou um pé cuidadosamente, chegando a tocar o que restara do sacrifício: minúsculas brasas que brilhavam intensas antes de morrerem. Ele tocou o lado do altar com as doze pedras brancas. Como ele viera a esse lugar, perguntou-se, o filho ateu de um mercenário estrangeiro? Como foi que, afinal, Deus o chamou, nesse tempo de sua vida, quando seu caminho já estava decidido? O que queria Deus dele?

Um sacerdote gritou, o som denso e gaguejante enquanto ele engasgava no próprio sangue. A morte nunca era tão rápida quanto o moribundo desejava. Acabe tremeu com a lembrança, pois ele vinha morrendo por anos até aquele dia. No entanto, o nome do Senhor e o fogo do céu haviam enviado uma nova vida às veias do príncipe. Por Israel valia a pena morrer, sim, mas também valia a pena viver. Acabe nunca havia percebido como ele tinha medo de viver.

Ele não era uma pedra; não era uma das doze; podia, entretanto, sacrificar-se, assim como os bois, para servir a eles. Independentemente de qualquer coisa, ele seria o rei de que as pessoas precisavam. Acabe ajoelhou-se e tentou louvar a Javé, mas ele sabia que nada havia a dizer, e então ofereceu seu silêncio como adoração.

A mão apoiada no ombro dele não o assustou. Era Elias.

– Até em seus pés – ele disse a Acabe. – Coma e beba; celebre! A chuva está a caminho; eu a ouço chegando.

Acabe sorriu, os olhos fechados, desejando que sempre soubesse o que significava ter conforto, como a mão de Elias apoiada em seu ombro. *Sim*, ele pensou, *a chuva está chegando*. E enxugou as lágrimas para que Elias não as visse.

Ele se pôs de pé e encarou Elias, que lhe fez sinal para que tomasse assento. As pernas de Acabe tremeram conforme ele se encaminhou para baixo e viu o trono, como se fosse a primeira vez.

Elias comandava os criados de Acabe, os quais o observavam com cuidadoso medo e apressaram-se para lhe obedecer.

Acabe comeu e bebeu, grãos assados e vinho denso misturado a fortes especiarias, o último de sua provisão. Ele queimou ao descer. Acabe observou como Elias subiu a montanha, ágil e rápido, os pés encontrando terra firme entre as rochas, a face inclinada em direção ao topo, sem se importar em ver onde seus pés pousavam.

No topo, Elias curvou-se em oração enquanto Acabe o observava. Um jovem aproximou-se do profeta; Acabe os vira chegar juntos ainda aquele dia. Elias orou por vários minutos antes de o rapaz se aproximar dele, em seguida disse alguma coisa ao jovem, que se afastou para olhar a oeste. Então ele voltou, balançando a cabeça. Elias repetiu o pedido mais uma vez, e a cena repetiu-se de novo e de novo. Acabe sentou-se em uma cadeira, perguntando-se o que estava acontecendo; o que significava esse rapaz negando a Elias? O jovem correu para o lado ocidental mais uma vez, e retornou gritando. O profeta ficou em pé, apontando para baixo a fim de que Acabe visse. O príncipe, então, empurrou sua tigela de volta para os criados, e começou a subir a montanha conforme o jovem se precipitava para baixo, tropeçando muitas vezes para a mente exausta de Acabe suportar.

– Meu mestre Elias disse: "Prepare-se e desça da montanha antes que a chuva o impeça de fazê-lo".

Acabe abaixou a cabeça, tentando lembrar como era sentir quando ela caía dos céus.

O sol escurecia rapidamente enquanto um pássaro gritava, voando pelo céu. Nuvens velavam a visão do príncipe, entrelaçando-se num vaivém pelos céus, até que este era coberto pela escuridão, as nuvens pesadas e flácidas.

Acabe correu até a carruagem, pousando nela quando os cavalos arrancaram violentamente, levando-o a agarrar os lados enquanto tentava se segurar e manter-se firme. A carruagem balançou para a frente e para trás na estrada, os cavalos correndo sob o chicote pungente do condutor. O céu escureceu ainda mais, e o ar esfriou.

Acabe se levantou e viu o vulto de um homem correndo à frente dos cavalos, os relâmpagos iluminando-o: era Elias, o trovão perseguindo-o, mas não veloz o suficiente. Juntos, os homens cortaram as rajadas de chuva, e os cavalos seguiram Elias enquanto ele corria ao longo do rio Quisom, em linha reta para Jezreel.

Jezabel

Os dedos de Jezabel sangravam enquanto ela esperava notícias do Monte Carmelo. Ela mordeu as unhas até a carne, rasgando-as com a ponta dos dentes.

O dia foi passando. O sol dissipava toda a paisagem seca e marrom além da janela de Jezabel. Cintilações de calor nas construções marrons e brancas faziam os criados manter os olhos semicerrados para olhar o horizonte. As únicas nuvens visíveis eram as de poeira levantada pelos animais que lá permaneceram, os que não tinham morrido ou sido devorados, vagando pelas ruas desertas como fantasmas chorando, relinchando, esqueletos do passado. A cidade estava quieta. Todos haviam partido para assistir à competição dos deuses.

O palácio também estava silencioso. Jezabel jamais conhecera silêncio como aquele antes, como o silêncio expectante que antecede a resposta a uma pergunta. Os criados conversavam em sussurros, mesmo os da Fenícia, como Lilith. Os campos marrons além da janela de Jezabel balançavam na brisa quente como os caules mortos se esfregavam uns aos outros, um acompanhamento estridente para os insetos que emitiam seus sons repetidas vezes, a noite toda.

Jezabel odiava os insetos desde que chegara ali, ouvindo apenas a eles, e não o som do oceano enquanto dormia; no entanto, a principal vantagem tornou-se bem clara no primeiro mês. Eles cantavam dessa maneira tão alongada, enquanto nada se movia na grama ao redor de onde estavam, só silenciando quando o predador se aproximava. Jezabel admirava o fato de a natureza ter encontrado uma maneira de deter os inimigos. Certamente, aqueles animais que comiam os menores não haviam saltado do mesmo ventre como os outros. Asherah nascera homem, talvez, e até mesmo outros deuses; mas essas coisinhas famintas tinham vindo de outra mãe com a intenção da morte. Isso, entretanto, Jezabel perguntava em segredo, para nenhuma palavra jamais falar de outra deusa. Havia somente outros nomes para Asherah, e não outras encarnações. Existia muita coisa que não poderia ser explicada por Baal e Asherah, e Jezabel tinha aprendido a não tentar.

O sol da tarde ainda estava muito alto para a princesa considerar ir para a cama, apesar de não haver nenhum criado para distraí-la. Assim, ela se sentou na beirada da cama e esperou, apenas parando de roer as unhas quando o sangue já escorria pelas palmas das mãos e pela manga da roupa. Ela sentiu-o secando nas rachaduras de sua boca e lambeu as crostas. O gosto era salgado e semelhante ao do metal de uma faca.

Lilith gesticulou aos criados, indicando-lhes que trocassem as vestes de Jezabel. Eles pareceram alarmados com o sangue, e

Jezabel riu deles, besuntando a ponta dos dedos sangrentos no rosto de uma jovem, lentamente arrastando um dedo pela boca da pobre criatura até que ele pingou vermelho.

– Você está linda – Jezabel sussurrou.

A menina tremeu, e Lilith a empurrou, franzindo o rosto para a princesa.

Os outros criados trabalharam sem quaisquer palavras, tentando evitar tocá-la, deslizando um novo manto sobre a princesa, esfregando os pigmentos minerais nos olhos e na boca de Jezabel com um pedaço de linho mergulhado em azeite de oliva. Eles a elogiaram ruidosamente e várias vezes, em seguida esfregando óleo verde no rosto dela em suaves movimentos circulares que retiraram a sujeira e o sangue do dia. E então trouxeram rosas para a pele de Jezabel e brilho para as bochechas. Movimentaram-se próximos às mãos e aos pés dela, e besuntaram uma espessa pasta de perfume para o topo da cabeça da princesa. Um pente de marfim trançou a cabeleira preta, espalhando o perfume para as extremidades até que o cabelo ficou com perfume de olíbano e sálvia, um aroma rico que a fez pensar em caça e florestas sombrias. Jezabel suspirou quando a deixaram ali, curvando-se à medida que saíam, no quarto com a cama de dossel em linhos e as mesas com os cosméticos e os deuses. Jezabel mantinha uma estátua de barro de Asherah em um canto, a face pintada como ela própria, uma lamparina sempre queimando diante da pequena deusa de olhos vazios. Atalia não gostava da imagem e dizia que os buracos de pedra a seguiam ao redor do cômodo. "Não", Jezabel lhe dissera, "eles a seguem mais longe do que isso. Eles a seguem nas profundezas de sua alma, e você deve satisfazê-la ou ela verá o que guarda em seu coração." Deusas eram famintas, coisas irritadas que devoravam até o que você amava.

O céu parecia ler o pensamento de Jezabel, escurecendo mesmo àquela hora, e ela sentiu o ar no aposento mudar, ficando pesado e frio. Então, compreendeu: ia chover. A princesa virou-se para Asherah, ainda em pé sobre a mesa, ainda impassível, e a exaltou em voz alta. Abrindo as portas do aposento, ela gritou aos criados para que a atendessem imediatamente.

– A chuva abençoada está vindo! – disse a eles, comprimindo e girando as mãos enquanto rezava, entoando o nome de Baal, o nome do deus que finalmente dera a Asherah a palavra para bradar pela chuva. – Agora Asherah encherá nossas tigelas com cereais e nossos jarros com vinho. Agora as pessoas me servirão com uma só mente.

Os criados correram até a janela para olhar o céu. Lilith sentia-se radiante de alegria por sua senhora.

Então, os criados correram para fora do palácio, dançando, a chuva encharcando-lhes as vestes e espirrando nas bocas abertas de todos ali. Jezabel caminhou até a janela, para estar certa do que via.

As mulheres mais velhas permaneceram na sacada do pátio, segurando jarros para que a chuva os preenchesse, reunindo potes vazios e enchendo-os o mais rápido que podiam, gritando aos outros que parassem de dançar e viessem ajudá-las. No entanto, os criados mais jovens, pela primeira vez, fingiram audição ruim e não as ouviram, dançando e rindo, as roupas molhadas batendo conforme eles se entrelaçavam e pulavam.

Jezabel observou a escuridão arrastando-se ao palácio. As nuvens escuras passaram pelos portões da cidade, aproximando-se de Jezabel, a tempestade crescendo em fúria. O cabelo da princesa espalhou-se com o vento, desnudando-lhe a garganta, que Jezabel tentou cobrir com as mãos, incerta dessa estranha resposta aos sacrifícios que fizera. As mãos de Lilith ficaram brancas conforme ela garrava o peitoril da janela, vendo a tempestade aproximar-se.

– Quero que as pessoas me vejam quando chove – Jezabel afirmou. – Quero que elas saibam quem acabou com a seca.

Jezabel e Lilith caminharam pelos corredores que ecoavam com a chuva como se mil anjos batessem os pés no telhado. Lá fora, uma gota de chuva atingiu-a na face. Mas a chuva não poderia insultá-la, ela pensou. Vento impelia a chuva, não deuses. Com o barulho das imensas gotas batendo endurecidas, o solo seco ressoou como pequenas explosões, altas e próximas. Jezabel recuou vários passos, tentando abrigar-se sob o telhado, para salvar as vestes reais e os cosméticos tão cuidadosamente aplicados. A chuva mudou de direção, caindo lateralmente e atingindo Jezabel no rosto, o que lhe arruinou a maquiagem, até que rios negros do pó em volta de seus olhos correram pela face da princesa, que levantou os braços para proteger-se, a postura de uma adúltera surpreendida em sua vergonha.

– Asherah, salve-nos! – Lilith gritou.

Ao longe, um vulto escuro correu, um animal fugindo do relâmpago e da chuva, movendo-se com uma graça estranha. Jezabel observou-o, hipnotizada. Pensamentos tremularam em sua cabeça, como um pássaro ferido no caminho de um cavalo, ainda que ela não pudesse ouvir as palavras. O animal aproximou-se, em linha reta, um animal alto com longos cabelos. Ele aproximou-se ainda mais, direto para ela, e Jezabel sentiu os olhos dele fixos nela, e eles eram relâmpagos. Elias. Atrás dele, em uma carruagem, estava Acabe. O coração da princesa saltou. O marido seguia Elias, conduzindo-o para a morte antes dela. Sim, foi por isso que ela estremeceu. A chuva viera como sua inimiga!

Raios dividiam o céu, iluminando tudo. Jezabel virou-se para ordenar a Lilith que a ajudasse a fugir, mas ela se fora. Os criados estavam fugindo. Um único guarda permaneceu com a princesa, o rosto pálido como a morte. Jezabel fez um gesto para que ele se afastasse e ela pudesse entrar no palácio e procurar abrigo. O guarda permaneceu imóvel, os olhos fixos em Elias, cujo cabelo voava na tempestade escura, enquanto ele voava ao longo do caminho principal em uma velocidade absurda.

Acabe gritou alguma coisa para ela, mas suas palavras foram levadas pelo vento. Elias estava a apenas algumas centenas de passos de Jezabel quando ela empurrou o guarda e fugiu para dentro, fechando as portas principais com o ferrolho de madeira para bloquear as entradas. Então, pegou uma tocha da parede e segurou-a para iluminar as portas. Feitas de madeira que havia secado com a estiagem, Elias as fez despencar, e elas explodiram em chamas.

A tempestade uivava, e as portas balançavam no vento conforme as chamas cresciam selvagens. Imediatamente, o vento soprou pelas portas abertas. As brasas ardentes voaram em direção a Jezabel, chamuscando seu cabelo enquanto ela gritava e se esquivava batendo os braços. A chuva açoitava a entrada, impelindo Jezabel conforme a madeira chiava em volta dela, as chamas assassinadas pela chuva torrencial.

Trilhas de fumaça serpenteavam ao redor dos tornozelos de Jezabel, as suaves lambidas definhando à medida que a chuva encharcava as vestes da princesa. Ela correu para a segurança de seu aposento, e a tempestade continuou.

Obadias

Quando Obadias entrou no aposento da princesa à noite, ele viu Lilith sentada em um canto, o rosto contra a parede, ainda chorando em função da surra que Jezabel lhe dera. Os criados tinham ouvido tudo, mesmo com o som constante da chuva. Acabe havia se retirado para outro aposento, e não queria chamar Jezabel, portanto Obadias seria forçado a contar-lhe.

Jezabel olhava a cidade, calma como o silêncio de um cadáver. A escuridão, antes sempre a rondando, naquele momento estava dentro dela. A princesa a havia respirado por tanto tempo, caminhando sob ela por tantos anos, que, finalmente, ambas formavam uma coisa só.

Obadias aproximou-se, sem dizer nada. Ninguém se movia nas ruas. À distância, ele viu pessoas voltando à cidade em pequenos grupos que se moviam vagarosamente, de exaustão ou sofrimento. Era terrível testemunhar a morte, o que se agravava pelo fato de eles terem, uma vez, encorajado aqueles sacerdotes. As pessoas faziam o caminho para seus lares, e luzes amarelas iluminavam cada uma delas, uma a uma, até que a cidade mergulhada na escuridão parecia um manto de estrelas descansando no chão.

Ele as invejava, invejava sua luz. Suas casas pareciam quentes, sólidas e insignificantes, sem espaço para sussurrar palavras de traição ou um contra o outro. Obadias desejou uma casa insignificante, uma vida insignificante. Pensou em Mirra. O Senhor tinha dado tanto a ele, mas não lhe dera Mirra. E ele se sentia grato por Mirra não ter visto o horrendo final daqueles sacerdotes.

– Não foi Baal ou Asherah, não é? – Jezabel quebrou o silêncio. – Eles não enviaram esta chuva.

– Não – ele respondeu.

Obadias deveria odiá-la, como outros homens o fizeram. Mas passava o tempo estudando os pergaminhos, as leis e a história desse grande deus invisível, o que o fez amar sua inimiga, que vivia sem ter conhecimento Dele. Isso era uma miséria tão inimaginável, tão desoladora, que Obadias não poderia odiá-la.

– O Senhor enviou a chuva. A seca acabou. – As pessoas escolheram adorar Javé.

O temperamento de Jezabel explodiu assim que ela se virou para encará-lo.

– Eu nunca disse a elas que não! Eu apenas lhes pedi que aceitassem que havia outros caminhos e outras verdades. Pergunte a Sargon. Pergunte a ele como as pessoas adoravam os rituais do templo e as orações.

– Sargon está morto – retrucou Obadias. Jezabel arfou, a mão na boca para abafar um grito. O administrador continuou: – Todos eles estão mortos. Cada um de seus sacerdotes morreu ou fugiu, e duvido que voltem. Elias desafiou seus profetas, e eles falharam. Baal jamais se revelou. Elias ofereceu aos sacerdotes um dia inteiro para invocá-los. Mas, quando Elias falou, apenas uma única vez, fogo caiu do céu. Javé estava lá, Jezabel.

– Foi um truque – ela gritou, lançando-se para a pequena estátua de Asherah e arremessando-a em direção à cabeça de Obadias.

Ele abaixou-se.

– Princesa, não estou aqui para me vangloriar; estou aqui para ajudar – ele explicou.

Jezabel riu até que sua voz desapareceu em um suspiro. Parecia uma mulher despedaçada lá no fundo, em um lugar que nunca revelaria. Mas despedaçada significava que alguma coisa nela estava dilacerada, que a luz podia, afinal, penetrar no coração da princesa.

– Não é muito tarde – ele disse. – Eu posso ensiná-la sobre o Senhor.

Uma determinação feroz agitou-se na escuridão dos olhos de Jezabel quando ela se levantou e falou com ele claramente:

– Diga a Elias que, pelos meus deuses, a esta hora amanhã, ele estará morto. E verei seu corpo arrastado pelas ruas e pendurado, queimando, antes de isso acabar.

Obadias desculpou-se e saiu, o coração ferido. Ele levaria a mensagem não em obediência a Jezabel, mas porque temia pela vida de Elias. Alguma coisa assustadora vivia em Jezabel, uma loucura que veio à tona e fez o sangue de Obadias correr frio, um pouco como alcançar um saco escuro de grãos e encontrar uma serpente.

Jezabel

Como todos os homens, Omri subestimara Jezabel, incumbindo um guarda de mantê-la em seu aposento, longe de Acabe. Mas o guarda era jovem e temia magoá-la. Assim, quando tentou impedi-la de sair, ele simplesmente colocou a mão no braço dela. Jezabel a agarrou e a mordeu até que o guarda gritou e a libertou, e ela virou-se para cuspir seu próprio sangue nele antes de mover-se. Lilith seguiu-a, com Mirra agarrada à porta do aposento em verdadeiro horror.

Jezabel parou apenas o tempo suficiente para mandar Lilith fixar o batom que ela usava. O guarda contorcia-se terrivelmente. Tudo isso fora provavelmente uma confusão.

Uma vez segura de sua aparência, ela completou uma caminhada calma até o aposento de Acabe. O guarda do lado de fora se assustou com a chegada dela, sem saber o que fazer, segurou firme a maçaneta da porta, expondo seu lado esquerdo. Destro como a maioria dos homens, ele manteve a espada lá, e então Jezabel achou fácil erguê-la e passá-la através da coxa do homem. Ele fez um som estranho enquanto agarrava a perna, o sangue fluindo como vinho.

A concubina de Acabe gritou ao ver Jezabel entrar com a espada. A princesa olhou para baixo e notou que suas vestes estavam salpicadas de sangue. Então largou a espada, agarrando a mulher pelo cabelo e arrastando-a, nua, do aposento de Acabe, jogando-a para fora e trancando a porta atrás de si.

Também nu, Acabe sentou-se na cama. Jezabel nem sequer podia dizer se o marido sentia prazer ao vê-la. No entanto, ele a olhou surpreso.

– E tudo aquilo que você me disse? – ela perguntou. – Quando me prometeu um futuro aqui e seu amor?

Acabe ergueu o queixo, observando-a.

– O Senhor venceu em Monte Carmelo, e decidi segui-Lo como meu Deus. Não apenas o Deus das pessoas, Jezabel, mas como meu Deus.

Jezabel removeu seu xale, deixando-o cair no chão antes que rastejasse para a cama ao lado de Acabe, que se afastou para o outro lado a fim de dar lugar para ela, mas não a tocou.

Ela virou-se para o marido, colocando a mão na curva das costas dele, impelindo-se contra ele, até ficarem juntos.

– Eu perdi tudo por sua culpa – murmurou, o dedo ferido acariciando a pele das costas dele. Doeu para tocá-lo.

Acabe hesitou, como se estivesse confuso. Jezabel esperou o corpo do marido para poder assumir o controle da mente dele. Ela jamais lhe permitiria humilhá-la novamente. Ninguém, nem mesmo um deus, iria tirar-lhe o que ela havia conquistado. Nada que Acabe lhe dissera era verdade, e ela não confiaria nele de novo.

Javé podia dar-lhes chuva, mas ela podia dar a Acabe um herdeiro. Então colocou a mão sobre o estômago, lembrando-se de que algumas coisas não podiam ser refeitas.

15

Jezabel

No final da noite, Jezabel ouviu o soar do alarme das muralhas de Samaria e gelou na cama, rígida de medo. O som do chifre de carneiro tinha cortado o silêncio na noite do final da primavera em três toques longos, o sinal de perigo. Acabe já estava colocando seu manto e correndo para fora do cômodo.

Ela se ergueu, totalmente desperta. Havia mais sons à distância, sons reais, o barulho de cascos. Um exército cercava a cidade.

Rapidamente se levantou e colocou um manto sobre a roupa. Um guarda já tinha tirado uma tocha do suporte, e Jezabel viu o terror nos olhos dele enquanto a levava até a sala do trono no palácio. Lilith e Mirra tropeçaram para fora do cômodo dos criados, quase loucas, desorientadas. Mirra parecia à beira de um colapso. Ela gritava que não queria ser dada a um soldado como nada mais que um espólio de guerra.

Mensageiros e guardas corriam quando Jezabel entrou no corredor que levava à sala do trono. Ninguém falava enquanto eles passavam. Ela ouvia as batidas rápidas das sandálias contra o chão de mosaico. O que quer que estivesse acontecendo nos limites da cidade, ela supôs que fosse urgente, mas ninguém tinha morrido ainda. Todos corriam para a sala do trono para ser orientados ou para levar notícias. Ela passou por um rapaz de aproximadamente treze anos postado do lado de fora da porta que levava desse corredor interno para a sala do trono. Ele tinha se molhado, mas não abandonara seu posto. Uma energia nervosa pulsava no ar. Vozes eram suaves e urgentes, e todos se moviam rapidamente. No trono estava Omri, parecendo desgrenhado e cansado. Havia pelo menos quatro meses que ela não o via. Ele parecia muito mais velho.

Acabe deliberava com três ou quatro soldados. Cada um tinha terra em sua roupa e nenhum estava com o cabelo ou a barba cuidados de forma apropriada para ser admitido naquela sala. Independentemente do que estivesse acontecendo lá fora, estava chegando rápido. Obadias permanecia em pé ao lado esquerdo de Acabe, assentindo com a cabeça enquanto escutava os relatos dos soldados, sussurrando de lado para ele, talvez complementando os detalhes.

Quando ela se aproximou, as vozes pararam. A energia nervosa se transferiu para Jezabel como uma flecha de ponta afiada puxada em uma corda bem esticada apontada em sua direção. Acabe olhou além de seus homens, os olhos encontrando os dela pela primeira vez desde que eles tinham voltado de Jezreel.

– Jezabel – disse o Rei Omri, alto o suficiente para que todos parassem e olhassem –, Ben-Hadade entrou por nossos portões esta noite.

– Eu tentei avisar a corte – ela respondeu.

– Ben-Hadade viria para Israel algum dia – Acabe interveio. – Ambos sabíamos disso, pai.

– Está questionando minha lealdade? Ou admitindo sua incompetência? – ela provocou.

Omri se levantou, o rosto velho vermelho de fúria. Incapaz de falar, ele apontou para ela, e guardas avançaram para levá-la embora. Jezabel ergueu uma das mãos enquanto a outra lhe segurava o ventre.

– Tenham cuidado ao lidar comigo. Eu carrego o filho de Acabe.

Não importava o que acontecesse, Jezabel sabia que Acabe perceberia que ela estivera certa o tempo todo, que Elias tinha enfraquecido o reino e, portanto, deveria ser exterminado publicamente, ou Acabe seria mandado para o exílio, e ela pertenceria a um novo rei. A criança que esperava não iria sobreviver, mas ela sim, e os que sobrevivessem poderiam começar novamente. Nada disso importava. Todos teriam de honrá-la, e não importava quem vencesse.

Omri ordenou aos guardas que se dispusessem ao longo de cada lado da sala, para defenderem o rei se necessário. Ninguém confiava em Ben-Hadade, mesmo que ele oferecesse bons termos para ficar contra Salmaneser. Jezabel ficou por trás dos guardas postados ao longo do lado esquerdo da sala, perto da porta pela qual tinha entrado.

Ben-Hadade foi anunciado como um visitante real, não como um rei pronto para a guerra. Ele entrou usando uma túnica de um azul sólido que lhe descia até os tornozelos com bordados nas bordas e um xale com franjas caindo sobre ela. E usava, esticado no pescoço, um colar de círculos de metal interligados.

Ele se curvou perante Omri, e foram feitas as cortesias formais.

– Por que você veio? – Omri perguntou, levantando uma das mãos em um claro gesto em direção à cidade.

– Eu não vim sozinho – respondeu Ben-Hadade. – Trouxe comigo 32 reis de todos os impérios. Cada um deles quer derrotar Israel. Cada um poderia se unir a Salmaneser. Mas eles me escutam.

Jezabel lutou contra a vontade de rir. Ela duvidava que existissem 32 impérios em todo o mundo. Ben-Hadade tinha o dom de torcer a verdade. E sempre tivera; quando Ben-Hadade tomou o trono de seu pai, Etbaal tinha ordenado que todos os pagamentos de seus negócios com Tiro fossem verificados duas vezes. Não era incomum escutar que uma camada de moedas de ouro cobria o que era na verdade somente um saco de sementes de linho.

O rosto de Omri perdeu a cor enquanto escutava. Ele inclinou a cabeça, esperando, sem revelar nada.

– Sua prata e seu ouro são meus – Ben-Hadade estipulou –, assim como as melhores de suas esposas e filhos.

Acabe moveu sua mão lentamente em direção à espada. Ela duvidada que ele tivesse conhecimento disso. Ben-Hadade, entretanto, percebeu e apenas sorriu.

– Sinto muito; você estava na sala um momento atrás? Eu trouxe reis de 32 reinos. Cada um deles gostaria de ver sua destruição. Mas posso negociar em seu nome.

– Isso não é negociação – Omri interrompeu. – Você quer dinheiro sangrento.

Ben-Hadade apenas deu de ombros, desinteressado da distinção, os olhos vagando pela sala, observando a decoração e a exibição de riqueza.

– Chame o Egito se precisar. Contrate um exército se quiser. Darei tempo para avaliar suas escolhas, e então, quando perceber que meus termos são generosos e convenientes, por favor, prepare os bens. Eu gostaria de uma lista das mulheres e crianças, com os respectivos nomes e idades. É muito desagradável uma mulher ser chamada pelo nome errado.

Então Ben-Hadade olhou para Jezabel. Ela viu o sorriso que ele fez tão pouco esforço para restringir. Ele achava que conhecia as mulheres, e acreditava que elas o consideravam charmoso. Ela desviou o olhar, antes de ele dizer para si mesmo que ela o desejava também.

Com isso, ele saiu da corte, o barulho das armaduras de seus guardas sendo o único som que qualquer um poderia ouvir.

Mas tudo que Jezabel ouvira tinha sido o som em sua garganta quando silenciara uma risada. O Senhor tentara tirar Acabe dela, mas Ben-Hadade iria fazê-lo voltar atrás. Ele não gostaria de ser mais intimidado do que ela já o fizera.

No dia seguinte, Acabe convocou a esposa ao setor de administração, após ela se recusar a sair da cidade para um refúgio.

– Você não vai me obedecer, vai? – perguntou a Jezabel.

– Não – ela lhe respondeu, sentindo o estômago ácido.

Jezabel não sabia havia quanto tempo estava sem sacerdotes para descobrir o que tinha, nem para dizer qual seria o sexo da criança. O *asu* e o *ashipu* tinham fugido também, temendo o deus dos hebreus. Lilith não fazia ideia de como julgar tais assuntos, e Jezabel ficara tão cansada dos choramingos de Mirra que a mandara de volta para a casa do pai dela.

– Não quero que Ben-Hadade pegue você, nem qualquer das minhas esposas. Mas nem vou marchar contra ele – Acabe disse, gesticulando para os pergaminhos deixados abertos na mesa.

Ela foi até a mesa e olhou para o que estava escrito. Havia mapas das terras ao redor, mais contabilizações de soldados e armamento.

– Parece que você está sempre fugindo – ela comentou, os dedos traçando os limites do reino –, correndo atrás de algum outro grande homem. Nunca liderando. Eu gostaria de ir para a cama com um líder de verdade pelo menos uma vez.

– Você ainda está de luto pela morte dos seus sacerdotes, portanto eu lhe perdoo – ele respondeu da maneira calma de alguém que não quer brigar. – Conheço meus soldados, Jezabel. Tenho lutado com eles. Conheço suas esposas; carreguei seus filhos. É fácil para você me mandar para a guerra, porque você não arrisca nada.

– Minha reputação está ameaçada, aqui e em minha verdadeira casa. Para onde você vai, Acabe? Você foi um guerreiro uma vez, então penso que pode mesmo lutar por mim.

Acabe ficou olhando para ela como se convocando coragem para odiá-la. Mas ele estava ligado a ela, sua própria vida abrigada na dela, seu grande nome crescendo nas sombras do ventre da esposa. Ela colocou uma das mãos nele, e um sorriso apareceu, levantando um lado da boca de Jezabel. Se Ben-Hadade a ganhasse, eles matariam a criança na hora. Se Acabe mantivesse a ela e ao dinheiro dele, ela poderia lhe dar outra criança. Ele não perderia de modo algum.

Um jovem mensageiro parecendo nervoso deu um passo para dentro do cômodo.

– Ben-Hadade enviou outra mensagem – disse. O jovem, então, a reproduziu: – "Exigi suas esposas e crianças, seu ouro e sua prata. Vocês não cumpriram. Amanhã enviarei meus oficiais para fazer buscas em seu palácio e nas casas dos anciãos. Eles têm ordens de apreender tudo de valor e levar embora".

O rapaz ficou de pé lá com as pernas tremendo, esperando a resposta.

Acabe sentou-se em um banco perto de uma mesa.

– Volte para sua casa – disse para o rapaz. – Preciso consultar meu pai.

O jovem limpou a garganta.

– Não fique irritado comigo, meu rei!

Acabe franziu a sobrancelha, olhando-o.

– Vá embora.

O rapaz olhou para Jezabel e então falou novamente com Acabe:

– Há mais uma coisa. Um profeta do Senhor está aqui. Ele não é Elias, meu rei. Ele disse que recebeu uma ordem do Senhor para você.

Jezabel seguiu Acabe até a sala do trono. O profeta era um homem pequeno, com uma grande cabeça calva, estrábico, e falhou em cortesias básicas. Ele não tinha o poder de Elias, a quem ela havia parado de caçar e de quem não se falava havia meses. Esse homem era um substituto lamentável.

Ele entregou sua mensagem assim que Omri se sentou no trono. Acabe permaneceu em pé no degrau abaixo, usando seu manto real. Um oficial da corte de Ben-Hadade posicionou-se abaixo do trono, junto com a corte mais proeminente de Israel.

Quando o profeta falou, sua voz era muito alta, como a de um homem que pensa que só será ouvido se gritar. E ela pensou que obviamente não havia confidencialidade na mensagem.

– Ouça a palavra do Senhor! O Deus de Israel diz: "Olhe o vasto exército. Eu o darei em suas mãos, e então você saberá que eu sou o Senhor".

Jezabel apertou seus lábios um contra o outro. Javé iria lutar por Acabe? Acabe não teria nem mesmo de sofrer ou lutar pela vitória ele mesmo? Que tipo de deus quer um meio homem? Ela gemeu. Odiava Javé.

Acabe virou para consultar Omri, palavras ditas em voz baixa que ninguém mais conseguia ouvir. Os guardas na sala, e os outros anciãos que haviam chegado ali em tempo, todos foram se chegando pé ante pé, esperando para ouvir o que seria falado depois.

O oficial de Ben-Hadade parecia divertir-se.

O profeta levantou uma sobrancelha diante do desprezo confiante do homem.

– Ben-Hadade vai retornar, é claro – acrescentou o profeta. – Ele precisará ser derrotado mais de uma vez antes que entenda o poder do Senhor.

Acabe olhou para cima enquanto escutava, depois voltou a sua posição e se dirigiu aos presentes:

– Recusamos Ben-Hadade e suas exigências.

O oficial de Ben-Hadade, um elegante homem que parecia ter não mais do que quarenta anos, de pele morena e olhos verdes intensos, se afastou alarmado.

– Seu exército é pequeno, enfraquecido pela seca! Esta cidade não pode ser defendida. Ben-Hadade procura dinheiro e uma mulher, não a morte de vocês.

Acabe desceu do pedestal do trono e o empurrou pelo ombro com uma só mão. Murmúrios dispararam pela sala. Jezabel sentiu uma ponta de orgulho. Teria sido deus se Acabe o matasse, e ao profeta também. Acabe tinha de voltar ao negócio de matar gente. Ele lembraria para que serve o poder, e seria um governante melhor. Ela amaria um homem que matasse seus inimigos.

– Diga a Ben-Hadade que não o tememos. Somos o povo do Senhor. – Acabe olhou para o profeta, parecendo esperar um sinal de aprovação. Ele teve um.

– Mas não há tempo – o oficial alegou. – Vocês não podem nem mesmo pedir reforços.

– Não precisamos de nenhum. Marcharemos para fora amanhã. Diga a Ben-Hadade que ele irá se arrepender de ter posto os pés perto de Israel.

Os guardas começaram a bater os pés, o som reverberando pela sala, um trovão crescendo em poder. O oficial balançou a cabeça, maravilhado, e saiu.

Alguma coisa agitou o sangue da princesa. Os olhos de Acabe a procuraram na multidão até que ele a encontrou. Príncipe e princesa olharam um para o outro, com uma expressão indecifrável. Mas algo se agitou no coração de cada um deles. Jezabel não podia negar isso.

16

Obadias

Dois dos batedores de Ben-Hadade circularam Samaria pelo norte e pelo leste três dias antes de sua chegada. Obadias sabia o que eles estavam fazendo; estavam se certificando de que Israel não tinha forças ao se esconder nas montanhas. E não tinha, então os homens viraram seus cavalos para retornar a Ben-Hadade.

Obadias viu no mesmo momento em que eles devem ter visto rastros encaminhando-se para uma caverna. Então foram investigar. Obadias desmontou de seu jumento, deixando-o atrás de um aglomerado de rochas, e aproximou-se mais devagar, ainda que calmo, por trás do homem. Ele tinha sido enviado naquela manhã para negociar as provisões do mês e garantir qualquer tipo de alimentação de que o exército necessitasse. Mas uma sensação de medo o levara até ali, e ele não sabia por quê. Afinal, o administrador não tinha nada com os homens de Ben-Hadade.

Os cavalos batiam as patas na terra do lado de fora da caverna, nervosos com algo que Obadias não conseguia ver. Um dos homens desmontou e incitou seu companheiro a segui-lo para dentro da caverna.

Obadias se aproximou ainda mais, e o que viu lá dentro o fez querer vomitar. Eles haviam encontrado Mirra dormindo, o cabelo longo esparramado, os braços macios sob a cabeça da jovem como um travesseiro. Obadias tinha ouvido que ela fora enviada para casa, uma desgraça. Mas ele se sentira tão aliviado por ela não poder ser reclamada como parte dos pertences da casa de Acabe que não pensou com clareza. Ela era orgulhosa demais para voltar para sua casa.

Mirra estava parcialmente coberta com um cobertor, que um dos homens levantou usando a ponta da espada. Nenhum deles falava. Eles viram as formas da jovem, o constante subir e descer de sua respiração, e desmontaram, circulando-a. O sangue de Obadias parou nas veias, um desespero congelante terrível. Sozinho, ele não conseguiria com dois homens de Ben-Hadade.

O homem mais alto pegou um pedaço de corda da própria cintura dele, deixando-a cair livre e direto até seus pés. O outro homem desembainhou uma adaga e inclinou-se, esperando um sinal de seu parceiro. O homem alto assentiu, e o parceiro a pegou pelos cabelos, puxando-lhe a cabeça para cima e para trás, colocando a faca contra o pescoço de Mirra. Seus membros sacudiram-se em frenesi quando ela acordou e tentou se mover, mas a faca a machucou e ela congelou, vendo o homem parado a sua frente, sentindo o outro que a segurava com firmeza contra si mesmo.

O homem alto riu.

– Afinal, não voltaremos sem um prêmio. E que homem de nossa companhia viu, por meses, uma mulher como esta?

O homem que a segurava a puxou para si para cheirar o pescoço e olhar o perfil de Mirra.

– Vamos ficar com ela para nós mesmos.

O homem alto considerou a ideia. Obadias alcançou a adaga em sua cintura. Ele morreria, mas daria a ela tempo para correr.

– Não – o homem disse –, vamos levá-la de volta para o acampamento.

Obadias se escondeu atrás da abertura da caverna quando puxou a adaga de seu cinto, tomando o cuidado de usar o manto para protegê-la do sol. Quando o fez, ele viu um movimento rápido pelo canto do olho direito. *Não*, pensou, virando ligeiramente a cabeça para se certificar. Uma cobra se enrolara perto dos pés dele, a grande cabeça em forma triangular apontando a panturrilha direita de Obadias. Ela tinha olhos verdes mortais com um risco vertical, os quais não se alteraram quando a língua disparou para fora, sentindo o ar, sentindo o medo dele. Ela avançou sua cabeça deslizando na direção do jovem. Obadias balançou sua adaga em um movimento rápido, cortando a cabeça dela enquanto os cavaleiros irromperam da caverna, gritando de alegria. Mirra estava bem segura por um dos cavaleiros, as mãos atadas à frente do corpo.

Obadias foi atrás deles. Lágrimas caíam em seu rosto enquanto sussurrava o nome de Mirra, colocando uma perna trêmula na frente da outra.

Ele não conseguiu chegar até as tendas antes de anoitecer. A lua iluminava o acampamento de modo que ele tinha de encontrar sombras e ocultar-se nelas. Sua face estava machucada agora devido a horas de lágrimas lentas. Obadias sabia o que soldados faziam com mulheres desprotegidas.

Ben-Hadade estava comendo em sua tenda em companhia dos outros reis, que resmungavam pela demora da promessa de Acabe de lutar. Um criado tocava lira. A maior parte dos soldados dormia, mas, através da escuridão, ele viu várias fogueiras queimando, sinal de que alguém ainda estava acordado e alimentando-se. Então, o administrador observou homens reunidos ao redor de algumas fogueiras, conversando, e alguns jogando dados e rosnando sobre pagamentos perdidos. Mas, no ponto mais extremo do acampamento, ele viu fogo queimando alto, vigiado por dois homens que tinham bloqueado a entrada para as tendas. A tenda deles ficava afastada das demais.

Obadias avançou pela noite e circulou ao redor para o fundo da tenda. Ele se manteve do lado de fora e ouvindo.

Dentro dela, um homem negociava:

– Eu prometo meu apoio a vocês dois como comandante – ele ofereceu.

– O último homem nos ofereceu isso e mais mil peças de prata – eles responderam.

– Nenhum homem a serviço de Ben-Hadade tem esse tipo de dinheiro – gritou o primeiro homem. – Se aceitarem mentiras como pagamento, por favor, aceitem meu apoio e duas mil peças de prata.

– Excelente. Está prometido a você por duas mil peças de prata e seu apoio. Volte para seu posto, e vamos chamar os sortudos dentro da próxima hora.

Uma mulher gritou, e Obadias reconheceu a voz. Com um movimento rápido, ele enfiou sua adaga no tecido da tenda e rasgou-o para cima, passando pelo buraco enquanto os homens lá dentro procuravam suas espadas.

As abas da tenda esvoaçaram quando os guardas postados do lado de fora também entraram.

Obadias a viu, amarrada pelos calcanhares e pelos pulsos, a boca machucada e suja de sangue, um olho inchado e roxo.

Ele não sabia de onde vinha sua força – jamais lutara por uma mulher, ou por qualquer outra coisa –, mas guiou sua adaga em cada homem com uma fúria cega e silenciosa. Ele os queria mortos, e os queria muito machucados como eles tinham feito. Quando os homens caíram no chão, ele enfiou sua adaga em cada um deles novamente.

O som do choro de Mirra o tirou do transe silencioso em que o poder o colocara. Obadias ajoelhou-se na frente dela, cortou as cordas que lhe prendiam as mãos e os pés. Ela tentou falar, mas só pôde tremer e fechou a boca novamente. Ele a levantou nos braços e saiu da tenda, movendo-se para as sombras até encontrar seu caminho para fora do acampamento. Passando pela tenda de Ben-Hadade, Obadias quase tropeçou ao bater no rei. Ben-Hadade tinha ido se aliviar longe de seus homens.

O rei olhou fixamente para a mulher nos braços de Obadias, que, dessa vez, sentiu-se grato por ter nascido com um rosto que ninguém jamais notara ou lembrava.

– Alguns de seus homens tiveram um pequeno acidente lá atrás – disse Obadias, de passagem, mantendo a calma. Cuide para que eles sejam mais bem-comportados. Somos convidados especiais.

Levando Mirra de volta para Samaria, Obadias entrou em uma hospedaria modesta construída para soldados sem família.

Ele pagou por um quarto, e, uma vez lá dentro, colocou-a na cama e a cobriu com seu manto. Chamou o estalajadeiro até o quarto e pediu-lhe leite aquecido, alimentando-a com pequenas quantidades, com cuidado para evitar os cantos da boca queimados pela mordaça. Quando Mirra não falou, Obadias escovou os cabelos dela afastando-os do rosto, vendo o ferimento fino da faca no pescoço da jovem. Vieram as lágrimas, e ela não as limpou. Ele fez isso, as pontas dos dedos gentilmente tirando cada gota antes que marcasse sua face, e atirando cada uma na poeira do chão.

Quando Mirra parou de chorar, ele a envolveu com os braços, e ela dormiu. Obadias sentiu o cheiro da pele dela, o aroma do perfume e de sal e de resina da madeira no quarto ao redor deles. Ela aproximou o rosto, inalando profundamente também. Ele a segurou durante toda a noite, sentindo o subir e descer do peito dela e sussurrando-lhe palavras de conforto quando vinham pesadelos.

Acabe

Acabe levantou enquanto o sol da primavera rastejou através da borda da janela. Ele lidaria com Ben-Hadade naquele dia. O ar quente e silencioso, todas as barrigas barulhentas alimentadas e retornando às suas tocas escondidas para dormir antes de se alimentarem novamente. Somente Jezabel não se mexeu, a pele ainda mais pálida na luz da manhã, como se alguma coisa fundamental tivesse fugido quando o sol se ergueu para cumprimentá-la. Ele a observou, envergonhado. A aparência da mulher estava tão pequena e magra devido à seca que lhe roubara o pão. Não era difícil confirmar uma gravidez, especialmente se já passava da metade do seu tempo de duração.

Ele passou a mão pela coberta estendida sobre o prêmio dela, sua reivindicação para ele, para o trono.

Por que iria Javé perseguir Acabe quando o destino do príncipe já estava determinado no ventre de Jezabel? Ele não poderia nunca abandonar a esposa Fenícia se ela carregava um herdeiro. Tarde demais, Javé forçara Seu próprio chamado a Acabe.

Tarde demais.

Jezabel sorriu, os olhos ainda fechados, e buscou a mão dele quando acariciava os ombros dela. A princesa vencera muito antes de Acabe entender o que estava em jogo.

Ele vestiu-se, e então foi encontrar Ben-Hadade, imaginando se Deus iria realmente salvá-lo. Acabe dispunha apenas de cerca de duzentos oficiais prontos, aproximadamente cinquenta comandantes, mais algum homem forte ou rapaz que possuíam uma espada para lutar. Cerca de 7 mil prontos para marchar.

Acabe vestia seu traje real e levantou a espada de Moisés quando estava pronto para falar aos homens das escadas do palácio.

A primeira luz brilhou em torno dos homens, iluminando suas armaduras. Além deles, um nevoeiro chegava em direção a Samaria, vindo das colinas ao redor, criando um sinistro anel em volta da cidade, a fumaça das fogueiras de Ben-Hadade azulando a grossa neblina. Samaria se erguia sobre tudo como se olhassem para ver o que as colinas escondiam.

Acabe desceu as escadas do palácio enquanto os homens se afastaram, dividindo-se em duas colunas para inspeção. Havia soldados até onde sua vista podia alcançar, acompanhando o caminho principal, e ele tinha certeza de que até os limites da cidade. Acabe havia construído as muralhas e seus portões, mas não existia nenhum esplendor real ou poder para proteger. Ninguém quisera construir durante a seca. Ninguém tivera força. A muralha da cidade não lhe daria qualquer proteção.

Os homens levantaram as espadas e começaram a cantar. Um jovem, com não mais de doze anos, pegou um tambor e bateu nele enquanto um companheiro tocou o *shofar*. O barulho e clamor foram tão grandes que ele sentiu a terra tremer sob seus pés.

Acabe ergueu mais alto a sua espada, e os homens se tornaram selvagens, gritando mais alto, batendo os pés até que um trovão ressoou de volta para eles das paredes ao redor. Acabe fez um gesto pedindo silêncio e esperou.

– O Senhor deu Ben-Hadade e este dia em nossas mãos – começou. – Meu pai comprou estas terras com seu próprio dinheiro. Ele estabeleceu Samaria como a capital de Israel. Mas vocês sabem por que Omri construiu ruas, mesmo antes de construir a muralha? Porque ele era um rei forte, com homens fortes, que exigiram isso. Ben-Hadade quis as ruas para poder marchar contra nós e observar nossas vidas, tornando fácil reivindicar tudo que ele viu. Hoje, digo a vocês que o Senhor vai proclamar em alto e bom som que Samaria não pertence a Ben-Hadade! Samaria pertence a Israel! Nossas ruas são nossas! Nossas vidas são nossas! Marchemos por essas ruas e derrotemos Ben-Hadade nas planícies!

Com isso os homens se dissolveram em caos, e Acabe montou seu cavalo, e cavalgou. Aqueles que tinham cavalos fizeram o mesmo. A maior parte correu a pé, alguns mal tendo condição de ficar em pé sob o peso das armaduras. Os homens que antes haviam lutado junto com Omri estavam muito velhos. E mesmo Omri ficou na retaguarda, sobre um cavalo branco que parecia surdo aos gritos da batalha.

Samaria rapidamente desapareceu em uma nuvem de poeira levantada por patas e pés. Acabe seguiu seus guardas, mãos acenando de excitação e terror. Olhando para cima, ele esperava ver os olhos do Senhor, ferozes, lançarem, através da neblina e do pó, raios sagrados para queimar os inimigos.

Mas o céu continuava calmo enquanto os homens giravam e se enfureciam sob ele.

No entanto, o Senhor estava ali. Acabe podia senti-Lo, e, assim, diminuiu um pouco o ritmo com medo de chegar mais perto desse Deus. Ele podia dizer que o Senhor desejava que ele se aproximasse para ver a batalha, para ver a morte que acontece quando as pessoas acreditam no que é falso. Com um salto doloroso, o coração de Acabe entendeu isso, enquanto seus homens correram, e ele se preparou para ver a misericórdia mortal do Senhor.

Seguindo o conselho dos profetas, Acabe enviara os oficiais subalternos do exército na frente de tropas mais experientes. Ele suspeitava que a estratégia dos profetas passaria uma falsa impressão, e eles seriam atraídos como cordeiros para uma verdadeira matança.

Os oficiais subalternos, entretanto, derrotaram Ben-Hadade. Um jovem comandante com talvez não mais que dezesseis anos retornou a Acabe com a bandeira de Ben-Hadade.

– As tropas de Ben-Hadade tinham se retirado, e ele fugiu no lombo de seu cavalo! Nós vencemos!

Ele engoliu seu choque e sinalizou que se tocasse o *shofar*. A batalha acabara. Acabe se sentiu perdido, preparado para uma batalha em que não teria de lutar.

– O nome do Senhor seja louvado! – um soldado apelou a Acabe no acampamento naquela noite.

– Sim – Acabe respondeu.

Embora ele tivesse permanecido no acampamento por toda a noite, ninguém saudou seu nome. Acabe esperara uma vitória, mas não contava com isso, o que lhe custou algum orgulho.

Obadias

Era meia-noite. Samaria dormia abaixo de Obadias, quieta sem os homens. Ele esperou dentro dos portões da cidade. Dois guardas ficaram do lado de fora; ele podia ouvir vozes abafadas, mas poucos homens permaneceram dentro da cidade. O administrador segurava uma gaiola de pano dentro da qual havia dois pombos. Ele nunca estivera em Jerusalém ou em seus templos, mas tinha ouvido que era bom trazer uma oferenda. Especialmente para uma jovem mulher buscando uma nova vida.

O ar tinha uma ponta de frio enquanto a noite escurecia, e uma coruja empoleirou-se sobre o topo da muralha, a cabeça girando em todas as direções. Obadias a observou caçar. Um pequeno rato se esgueirou de uma pedra, atraído pelo cheiro do pão que um soldado tinha deixado cair. A coruja deslizou silenciosamente de seu poleiro, sem reduzir a velocidade, as garras saindo das penas brancas como neve enquanto perfurava o rato. Obadias ficou sozinho novamente quando a ave voou para sua casa querendo compartilhar o relutante troféu.

Mirra apareceu, caminhando tão suavemente pela estrada que nem agitou a poeira. Com um pequeno sorriso incerto, ela respirou fundo.

– Deu tudo certo? – ele perguntou.

– Minha mãe disse que você é um bom homem – a moça respondeu. – Ela abençoa seu nome.

A lua revelava sombras sob os olhos dela, o que machucava o coração dele. Afinal, não queria dizer adeus dessa maneira. Ele queria ver a força e o sorriso de Mirra voltarem. Deixá-la agora era um ato de fé, e Obadias sabia ainda que fé era tudo o que ele sempre tivera. Uma vez isso tinha sido suficiente. E teria de ser suficiente agora e para sempre.

– Ela falará com seu pai quando ele retornar da batalha? – ele perguntou.

– Eu não sei – Mirra falou com lágrimas nos olhos. – Espero que ela não conte tudo; ele ficaria muito desapontado comigo.

Obadias se aproximou, sabendo que seria a última vez que a tocaria ou a olharia. Ele desejava se lembrar de tudo: do cheiro dela, da suavidade da pele dela e do movimento do cabelo escorrendo como água pelo braço dela.

– Ele sempre amará você – Obadias disse, as palavras ardendo como vinagre na garganta. Ele falou sobre o pai dela, mas falou também por ele mesmo, e ela jamais saberia. – Acredite nisso. Você será sempre amada.

Ela se afastou um pouco, olhou diretamente para ele e disse:

– Você tem sido tão bom para mim. Tem certeza de que esta é a única maneira?

– Dê-me seu manto – ele pediu.

Ela obedeceu, a testa vincada quando o fez. Ele pegou o manto e caminhou até uma distância em que ela não pudesse ver. Então matou um dos pombos com as mãos, aqueles dedos sujos de tinta, naquele momento, sujos com sangue. Obadias molhou o manto no sangue antes de jogar o pássaro morto na escuridão, onde carniceiros iriam eliminá-lo dentro de algumas horas. Em seguida rasgou o manto e o deixou nos portões.

– Um comerciante vai descobri-lo amanhã de manhã – Obadias falou. – As pessoas vão pensar que você morreu, atacada por algum animal selvagem. Apenas sua mãe saberá da verdade.

Ele não disse a Mirra o fardo que era a verdade, e seria, para a mãe dela, mais pesado que qualquer pedra. Não acrescentou que a mãe de Mirra não teria a força para suportar esse peso sozinha; ela contaria ao marido. Um dia a cidade toda saberia o que ela e Obadias tinham feito.

– Mas e você? – ela perguntou.

Ele a levou até um cavalo dos estábulos reais, um bom cavalo cinza cuja falta não seria sentida, pois Obadias o havia tirado dos registros. Infelizmente, ele tinha morrido de uma torção de estômago, diziam os registros. Ela montou e segurou a mão dele com força.

– Vou manter você em meu coração – falou.

Ele soltou da mão dela.

– Não – ele retrucou com suavidade. – Deixe tudo para trás. Você pertence a Jerusalém agora.

17

Jezabel

As dores de Jezabel vieram rápido no final do verão, e o difícil trabalho de parto não foi surpresa. A criança fora inquieta desde o momento da concepção, recusando-se a ficar confinada, impulsiva e impaciente.

– Você teve um filho – a parteira hebraica disse.

Jezabel chorou em silêncio. Ela não queria aceitar a amizade com os seguidores de Javé, para que ela, ou ainda pior, seu filho, não fossem infectados com o deus da condenação.

Quando Jezabel ouviu o primeiro grito do filho neste mundo, exultou, afinal precisava de um filho furioso. As lágrimas de Jezabel pararam assim que a parteira entregou a criança ao banho de sal. O cheiro era agradável, lembrando nascimento e mar. A princesa sabia que jamais voltaria para o oceano. Seus filhos nasceriam em um mundo diferente, e ela morreria nele, após ter dado a Israel e a seu deus o melhor de seus anos, o melhor de seu corpo. Ela daria a vida a essa nação de traidores, que sacrificaram seus filhos e assassinaram os sacerdotes. Seu filho lhes retribuiria.

Acabe retornou no dia seguinte de uma expedição de reconhecimento com todas as autoridades políticas e anciãos em sua comitiva.

Jezabel ordenou Lilith a lhe pentear os cabelos, arrumando-os soltos pelos ombros, e a vestir nela uma túnica de lavanda com uma faixa vermelha coberta de contas de ouro, encontrando o marido na escadaria do palácio.

Ela segurou o recém-nascido nos braços, com a intenção de apresentá-lo a Acabe na frente de todos, como símbolo de sua evidente vitória. Mas então ela viu o marido muito à vontade rindo com Obadias, satisfeito com um deus e todos os sacerdotes mortos. Jezabel olhou o bebê dormindo em seus braços e segurou-o distante do corpo dela sobre os degraus de pedra.

– Eu lhe dei um filho – ela bradou.

Acabe surpreendeu-se ao ver a criança nos braços de Jezabel, e piscou várias vezes, parecendo querer entender que ela dera à luz enquanto ele estava fora.

Ela segurou o bebê sobre os degraus. Se o deixasse cair, atirando-o escada abaixo, causaria dor em Acabe. Neles todos. Havia lhe dado um herdeiro, mas poderia levá-lo com a mesma facilidade. Eles aprenderiam o que significava perder.

Encantado, Acabe subiu os degraus, agarrando o bebê longe de Jezabel, antes que ela fizesse algo. Ele riu e levantou o filho no ar, voltando-se para apresentá-lo à comitiva e à multidão ali reunida.

– Seu nome – ele declarou – será Acazias.

O nome significava a vitória de Javé.

Mas ela não se importou. Ela era a única vencedora por ter dado um filho a Acabe, um príncipe, um herdeiro, o que a colocava em uma posição inatacável. A seca se fora, e as cevadas, já altas, acenavam ao redor. As pessoas estavam alegres, gritando felicitações e louvor a seu deus, tão misericordioso em perdoar e conceder um filho, conceder a ela a segurança da continuação do reinado. Elas não entendiam que Jezabel se alegrava também, por ninguém e nada exceto ela mesma.

A princesa espiou Obadias em pé nos degraus à direita dela. Mirra fora assassinada, mas Jezabel não sentia falta dela. No entanto, o luto de Obadias era estranho. Ele comia as refeições, participava do trabalho, mas como um homem que queria distração. Homens de luto não queriam distração; eles queriam esquecimento. Ela não confiava no administrador.

Jezabel voltou a seu aposento, Lilith trotando atrás, fazendo pequenas insinuações de que ela gostaria de ir e celebrar com a corte, até que a princesa a dispensou. Como já dera à luz, podia beber algo forte e amargo, rastejar para fora dessa pele e dormir afinal. Se quisesse, poderia passar oitenta dias fazendo isso, o tempo durante o qual seria ritualmente impura, segundo as leis de Javé. Acabe não ia se deitar com ela, especialmente agora que acreditava no poder de seu deus. Ela ficaria sozinha.

Antes de os oitenta dias terem terminado, eles voltariam a Jezreel, longe dessa cidade. Jezabel sentia o sangue lhe escorrendo pelas pernas. Parto era difícil para qualquer mulher. Então, a princesa observou horrorizada uma grande escuridão elevar-se pelas margens da cidade, como uma onda distante no horizonte, passando pela ineficaz muralha da cidade, a qual Acabe construíra, e ribombando pelas ruas de Samaria, varrendo em direção a Jezabel como um bramido. Uma tempestade estava chegando, novamente.

Jezabel segurou a ponta do manto e correu, deixando um rastro de sangue por todo o caminho até sua cama.

Finalmente, no retiro calmo que foi Jezreel, três meses após o nascimento do seu filho, Jezabel não conseguia dormir, nem mesmo com a lamparina ao lado da cama, confortada apenas pela respiração pesada de Lilith. Em algumas noites, quando não havia luar, ela perguntava-se quando Acabe a chamaria de volta ao aposento dele, já que completara o tempo de purificação, embora ela não se sentisse limpa. Ela nascera suja, uma mulher, e a passagem do tempo não alterava tal fato.

Entretanto, a hemorragia de Jezabel passara, e ela se tornava mais forte a cada semana. Além disso, seu estômago tinha começado a recuperar a forma, ainda que ela não tivesse qualquer rotina, planejamento ou ordem em seus dias. Como as mulheres hebreias sobreviviam a essa extinção de benevolência?

A continuidade da negligência agitou o flagelo de ansiedade de Jezabel. O silêncio incitou seus fantasmas. O que havia realmente acontecido com os sacerdotes? Tinham morrido pelo fogo ou pela espada? Os corpos deles foram honrosamente tratados? À noite, ela os ouvia rastejando sob sua cama. Os egípcios lhe contaram que as unhas jamais paravam de crescer, mesmo na morte. Ela os ouvia arranhando sob a cama. Quando adormecia, os sacerdotes saíam de lá e subiam pela cama, as cabeças retorcidas, os olhos ocos, as bocas indolentes, os braços alcançando-a. Chamando o nome dela. Levando a criança nos braços. Tantas crianças, as bocas escuras e vazias gritando pelos anos em que ela tinha roubado. Elas a agarravam, corroendo-lhe a carne, em claro desejo de vida.

Então Jezabel acordava, suando, noite após noite. Eram só sonhos. Os mortos não viviam. A culpa era um truque da mente.

O sol tornou-se intenso. Jezabel sentou-se em direção à janela aberta, aspirando o perfume delicado do jardim de Nabote abaixo. As oliveiras floresciam, as flores com uma leve fragrância, fácil de deixar escapar. A princesa comeu o primeiro espinafre fresco em três anos, além de erva-doce e damascos.

Mas a comida não alterava a estrutura de Jezabel, que se alimentava, sem nunca se satisfazer. E dormia sem paz.

A primavera nada prometia, e nos sonhos Jezabel sabia por quê. O Senhor não havia acabado com ela ainda.

Obadias

Apenas três semanas depois do retorno a Samaria, após permanecer aproximadamente seis meses em Jezreel, enquanto a corte real realizava a Festa dos Primeiros Frutos, um mensageiro interrompeu a refeição da tarde. Acabe permitiu que o jovem lhe sussurrasse a mensagem, e então se levantou. Todos fizeram silêncio, esperando, tentando entender a expressão de Acabe. Obadias observou o rosto de Jezabel, olhos escuros, e entendeu. O profeta da palavra viera novamente. Ela permanecia em silêncio, embora irradiasse descontentamento. De novo, o profeta havia se colocado à prova, e também a seu Deus.

– Ben-Hadade voltou. Ele está em Afeque e planeja marchar contra nós.

Então o profeta entrou, sem olhar ao redor ou reparar nos convidados. Parecia bem, não muito diferente do ano anterior, o rosto desgastado pelo sol e pelo vento, mas os olhos serenos e o olhar firme. *Deve ser uma coisa notável,* Obadias pensou, *caminhar por tempestades e terras desta vida, sendo consumido, e ainda assim estar em paz com tudo.*

Acabe subiu e pegou uma almofada.

– Junte-se a nós, meu amigo.

Jezabel hesitou e deslocou suas almofadas, como se para fazer sala. Obadias sabia que ela não queria ser tocada por esse homem de Deus.

O profeta cheirava as carnes assadas, os melhores grãos e ervas e doces que qualquer um poderia comprar, mas meneou a cabeça recusando o convite e entregou a mensagem. E falou com o tom de fé que nasce da indiferença ao poder terrestre:

– Ben-Hadade tem dito a seus homens: "Acabe venceu a última batalha porque ela ocorreu nas montanhas de Samaria, governada pelo deus dele, Javé. Por isso lutaremos de novo, mas vamos encontrá-los nas planícies de Afeque. Javé não lutará nas planícies". Devido à arrogância de Ben-Hadade e à sua ignorância relativa ao Senhor, seu Deus, ele será derrubado em Afeque.

Isso era uma profecia de vitória e as palavras foram recebidas com alegria e elogios para o grande e misericordioso Senhor. Obadias terminou de beber seu vinho e limpou as lágrimas com as mãos. Ele se sentiria feliz em ver Ben-Hadade morto, com a cabeça em uma estaca fora da cidade.

– Que o nome do Senhor seja louvado – Obadias disse suavemente, a garganta ardendo de tristeza.

ACABE

Por sete dias, Acabe e seus homens acamparam na planície de Afeque, enfrentando o exército de Ben-Hadade. Acabe saiu de sua tenda na sexta noite de espera. Embora o Senhor tivesse prometido vitória, Ele deve ter ficado contente em permitir a Acabe que lutasse na batalha. O príncipe era agradecido, ou tentava ser, pois não travava uma verdadeira batalha desde que se casara. Ele até estivera em muitas batalhas desde então, mas nunca precisou tirar a espada. Então ele flexionou os braços e agitou-os soltos, preparando-se para o ataque de Ben-Hadade.

A explosão estridente de chifre de carneiro veio na madrugada do dia seguinte. Ben-Hadade estava chegando.

– Mantenham as fileiras firmes – Acabe falou, observando como seus homens marcavam e apalpavam a grama molhada tais quais animais. Então montou um cavalo, acompanhado por dois comandantes, e tentou não pensar em Obadias, que não estava lá. O administrador sempre o incitara a acreditar no Senhor; assim, parecia estranho lutar uma batalha em nome do Senhor e Obadias não testemunhar.

A terra fora da cidade era de fato plana, esparsamente pontilhada de árvores que estremeciam conforme as flechas voavam através delas. Folhas flutuavam ao chão, e os galhos caíam, um deles próximo a Acabe, que ouviu o assobio pungente de muitas flechas. Então, seus homens começaram a correr, um grande grito glorioso ribombando pela planície e engolfando o inimigo.

Os homens correram pelas gramas verdes e suaves, esmagando-as sobre a terra, e continuaram correndo até que o faziam sobre os corpos mortos dos homens de Ben-Hadade, perseguindo os sobreviventes. Aos homens de Acabe que se mantinham na retaguarda ninguém restava para matar. Antes do horário de jantar, milhares de tropas mortas de Ben-Hadade profanavam Israel. A planície era um oceano de sangue, onde Acabe afundava os pés até os tornozelos. Ben-Hadade não estava entre os mortos.

Ao anoitecer, ninguém da infantaria de Ben-Hadade estava em pé. Os que sobraram fugiram para a cidade de Afeque, escondendo-se em casas e em outras construções, os cidadãos de lá observando, próximos às muralhas, a batalha. Quando os homens de Ben-Hadade correram para a cidade, os habitantes lutaram para fechar os portões a Acabe e seus homens, com medo de que a batalha fosse nas ruas da cidade e as famílias acabassem morrendo. Mas, à medida que arrastaram os portões de madeira, gritando para que se movessem, o cavalo de Acabe ergueu-se num relincho.

Um raio atingiu a terra, dividindo-a, uma fenda correndo para a muralha de Afeque, a qual desabou em uma explosão de pedra e atingiu o maior grupo de Ben-Hadade quando os homens entravam na cidade. Uma nuvem de poeira rolou na planície em todas as direções, evaporando-se no horizonte. Acabe estava certo de que ninguém da tropa de Ben-Hadade sobrevivera, nem sequer os cavalos, pois não se ouvia um gemido sob a muralha desmoronada. Todos estavam mortos.

Acabe impulsionou o cavalo para a frente, e o animal lhe obedeceu sem resistência, em uma docilidade repentina que inquietou Acabe. Então, ele e seus comandantes, todos em silêncio, aproximaram-se da cidade, navegando os cavalos por pedras manchadas de sangue. Famílias permaneceram à entrada de suas casas, inertes, mães apertando filhos aos seios, observando o estranho príncipe que marchava em nome do deus de Israel. Acabe assentia enquanto passava, os homens movendo-se atrás, quietos, também abalados pela ruína da muralha.

Acabe encontrou sua recompensa agachada sob uma pilha de cobertores em um aposento na casa de uma viúva. Quando ela viu a aproximação de Acabe, abriu amplamente a porta da casa, apontando um dedo para um determinado aposento. Em seguida, encostada ao batente enquanto ele entrava, esperou as próprias paredes da casa onde morava desabarem.

Acabe arrastou Ben-Hadade para as ruas, onde não se via homem algum dele. Os joelhos de Ben-Hadade tremiam, e Acabe entendeu.

Javé rebaixava reis para isso.

Acabe estendeu a mão e pousou-a no ombro de Ben-Hadade.

– Eu determinarei as condições – disse, ao que Ben-Hadade concordou. – Pode haver paz entre nós, entre você e o meu Deus, mas terá de fazer o que peço. Em troca de sua vida, você devolve o que roubou a todas as cidades de meu pai há muito tempo. E deve também jurar jamais nos atacar novamente, jamais levar de nós nem sequer uma vida.

Ben-Hadade abraçou Acabe como um irmão e chorou pelo exército morto. Em seguida, Acabe o deixou em pé nas ruas empoeiradas de Afeque para que procurasse sobreviventes. Um pálido mensageiro apareceu correndo em direção a Acabe, a fala gaga. O príncipe viu o medo na face do rapaz, lembrando-se de como a morte parecia muito jovem. Então, agachou-se para olhar o mensageiro, não se importando em como tal humilhação se refletia nele como um príncipe que era.

– Não tenha medo, meu filho – ele disse. – Qual é sua mensagem?

– O... seu pai... – ele respondeu, sustentando o olhar firme de Acabe como se para ter mais coragem. – Ele... está... morto.

18

Acabe

Acabe correu para o campo de batalha. Onde estava seu pai? Sangue cobria a terra em uma enchente não vista desde os dias de Noé. Desperdiçado, o sangue derramava-se pelo vale, envenenando as flores com a salgada memória de vida. Corpos espalhados em todas as direções, cada rosto coberto com sangue de modo que cada homem ali, de todas as nações, parecia irmão. A morte escreveu o tratado final que eles iriam manter, e para sempre. Quando a escuridão caiu sobre a terra, a lua revelou uma planície espantosa.

Ele encontrou Omri caído sobre uma carruagem. O rei não tinha ferimentos, o rosto relaxado, os olhos abertos. Acabe segurou o pai nos braços e não soube se devia chorar.

Quando ele era uma criança de oito anos, sua mãe morreu. Omri gritou todos os dias, embebedando-se até o estupor à noite, bebendo em seu caminho até o dinheiro acabar. Omri fora um bom soldado, um respeitado homem de valor, e não bebera uma pequena quantidade. Porém recebeu uma oferta do senhor da cidade de Ashdod para acabar com uma pequena rebelião. A mãe de Acabe estava enterrada havia dois meses, e o garoto tinha se recusado a partir, querendo ficar naquela terra do leste junto com os ossos dela.

Mas Omri aceitou o serviço, então bebeu até desmaiar sobre o túmulo da esposa. Acabe o acordou no dia seguinte assustado com o cheiro de morte que subia da terra e se impregnara no pai. Por fim, perto de meio-dia, Omri levantou-se, franzindo o cenho para as lágrimas de seu filho. Acabe as lambeu e provou a tristeza. Eles deixaram sua casa naquela noite, para sempre.

Em Ashdod, Acabe descobriu essa maravilha chamada mar. As ondas batiam e quebravam sobre pedras afiadas, hipnotizando-o com sua beleza implacável. Ele encontrou um caminho para descer até a água e, quando entrou em uma tranquila piscina protegida por uma formação rochosa, levou uma das mãos à boca. A água era salgada e amarga, fazendo arder a garganta ainda ferida pela viagem poeirenta. Surpreendeu Acabe pensar que a beleza podia ter sabor de lágrimas.

Engasgando com a água, ele ficou magoado pela risada de seu pai atrás dele.

– Venha comigo – Omri falou, segurando Acabe e forçando-o para dentro da água turbulenta.

Embora Acabe chorasse, seu pai o segurou pelos braços, colocando-o à frente de seu próprio corpo. Ondas maiores que um cavalo derrubaram os dois. As ondas bateram no rosto de Acabe, o sal queimando-lhe os olhos, enquanto o impacto de uma onda tirou o ar de seu peito. Ele engasgou, ouvindo seu pai gritar:

– Qual de nós é mais forte?

No início, Acabe pensou que seu pai queria que ele fosse corajoso, para declarar que Acabe era o garoto mais forte, mas não era bem assim. As ondas o matariam.

Finalmente, ele gritou no intervalo entre as ondas:

– É você; Omri é mais forte que seu filho! Omri é mais forte que todos!

Omri o soltou e caminhou de vota à praia. Acabe tropeçou pela arrebentação e caiu contra uma rocha. O rei ficou acima dele, não olhando para seu filho, mas para o horizonte, assentindo para si mesmo enquanto repetia as palavras do filho:

– Omri é mais forte que todos.

Acabe nunca viu seu pai chorar por sua mãe. Nunca viu Omri chorar ou se lamentar por qualquer coisa.

E então Acabe se recusou a chorar por ele.

Jezabel

Jezabel mantinha os aposentos de Acabe abastecidos com frutas frescas: limões maduros e cheirosos, travessas deles posicionadas ao redor do cômodo para perfumá-lo, e damascos para dar cor. Ela deixava pratos preparados com espinafre e carnes temperadas com erva-doce e vinho trazidos dos depósitos. E garantia que as cozinhas do palácio estivessem prontas para alimentar as tropas que retornavam, e alimentá-los bem, com os melhores pratos planejados para a refeição privada de Acabe nos seus aposentos. Finalmente, ela havia alertado as babás reais para também estarem preparadas para o retorno de Acabe. Roupas limpas precisavam estar sempre prontas e as crianças, banhadas e perfumadas a cada dia até o retorno dele.

Quando o exército apontou no horizonte, os criados aplaudiram de alegria, todos correndo para suas tarefas.

Lilith trabalhava rapidamente para ajudar no banho de Jezabel e vesti-la com finas roupas novas que tinham sido trazidas da família de seu pai. Jezabel pediu a Lilith que lhe trançasse o cabelo, esperando que isso lembrasse a Acabe o primeiro dia deles juntos, antes de os deuses lutarem por Israel, e antes das brigas como marido e mulher.

Jezabel olhou pela janela quando o exército entrou pelos portões, para avaliar o avanço deles. Ela queria estar na escadaria do palácio quando ele chegasse, com Acazias e Atalia ao seu lado.

Mas não foi como ela esperava. Os homens se moveram lentamente, um rapaz marchando na frente, tocando um pequeno tambor e cantando um lamento fúnebre.

As mulheres da cidade saíram de suas casas, e vagarosamente uma lamentação alta subiu das ruas. A morte tinha vindo a Samaria.

Jezabel sentiu o sangue sumir de seu coração. Procurando a multidão agrupada, ela viu o portador da bandeira de Acabe, a qual seguia alta, com Acabe logo atrás. Jezabel caiu para a frente e exalou, sem entender o sentimento de alívio por ele estar vivo. Seria isso amar alguém, ou seja, temer a morte dele? Mas ela tinha lhe dado um herdeiro, e, portanto, a morte do marido não poderia causar nenhum mal a ela agora, na medida em que, até onde se lembrava, não o amava.

Acabe fez uma careta enquanto cavalgava pela multidão lamuriosa. Então desmontou junto à escadaria do palácio e entrou, sem nem mesmo olhar para Jezabel ou para seus filhos. Seu rosto estava sombrio e enevoado, uma expressão que ela não via desde a seca, e os homens que o seguiam não pareciam melhor, embora aparentassem um sentimento de confusão, mais que raiva ou medo. As ruas começaram a zumbir com perguntas. Jezabel segurou um guarda que passava, a caminho de auxiliar Acabe, e perguntou-lhe:

– Quem morreu?

Ele suspirou e hesitou antes de responder, como se a reação dela pudesse ser desagradável.

– O Rei Omri – ele disse afinal. – Ele morreu em batalha, mas não pelas mãos de nosso inimigo. Era um homem idoso.

– Vocês ganharam, apesar disso, não é? – ela indagou.

– Sim – o guarda respondeu e foi embora.

Acabe foi diretamente para seus aposentos aquela noite, e Jezabel teve sua entrada recusada.

No entanto, o guarda era jovem e não sabia o que fazer quando ela o empurrou para fora do caminho e entrou no cômodo. Afinal, era a rainha agora.

Acabe sentou-se na cama, fitando o chão. Manchas rubras eram vistas nas bordas de sua túnica, como se tivesse andado por um mar de sangue. O cabelo dele emaranhava-se sobre os ombros. Ele cheirava a lama e fumaça. Quando mudou de posição na cama, gemeu como se sentisse dor, como se pensasse que era somente um homem. Mas era um rei. Jezabel ficou maravilhada que ele se permitisse não sentir nada além disso. Ela fora poupada de tantas emoções inúteis.

– Você precisa falar ao povo – disse ela afinal.

– Demonstrei misericórdia ao meu inimigo, mas nenhuma me foi dada – ele retrucou. – Derrotamos Ben-Hadade, exatamente como o Senhor disse que faríamos. Ben-Hadade insultou o nome de nosso Deus, provocou Sua ira. Foi por isso que fomos favorecidos, porque o Senhor estava irado com ele. Isso não significa que o Senhor estava satisfeito comigo. – Ele suspirou e Jezabel esperou que ele continuasse. Uma lágrima rolou pela face de Acabe quando ele falou novamente: – Foi uma batalha com profusão de sangue. Ouvi o gemido dos homens dele morrendo e soube que eles tinham sido punidos pelo seu pecado. Seriam meus homens morrendo se não fosse pela misericórdia do Senhor para comigo. O Senhor me deu misericórdia, permitiu a mim e a meus homens vivermos, mas isso não significou que Ele estava satisfeito. O que mais eu devo a Ele?

Não havia uma coroa preparada para uma rainha-mãe de Israel, portanto uma precisava ser feita imediatamente. Ela tinha coisas demais a fazer para ficar sentada com Acabe como se ele fosse uma criança.

Jezabel deu um tapa no rosto dele, o que não teve nenhum efeito.

– Ofereci termos de paz para Ben-Hadade – ele falou –, e enquanto eu lamentava a notícia sobre meu pai, um profeta de Javé veio a mim e me disse que trazia uma palavra do Senhor para mim. Eu estava ansioso para saber o que poderia ser, mas ele disse: "Pela sua misericórdia para com o homem que Eu marquei para destruir, sua vida está perdida. Sua vida pela vida dele. Seu povo pelo povo dele". – Acabe gemeu. – Punição. Por dar misericórdia.

Em choque, Jezabel não conseguiu falar. Acabe tinha sido sábio e agido com perspicácia. Ele ofereceu uma paz conveniente a um inimigo poderoso, e o inimigo havia aceitado. O Senhor tinha prometido a vitória a Acabe e dito que ele iria derrotar

Ben-Hadade, mas Acabe encontrou um caminho melhor. O plano de Acabe foi bom para qualquer padrão de moral humana.

Seu Deus era insano.

Molhando um pano na bacia de água da mesa de cabeceira, Jezabel segurou a face de Acabe nas mãos e limpou a sujeira. Quando acabou, descansou a cabeça do marido contra o peito dela. Quão pesado ele se sentiu, ponderado pela dor.

– Devo chamar uma concubina? – ela perguntou, afinal não queria gastar sua noite apoiando o marido. Aquelas mulheres serviam a um propósito.

Acabe, porém, não parecia ouvi-la. No fim, ele a soltou, e ela o ajudou a se deitar. Naquela noite, Jezabel descansou com o rosto contra a parede, incapaz de levar seu conforto por mais tempo a um Acabe fragilizado. Ele tinha de se livrar desse deus. Se ele não o fizesse, como poderia governar?

Obadias

Dois dias depois, Obadias ficou diante de Acabe, segurando a coroa real, uma faixa grossa de ouro incrustrada com as pedras das tribos de Israel. Como Acabe, Obadias era um menino quando colocaram essa coroa na cabeça de Omri. Naquela época, a peça tinha parecido enorme, como se um gigante pudesse usá-la. Obadias sentiu o peso frio dela nas mãos, menor do que ele se lembrava. Então a colocou na cabeça de Acabe e se virou para a corte, que gritou:

– Longa vida para o Rei Acabe! Que seu reino possa durar mil gerações.

Atrás de Obadias, um criado avançou segurando o mandato real, um pergaminho com a aliança entre Deus, o rei e o povo. Formulado após o juramento de Salomão e os mandamentos de Deus, Obadias se preparou para lê-lo, o coração aflito com antecipação. Finalmente as palavras do Senhor Todo-Poderoso iriam ressoar diante das pessoas, e da corte, e mesmo da própria Jezabel.

Obadias se conteve e retornou a sua tarefa, preparando-se para tirar o laço que prendia o pergaminho, e o leu. Acabe balançou a cabeça em negação e aceitou o pergaminho, ainda amarrado, com um breve aceno, olhando diretamente para as pessoas agrupadas abaixo dele, logo após a escadaria do palácio. Obadias lamentou que, muito tempo atrás, Jezabel tinha requisitado a tumba de Omri e Acabe cedera. Quando ela viera para aquele lugar, havia caixas pretas vazias em cada lado da entrada principal do palácio, construídas na plataforma em que estavam, e ela solicitara que as enchessem com pedra, deslocando-as para outro lugar. Mas túmulos lembrariam à corte que não pusessem fé nos homens. A fé era para coisas garantidas, como o mundo do Senhor. Era um pensamento amargo, apenas outra verdade que ele não podia compartilhar.

A seguir, Obadias segurou um chifre com uma tampa em uma das extremidades, e a removeu quando Acabe se ajoelhou. Fez-se silêncio. Em sua presença, o sol estava glorioso, e uma brisa fresca fez com que todos levantassem o rosto e fechassem os olhos de prazer quando Obadias começou a derramar óleo sobre a cabeça de Acabe, o qual escorria pelas têmporas, para os ombros do rei, e Obadias viu a mudança nos olhos dele. Acabe estava livre do pai. Era o rei.

Acabe se voltou para Jezabel, estendendo as mãos dela, cumprindo o protocolo. Quando o rei tomou as mãos da mulher nas suas, Obadias posicionou a coroa na cabeça dela, forçando a si mesmo a se concentrar. Ela não havia permitido que o artesão dormisse enquanto não terminasse a coroa, que devia exceder até mesmo a de Acabe em beleza. O cabelo de Jezabel estava mais grisalho do que ele imaginara. Aquele leito de cinzas havia trabalhado seu caminho para o sangue dela e a mudara. Obadias desejava que também Acabe visse isso.

O rei parecia assombrado. Ele olhou a multidão enquanto tocavam tambores e dançavam. Na distância, o céu estava branco e nebuloso, com nuvens que se penduravam logo acima do topo das colinas, derramando-se em direção a eles, ocultando as terras distantes.

Obadias estremeceu e imaginou o que devia ser esperado logo a seguir.

Jezabel

Depois de dois meses, a impaciência de Jezabel aumentou. A mudança para Jezreel não tinha animado Acabe. Ele ainda estava arredio, muitas noites se embebedando para dormir, e não trouxera sua caixa de deuses e amuletos, aqueles que ele salvara de todas as batalhas no passado. Se Acabe estava tentando se retratar com o Senhor, Jezabel duvidava que ele estivesse contando-Lhe muita coisa sobre suas bebedeiras.

Ela imaginou o que Sargon teria dito. Jezabel sabia o que Asherah diria, e seria nada. Asherah não se fez conhecida desde que os sacerdotes tinham morrido chamando por seu nome. Talvez, se uma criança fosse oferecida. Uma recém-nascida seria melhor, mas onde conseguir uma? As mulheres israelitas não queriam mais fazer isso, e, naturalmente, Jezabel não poderia oferecer um de seus filhos, cujos rostos eram conhecidos. Eles tinham nomes.

Acabe e Jezabel haviam se sentado na sacada com vista para o jardim de Nabote, numa tentativa de aproveitar a manhã aprazível. Um nascer de sol cor-de-rosa tinha inundado o vale com sua luz. Acabe levantou-se sem avisar e saiu, dizendo apenas:

– Vou caminhar. Quero ver como cuidaram dos jardins de Nabote desde o ano anterior.

Jezabel retirou-se para seus aposentos por várias horas, escrevendo uma carta a seu pai. Ela não podia mais fazer sacrifícios ali e queria estar segura das bênçãos dos deuses. Talvez seu pai providenciasse alguma coisa feita em seu nome. Lilith entrou no cômodo, franziu a testa e apontou para o corredor, fazendo sinal para que Jezabel ficasse quieta.

Jezabel ouviu a voz de Acabe, um gemido de miséria abjeta vindo dele, e virou os olhos.

– Ele está bêbado?

Lilith deu de ombros.

– Ele saiu e depois voltou. Obadias pensou que ele estivesse com fome, então lhe enviou comida, mas Acabe recusou.

Todas as possibilidades passaram na mente de Jezabel. Acabe tinha se machucado ou tomado um tombo embaraçoso na frente de seus homens. Ele tinha se sentido doente após o passeio do dia anterior – qualquer uma das coisas que um homem não pode discutir. Ou talvez ele estivesse tendo dificuldades românticas com alguma outra esposa, e Jezabel não o aconselharia sobre isso.

Mas ele não podia viver assim.

Ela não permitiria.

19

Acabe

Acabe perambulara do palácio para os jardins de Nabote. Ele encontrava paz naquele lugar, como uma fruta que ali crescia. Seu pai teria quebrado o nariz para admitir isso em voz alta, mas Acabe pensava que a natureza o ensinava.

Algumas vezes, quando ele estava em uma carruagem, o cavalo podia levá-lo a campos acidentados, e uma erva daninha, uma videira espinhosa talvez se prendesse às rodas, sem que o animal diminuísse o ritmo. Acabe sabia que o cavalo não a notaria. Não até que fosse mais e mais longe, os olhos apenas no destino à frente, e, a cada curva, a videira trabalhara no caminho dele, atada e retorcida, até que a roda reduzisse a velocidade e desequilibrasse a carruagem. Acabe, então, seria forçado a parar e cortar camada após camada de espinhos, as mãos sangrando enquanto ele esquadrinhava a videira livre. Se ele a pegasse sem demora, o trabalho seria leve e menos doloroso. Não era a videira a responsável pelo dano, mas a combinação dela com a distância percorrida.

Era isso que Acabe sentia, mergulhado em pesar, consternação por uma tarefa simples transformar-se em repreensão dolorosa. Por nada ser feito, mas apenas reduzido. Como ele poderia? Como ele poderia deixar Jezabel livre, negar seu filho com ela, bem agora, com mais um a caminho? Oh, pelo Senhor, só se tivesse dito não ao casamento. Só se nunca a tivesse beijado e conhecido como ela podia ser doce.

Ele não poderia agradar ao Senhor sem o corte disso tudo para bem longe. Ele havia chegado tão longe. O Senhor alguma vez fizera sentido a Acabe? Alguma vez lhe explicara que o mar devia ser salgado e o que ele amava precisava morrer? Deus era mais estranho que homens. Por que não satisfazê-Lo? Isso foi o bastante para Omri.

Acabe ficou espantado com a aproximação tranquila de Nabote, que aguentava um balde de sobras de vegetais. Nabote era um homem baixo, com cabelos castanhos já grisalhos que se tornavam mais finos à medida que lhe chegavam aos ombros. Havia profundas linhas ao redor dos olhos e da boca dele, e, no rosto, o nariz era o traço que mais se destacava, aparentemente muito grande, mas, mesmo assim, fazendo-o feliz. Acabe já o encontrara muitas vezes e sabia que ele era dedicado ao Senhor, portanto não se surpreendeu ao pensar nele como um homem feliz. A maioria deles ria muito, por razões que Acabe não entendia.

– Acabe! – Nabote chamou, colocando o balde no chão e envolvendo-o em um rápido abraço. – Fiquei triste ao ouvir falar da morte de seu pai.

– Obrigado.

– Você está bem? – Nabote perguntou, examinando a face de Acabe e vendo alguma coisa nela. Acabe corou, como se envergonhado, como se pego de surpresa. E por um jardineiro.

– Tive problemas – Acabe confessou.

Nabote sorriu um generoso e amável sorriso.

– Bem, já que obviamente você não está aqui tratando de negócios oficiais – ele gesticulou para deixar claro que ninguém acompanhara o rei –, venha e ajude-me no jardim. – Ele pegou o balde e começou a caminhar até uma área com sombras na qual as ervas cresceram. – Preciso colocar essas sobras no solo, pois elas o enriquecem. – Acabe não se moveu. Nabote virou-se e o chamou: – Venha. O solo é um bom remédio para homens com problemas.

Acabe seguiu-o e começou a trabalhar com as mãos, as mesmas que haviam erguido uma espada e agora empunhavam uma pequena gamela, tornando o solo mais rico para as novas coisas que viriam. Nabote estava certo: isso era um bom remédio. Acabe sentiu-se capaz de respirar profundamente, como se não tivesse realmente respirado nos últimos anos.

– Todas essas sobras farão a próxima safra melhor? – Acabe perguntou.

– Eu diria que mais forte – respondeu Nabote. – O que desperdiçamos ontem prepara o solo para amanhã. Mas só se você colocá-lo para trabalhar.

– Quero comprar isso – Acabe declarou, levantando-se.

– O quê? – Nabote continuou trabalhando, examinando cada muda de erva com cuidado, os lábios movendo-se silenciosos enquanto ele fazia algumas anotações na cabeça.

– Quero comprar seu jardim. Toda a sua terra – Acabe disse.

Nabote interrompeu seu trabalho, como se tivesse sido atacado. Então se levantou e sacudiu a poeira das pernas.

– Venha quando quiser. Jamais fecharei o portão ao meu rei.

– Não, não. Eu vou comprar isto. Venda para mim o seu vinhedo, ou, se preferir, darei a você outro em qualquer lugar.

– Meu filho – Nabote disse –, eu não posso fazê-lo. A lei do Senhor diz que a terra pertence a uma única família para sempre.

Acabe esperou para ouvir a verdadeira razão, mas Nabote nada mais disse.

– Você teme tanto ao Senhor? – Acabe disse finalmente, a voz dura e irônica, enquanto na verdade tremia por dentro ao imaginar outro homem entendendo seu medo, seu total terror desse deus sem propósito.

– Você não entende? – Nabote perguntou. – Não é o medo que me motiva; é o amor. Eu O amo tanto que jamais poderia desonrá-Lo.

Acabe assentiu, olhando o caminho que o levaria de volta ao palácio.

– É claro – Acabe disse, despedindo-se rapidamente. – Perdoe-me. Isso tudo foi um equívoco. Foi tudo um grande erro.

Jezabel

Acabe ainda não havia se alimentado e nem sequer deixara o aposento.

Obadias entrara ali, cobrindo com a mão o nariz e a boca, conforme se encaminhava direto para abrir a porta principal do pórtico. Quando o ar fresco entrou no aposento, ele posicionou-se sobre Acabe, que estava na cama olhando o teto, piscando e suspirando em pequenos intervalos. Ele não se levantara para tomar banho ou comer, e o quarto cheirava a suor e cerveja velha. O jantar da noite anterior oferecido a Acabe continuava intocado, bem como o desjejum, ambos no chão.

– O que eu posso fazer? – Obadias perguntou.

Jezabel sentou-se em uma cadeira em um canto, observando tudo. Ela havia ficado com Acabe a noite toda, e ele não dissera palavra alguma.

– Saia! – ela gritou. – Isto aqui não lhe diz respeito.

– Pare – Acabe berrou, segurando a cabeça entre as mãos, os dedos firmando o cabelo.

Obadias retirou-se furtivamente como o rato do palácio que era.

– Por que você anda tão mal-humorado? Por que não vai comer? – Jezabel perguntou, movendo-se para olhá-lo fixamente.

– Tentei fazer algo bom ontem – Acabe disse. – Eu fui humilhado.

– É assim que atua um rei? – ela perguntou, batendo no braço do marido.

– Um trono nada significa.

Nesse momento, Jezabel queria vê-lo morto, segurando-o em um poço de fogo no lugar de Temereh. A rainha dera quase tudo por um trono, e o que não havia dado era tirado dela. Nada era sagrado; nada importava, somente o trono.

– O que aconteceu? – Jezabel sentou-se na cama, bem perto de derrotar a si mesma.

Acabe também se sentou para poder olhá-la enquanto ele falava, os olhos vermelhos e inchados. O rei havia chorado.

Ela tentou não recuar.

Então, Acabe começou:

– Sei o quanto você gosta do vinhedo e dos jardins de Nabote e, então, decidi que iria presenteá-la com aquelas terras. Afinal, sabia que as queria. – Ele voltou a esse ponto novamente, conforme Jezabel notou, como se a culpasse. – Então, fiz minha oferta, e fui generoso, Jezabel, na verdade, mais do que generoso, pois ofereci a ele uma fortuna, além do fato de que Nabote poderia escolher qualquer outra terra que desejasse. Eu teria dado a ele tudo isso, mas ele me acusou de não amar o Senhor.

– Isso não faz sentido – ela o corrigiu.

Acabe estava escondendo algo, e Jezabel nunca soubera que ele era mentiroso.

– Há uma antiga lei de Javé, segundo a qual ele deu terra a cada família, mas nenhuma podia vendê-la. Mas isso foi há gerações.

– Você sabe o que me incomoda acerca desse Javé? – ela perguntou a Acabe. – Ele começou com um único altar, construído por Davi, não é? – Acabe assentiu. – Então ele tem um templo em Jerusalém e promete permanecer lá. Mas vem para Samaria e perturba nosso povo. E ele segue você para Afeque e o condena por fazer um pacto. E agora ele está em Jezreel também? Será que o mundo todo lhe pertence?

– Sim – Acabe respondeu.

– Em todos os meus anos, ouvi histórias de navegantes e mercadores e dignitários de todo império neste mundo, e jamais ouvi falar de um deus como esse – ela disse em pé, regulando cada passo de exasperação.

Acabe nada comentou, mas dirigiu a Jezabel um olhar carrancudo, como uma criança que se recusa a brincar.

Então, ela o agrediu no estômago com tanta força que ele engasgou. Acabe precisava ouvir:

– Levante-se e coma. Eu vou pegar para você as terras de Nabote.

– Eu não lhe pedi isso – ele retrucou, o que soou mais como uma declaração de inocência, para o caso de Javé estar perto e ouvir.

Jezabel riu com seu próprio pensamento.

– Não, você não pediu – ela falou a Acabe. – Eu faço isso por mim mesma.

Para o anfitrião dar uma festa, a maioria das cortes reais necessitava de no mínimo três meses de preparação. O palácio devia ser limpo, reparos feitos, decoração, pinturas dos murais e entalhes concluídos. Além disso, precisavam construir sanitários extras e trazer mesas para dentro.

Jezabel amou o furacão que havia criado no mês anterior, o barulho de atividade. Sempre que ela caminhava pelo vale, era recebida com apreços e elogios pelos homens de Acabe. E ele começou a abandonar sua melancolia conforme notava toda a agitação, e era lentamente atraído por ela.

Obadias era o participante relutante. Jezabel ordenou-lhe que matasse cem ovelhas e cuidasse para que cada prato fosse bem temperado. Em Nabote havia muita erva-doce a anis crescendo, e Obadias poderia dar-lhes um preço justo e ver o que era feito. Além disso, Jezabel pediu-lhe que testasse os músicos. Afinal, uma grande festa exigia grande música, e ela exigiu que o administrador encontrasse músicos qualificados. A rainha não se importava com que instrumentos usariam, mas queria que houvesse uma profusão de músicos espalhados pela terra.

Eles também teriam muitas mesas no terreno, separando os convidados por sexo e por posição social. No salão principal do palácio, que servia como centro administrativo, outras mesas seriam acomodadas, e no final dele Obadias colocaria a mesa do rei, na qual Acabe e Jezabel receberiam os convidados. Os anciãos ladeariam o casal real na mesa e em outras próximas. A rainha destacou bem a Obadias que queria Nabote sentado ao lado de Acabe, de modo que todos os presentes ali o vissem, e a ele caberiam grandes honras.

Jezabel disse ao administrador que, com tanta coisa para ser organizada, Acabe não se irritaria se ela usasse o selo dele. O rei ainda não havia recuperado totalmente sua disposição, e coube a Jezabel selar as ordens de compras dos pedidos maiores, pois, caso não o fizesse, um comerciante ou fazendeiro poderia relutar em enviar tantas mercadorias para o palácio. Todos queriam garantias reais. E então a rainha trabalhava às vezes até muito tarde à noite, quando os pássaros já tinham se aquietado e os insetos zumbiam pelo vale. Uma lamparina queimava sobre a mesa enquanto Jezabel, com sua própria mão, selava o nome de Acabe em documentos e contratos. E então, em uma noite, na paz que veio com o crepúsculo, a rainha escreveu um último conjunto de cartas.

Uma semana se passou, e ninguém a puxou de lado para sussurrar em seu ouvido. Ninguém a condenou pelo que havia escrito. Todos entenderam o problema, porque todos eles desejavam algo também, algo que as antigas leis teriam proibido. Jezabel representava o progresso, razão pela qual o velho deus a odiava. Mas os anciãos estavam ao lado do progresso.

E foi isto que ela escreveu no último grupo de cartas:

"Decretem um dia de jejum". Um piedoso pedido que poderia ofender ao deus de ninguém.

"Vamos terminar o jejum junto à festa real." Uma oferta generosa.

"Ofereça a Nabote um lugar de honra." Prudente.

"Encontrem dois homens de má índole." Trabalho não impossível. A seca mudara muitos homens e eles desprenderam-se de uma moral rígida.

"Façam esses homens acusarem Nabote, pois ele tem amaldiçoado ambos: Deus e o rei. Levem-no para fora da cidade e apedrejem-no até a morte." Um rei piedoso podia perdoar a calúnia contra seu próprio nome, mas Acabe escolhera adorar Javé e, consequentemente, seria forçado a defender seu deus. A ironia não passou despercebida para Jezabel. Para defender Javé, Acabe poderia ser forçado a ir contra a própria lei de Javé: o rei cometeria um assassinato.

O que deus desejaria de um rei assim?

Jezabel teria Acabe inteiramente para ela de novo.

Acabe

Acabe permitiu a seus criados que o vestissem com roupas novas. Jezabel insistira. A festa era a primeira ocasião em que as pessoas veriam Acabe usar a coroa, e ele sabia que a mulher queria causar uma boa impressão. Ela preocupava-se muito com boas impressões.

Ele ouviu o barulho vindo das cozinhas do palácio, levado pela brisa até sua janela. O ferrão da fumaça e a sedução das carnes assando, os gritos dos cozinheiros comandando os homens, carroças rangendo ao longo dos caminhos dentro e fora do palácio, transportando animais ruidosos e frutas com um doce aroma e bolos. Tanta coisa para um banquete. Acabe sorriu. Os preparativos para uma batalha teriam sido tão bem elaborados?

A festa começou ao meio-dia, e todos os convidados prósperos e de posição social pareciam ter comparecido, marcando o ambiente severo com presunção e risadas educadas. *É nisso que a riqueza e as batalhas são diferentes*, Acabe pensou. *Os ricos imaginam que sairão vivos.* Soldados raramente o faziam, o que os tornava uma companhia bem melhor.

Jezabel entrou, e ele prendeu a respiração conforme prestava atenção à aparência dela. Os cabelos estavam soltos, caindo-lhe pelos ombros, como uma jovem esposa. As joias reais que a cobriam eram de Tiro, e usava a coroa da rainha de Israel. O vestido de linho roxo era bordado com ouro e contas de prata, pendendo livremente sobre o abdômen crescendo. Jezabel irradiava prazer conforme caminhava para as mesas e os cidadãos.

Os criados alvoroçavam-se entre as mesas, todos de cabeça baixa, apenas sussurrando uns com os outros quando a festa começou. Acabe provou um queijo macio, com gosto de cebolinha, que se espalhou em sua boca, e então bebeu um gole de vinho de Borgonha, bastante forte, que estalou atrás da língua dele absolutamente perfeito. O rei sorriu para Jezabel, pois sua atenção aos detalhes fora perfeita.

A tarde transcorria bem melhor do que ele esperara, pois, como muitos dos anciãos não estavam acostumados a beber tão cedo, decorrida uma hora, vários deles já estavam bêbados. Assim, falavam de modo arrastado e coravam, capazes de ouvir a si mesmos e entender o seu constrangimento. O nobre sentado com Amon, de cujo nome Acabe não conseguia se lembrar, e nem sequer das mercadorias que vendera, levantou-se e pediu atenção. Acabe percebeu que as pernas do homem tremiam levemente, como se em terreno instável.

– Longa vida ao Rei Acabe! – o nobre gritou.

Acabe sorriu e levantou o cálice para demonstrar apreço, mas o homem não se sentou, continuando a falar: – Você é o primeiro filho de Israel que ascende ao trono de seu pai. Seu nome significa um novo amanhecer para Israel. Seu nome significa tudo para nós.

O homem está bêbado, Acabe pensou. Nenhum homem seria tão sentimental àquela hora do dia.

– Nabote tem insultado seu nome, meu senhor. Ele tem blasfemado contra você e o Senhor. Ele tem chamado para sua morte!

O estômago de Acabe contraiu-se enquanto ele derrubava a faca, quebrando uma tigela diante de si. Nabote, sentado próximo a ele, compartilhava o mesmo estado de choque.

Murmúrios erguiam-se pelas mesas enquanto dois homens levantaram-se e atestaram a veracidade da acusação. Guardas deram um passo em direção a Nabote, e então olharam para Acabe à espera de confirmação. O rei pegou seu cálice de vinho e esvaziou-o, então encheu outro cálice e secou-o. Ele podia sentir seu coração absorvendo aquelas palavras, dilatando, os tecidos estirando e diluindo.

Jezabel levantou o cálice em sua direção, o sorriso amplo e vermelho.

Acabe sabia que morreria por isso.

20

Jezabel

O banho de Jezabel no dia seguinte foi uma decepção. A água esfriou muito rápido, e Lilith pedia, aos gritos, aos outros criados que trouxessem mais e mais água aquecida.

– Rápido! Ela está no banho! – berrou.

Jezabel não conseguiu relaxar com a gritaria. Ela se levantou, tremendo, buscando panos para se secar, exatamente quando houve um burburinho de conversas na porta do aposento. Lilith recebeu uma mensagem e repreendeu os outros criados por terem falhado no banho antes de fechar a porta e olhar para sua rainha.

Jezabel levantou-se e esperou, nua e enrugada do banho, estrias vermelhas vívidas pelo abdômen, o cabelo molhado em torno dos ombros e a face sem pintura.

– Nabote está morto – Lilith falou.

– Era sobre isso que os criados estavam falando? – Jezabel perguntou. E pegou sua túnica.

– Há rumores de que você foi a responsável.

– E sou. – Jezabel sentou-se em seu banquinho de banho e começou a escorregar os pés para dentro das sandálias. – Nabote desafiou o rei baseando-se em uma velha lei. Acabe merecia aquelas terras. Então usei uma velha lei para condenar Nabote. Se o povo quer seguir velhas leis, deve estar preparado para todas elas.

– Eles dizem que você pagou a homens para mentirem – comentou Lilith.

Jezabel percebeu que ela estava se afastando em direção à porta, olhando para todos os lugares do cômodo menos para a rainha. – E se Elias ouvir sobre o que você fez? Como será se ele voltar e parar a chuva de novo? – Lilith continuou.

– Ele não tem sido visto ou ouvido por ninguém nos territórios já há muito tempo. Duvido que ainda esteja vivo. Ele estava sem proteção, e tinha talento para insultar reis.

Passos pesados ecoaram pelo corredor na direção delas, acabando com a conversa. Lilith abriu a porta e fez uma reverência para Acabe, que entrou no cômodo continuando a pisar duramente.

O rei sentou-se na cama e sinalizou dispensando Lilith. Quando ela saiu, ele gemeu, com a cabeça nas mãos.

Jezabel levantou-se e juntou-se a ele, ao seu lado na cama, as coxas de ambos se tocando.

Ela pousou a mão na perna dele e falou com ternura:

– Você não podia fazer nada.

– Nabote amava a lei – ele disse. – Ele iria querer que ela fosse julgada procedente.

Jezabel acariciou a coxa do marido.

– Vá em frente. Tome posse das terras de Nabote. Elas foram perdidas para você pelos crimes dele. – Acabe não se levantou, então ela o agarrou pelo braço, forçando-o para cima, empurrando-o na direção da porta. – Traga algo maravilhoso, e os cozinheiros prepararão para a refeição desta noite – ela lhe disse, a voz alta e confiante. – Vamos celebrar uma criança que vai chegar e a paz do inverno. – Jezabel acariciou o próprio ventre, sabendo que dentro dele havia uma criança novamente, a terceira. Ela esperava que essa gravidez fosse o fim: de crianças, e da fraqueza de Acabe.

No final do tempo que permaneceram em Jezreel, Jezabel tinha de andar para o cômodo de jantar com ambas as mãos sob a barriga para suportar seu peso. Talvez a criança lá dentro estivesse ficando bem grande, ou seu corpo estivesse ficando desgastado. À noite, ela sentia-se muito cansada, e o peso estava difícil de carregar, inclusive as pálpebras pesando. O céu escuro todas as tardes, o vento frio, as primeiras sombras que caíam pelo vale, tudo conspirava para torná-la nada mais que sonolenta. Ela deveria entreter Acabe e talvez alguns anciãos no jantar daquela noite, mas se desculparia cedo e retornaria para a cama.

Jezabel entrou na pequena sala de jantar, que acomodava não mais do que vinte pessoas, e, portanto, não tinha sido usada na recente festa. Uma mesa estava posta com duas lamparinas uma em cada ponta, e criados trabalharam rapidamente para trazer tigelas e pratos. A comida não parecia diferente. Ela gemeu internamente. Por que tinha trabalhado para tirar Nabote do caminho se os criados nem sequer sabiam o que escolher?

Vários anciãos se juntaram a ela, inclusive um que fizera a acusação na festa. Ambos foram cordiais, perguntando sobre a saúde da rainha e sobre a criança que estava chegando.

Três outros anciãos sentaram-se com eles. Dois dos homens possuíam boas casas em Samaria e viajaram com Acabe para o inverno, possivelmente para se aliviarem do clima. O outro homem era um morador local de Jezreel, e um rico proprietário de terra. Jezabel aguardava ouvir a opinião dele sobre a recente aquisição que ela fizera.

Acabe não havia chegado, então Jezabel fez sinal para Lilith se aproximar.

– Descubra por que Acabe está atrasado. Diga-lhe que seus convidados estão sentados e aguardando.

Ela assentiu e afastou-se quando um mensageiro entrou e anunciou a todos:

– O rei está indisposto. Ele não se reunirá com vocês esta noite.

Jezabel cerrou os dentes e levantou-se. Ela dormira na cama dele todas as noites do inverno, mas o marido se afastara mais e mais a cada dia.

– Por favor, desculpem meu marido – ela falou aos homens que ainda estavam olhando para a comida intocada.

Eles queriam comer, mas nenhum ousou se mover até que a rainha tivesse saído, mais preocupados com a ofensa a ela do que com o próprio apetite. *É a isso que um deus pequeno reduzia um homem*, ela pensou enquanto saía.

Então encontrou Acabe exatamente como temia: nos aposentos deles, deitado na cama, encolhido como uma bola, com o rosto virado para a parede.

– Acabe.

Ela esperou na porta com os braços cruzados, o abdômen tão pesado que doía, pois não tinha comido nada. Jezabel havia se livrado de todos os inimigos entre ela e Acabe, mas não poderia conquistar a disposição do marido. Assim, resolveu deixá-lo lá, recusando-se a dizer uma palavra de encorajamento ou questionamento.

Ela se recusou a lutar por ele mesmo que fosse uma só vez. Acabe merecia cair naquele poço e queimar.

Acabe ficou em seu cômodo por dois dias, sem permitir que a mulher entrasse, e ela estava muito cansada para brigar. Lutar por Acabe era inútil. O deus dele o havia arruinado completamente. Ele podia ter sido um grande rei.

Dois dias depois, ela entrou nos aposentos sem bater, sinalizando para que os guardas se afastassem e ficassem em silêncio. A mão de um dos guardas havia voado para a espada, e ele se moveu rapidamente para fora do alcance dela.

Jezabel sentiu o cheiro úmido do interior do cômodo. Na mesa de cabeceira havia um jarro que cheirava a cerveja velha, mais um pedaço de pão não comido e coalhada ressecada na pedra.

Ela teve de parar e respirar fundo. O bebê chutou em seu ventre. A rainha agarrou as cobertas que cobriam Acabe e as arrancou, deixando-as cair no chão. Ele ainda não se mexeu, mas gemeu, prova de que estava vivo.

– Levante-se – ela ordenou. Ele não se moveu. Ela empurrou seu ombro com uma das mãos. – Levante-se, rei! – continuou, desdenhando da palavra *rei*, à espera de que isso o machucasse. Ele tinha de reagir.

Ele sentou-se e virou para ela, o rosto manchado e vermelho, os olhos inchados. Parecia que estivera em uma luta, mas ela sabia que ele tinha permanecido sozinho no cômodo. Acabe não usava suas vestes reais, mas panos de saco, a vestimenta de um enlutado, uma tanga feita de pelos. Ela não quis ver de mais perto, mas julgou que fosse pelo de camelo ou de cabra. O peito do rei estava nu e sujo de cinzas que se espalhavam pelos cabelos também, descolorindo sua face, principalmente na linha de contorno do couro cabeludo.

Cinzas eram para os mortos.

– Você ainda está de luto por Nabote? – ela perguntou.

– Estou de luto por nós – ele respondeu.

Ela teve vontade de vomitar. Não havia fim para a fraqueza do marido.

– Existe uma antiga maldição assíria – disse Acabe –, que talvez você tenha ouvido, a qual diz que os cães arrancam sua carne nas muralhas da cidade. Veja, quando se mata um inimigo, o corpo é profanado e se permite que cães o comam. Os ossos são carregados em diferentes direções, até mesmo fora da cidade.

– Os assírios não cruzaram nossas fronteiras. Mesmo Ben-Hadade está em casa! Levante-se e tome um banho. Aja como um homem. – Ela agarrou o cabelo dele, puxando-o para cima, tentando trazê-lo para fora da cama.

Acabe agarrou o pulso da mulher e disse:

– Nós somos os mortos, Jezabel.

Ela puxou a mão para trás e ficou de pé, o ar muito frio do aposento penetrando-lhe os pulmões enquanto arfava.

Acabe balançou a cabeça, os olhos somente uma escuridão vazia, olhando as manchas negras nas mãos. Ele falou em voz baixa, não exatamente um sussurro:

– Eu vi Elias.

O aperto frio no estômago de Jezabel ficou mais forte enquanto as paredes pareciam se afastar. – Ele me acusa de ser um assassino – Acabe falou. – E diz que assassinei Nabote para pegar a terra dele.

– Por quanto tempo ele ficou em Jezreel? – ela perguntou. Quanto ele sabia? Ela pensou nas cartas que circulavam entre os anciãos. Teria Elias lido uma? Ou deus lhe teria sussurrado no ouvido? Estaria Javé ali também?

Outra seca estava vindo. Jezabel sentiu as pernas, pesadas e frias, tremerem de medo, e a cabeça começou a doer. Eles haviam acabado de se recuperar da primeira. Uma segunda, tão cedo, acabaria matando-os.

Acabe balançou a cabeça com tanta dor no rosto, que ela chegou a pensar que ele desejava essa maldição. Ele nem mesmo a olhou enquanto falava, engasgando-se em algumas palavras. A maldição de Elias balbuciava em sua voz fraca e sem disposição, a voz de uma criança perversa.

Ela apertou a mão na boca enquanto ele falava, aquele som insuportável, como óleo queimando no ouvido.

– Não é uma seca. Ele disse que a linhagem de Omri vai acabar – Acabe começou. – Deus prometeu acabar com todos os homens de nossa família, mesmo aqueles das minhas esposas menores. E quanto a você, rainha do amaldiçoado, cães irão comê-la nas muralhas de Jezreel. Qualquer um de nossa família que morrer na cidade será comido pelos cães. Qualquer um da nossa família que morrer no campo será comido pelos pássaros. Não haverá enterros, nem luto, nem vida após a morte. – Ele inclinou a cabeça para trás e soltou um gemido que a aterrorizou.

Então, com a velocidade lenta do medo e da resignação, Acabe chegou até um pote de argila na cama, pegou um punhado de cinzas e despejou sobre sua cabeça. Uma nuvem cinza-claro se espalhou da cama e rolou para envolvê-la. Jezabel se afastou; não aceitaria essa maldição nem mesmo ficaria deitada lamentando pelo trono.

Em seguida, agarrou a mesa de cabeceira e a derrubou, a comida e as louças salpicando as paredes e a cama e as vestes de Jezabel. Então pegou na cama o pote de cinzas e o arrebentou no chão, o que criou uma nuvem gigante que rolou pelo quarto. A fumaça subiu dos pés da rainha quando ela apontou um dedo para Acabe.

– Você quis a terra de Nabote. Eu a consegui para você.

Ele apenas a olhou, as lágrimas formando linhas novas através da sujeira da face. – Seus filhos foram ameaçados – ela continuou. – Sua mulher também! Levante-se e lute, ou eu mesma o mato! – ela gritou.

Acabe não se mexeu, apenas balançou a cabeça lentamente, o olhar passando por Jezabel, por sobre o ombro dela, como se estivesse vendo algo à distância que ela não via. A rainha fechou as mãos enquanto seu corpo ficou tenso, pronto para machucá-lo, para forçá-lo a sair daquela maldita cama e ir para a rua a fim de encontrar seu acusador. Lançando-se à frente enquanto levantava o punho para bater no rosto dele, toda a força a deixou. Ela desmoronou no chão, soluçando.

– Você nunca me amou – gemeu.

Ela tinha dado um herdeiro a ele, dado segurança e honra, duas coisas que ele teria conseguido com a espada. Tudo que era precioso, o nome e o futuro deles, estava perdido naquelas cinzas. A dor de ter dado o nome dela a esse homem que provou ser tão indigno disso era tão grande que Jezabel não conseguia respirar, a garganta machucada e áspera, e ela engasgou para respirar entre arfantes soluços. Desejou que pudesse voltar no tempo, que sua mãe vivesse, que Temereh a jogasse naquele poço. Todos teriam sido mais felizes.

Por fim, vendo que ele não se levantaria por ela, ficou de pé com uma força que jamais conhecera.

– Espero que você morra! O trono pertence a um homem como seu filho. Ele não será fraco como você.

Acabe, enfim, se levantou para encontrá-la, o rosto contorcido em dor ou medo. Ela não o conhecia mais.

– Como você pode ser tão cega? – Acabe gritou. – Como eu pude ser tão cego? O que eu fiz? Todos esses anos perdidos. Com você.

– É isso que você nunca entendeu, Acabe. Seu pai nunca teve a intenção de que você assumisse o trono; ele não o achava forte o suficiente. Foi por isso que ele o casou comigo. Eu era a garantia de que você se manteria no trono. O seu pai e o meu, ambos sabiam o que nós éramos.

– Por sua causa meu reino foi perdido – disse Acabe, os olhos fixos nos dela, frios e certos de sua verdade.

Ela recuou um passo e caminhou em direção à porta, o pó cinza rodopiando ao redor de seus pés enquanto andava. Então se virou para vê-lo confortando-se ao voltar para a cama de cinzas, preparado para retomar seu lamento mais uma vez. Jezabel fez suas palavras soarem claras e distintas para perfurar a névoa soturna dele:

– Eu fiz de você um rei, mas não posso fazer de você um homem.

21

Jezabel

Eles tinham paz.

Por mais estranho que fosse para Jezabel testemunhar, a paz caiu sobre todos eles desde o ano anterior. Havia paz em Samaria e paz em Jezreel. Eles tinham boas safras, e clima bom, e bons preços no mercado. Negociavam com nações vizinhas e viam suas estradas ocupadas com camelos e jumentos e famílias com crianças que corriam à frente, rindo.

Duas vezes um homem de Javé tinha prenunciado ruína absoluta para Acabe. Uma vez disseram que ele havia perdido o reino, e então foi informado de que perdera sua vida, assim como a de Jezabel e das crianças, e de qualquer homem ligado a Acabe.

Mesmo assim, tiveram paz. A sombra que deveria pairar sobre eles veio e simplesmente desapareceu.

No outono daquele ano, Jezabel teve seu segundo filho, a quem Acabe chamou de Jorão, o que significava uma exaltação a Javé. Jezabel apenas sorriu. Jorão nasceu maior que seu irmão mais velho, maior que sua irmã também, com redemoinhos escuros no cabelo e olhos castanho-escuros que espreitavam atentamente a face de quem o segurava. Ele não chorou muito, nem se contorceu, nem protestou quando tocado bruscamente.

Jezabel cuidou dele. Ela não sabia por que, mas queria fazê-lo.

– Por força – Lilith sugeriu.

A rainha olhou para cima. Lilith não havia percebido que falara em voz alta. Ela estava cuidando de Jorão quando se recostou em seu dormitório da residência da rainha em Samaria, para onde gostava de voltar, pois havia mais espaço e conforto. Especialmente desde que ela não possuía mais marido. Acabe caminhava ligeiro, olhando para trás aonde quer que fosse, recusando-se a compartilhar a cama de ambos por mais tempo.

– O que devo preparar para a cerimônia? – Lilith perguntou, levantando-se da banqueta. Ela vinha praticando escrever suas cartas na escrivaninha da rainha. Foi bom vê-la ocupando o tempo para aquelas horas desperdiçadas em Israel, as vidas desperdiçadas.

– A cor-de-rosa, com a faixa vermelha. Cores brilhantes – Jezabel disse, afagando o cabelo de Jorão.

A criança parou de mamar e flutuou para o sono. Ele estava quente, aconchegado na mãe, mas esse calor carnal era tudo que compartilhavam. Jorão nada mais era que uma recordação de que ela havia fortalecido o direito de Acabe ao trono, e o rei não era forte o bastante para mantê-lo. Ela desejou não ter tido Acabe, mas também desejou que um pouco de seu espírito fluísse para o dele. Se ele era feroz, se ele conversava com a escuridão e não estava com medo, poderia sobreviver. E Jezabel queria algo da vida dela para sobreviver e contar uma história. Se ela não poderia derrotar esse deus, se ela não poderia ter um homem de verdade como marido, pelo menos alguém poderia advertir os outros.

Uma sombra passou pela janela à medida que uma nuvem passou rolando e obscureceu a luz. Aproximava-se outra tempestade. Um vento forte soprou pela sala, tombando no chão a estátua de Asherah, a face de pedra inalterada. Então Jezabel ergueu o rosto para a lua e chorou sem lágrimas.

Seguiram-se três anos de paz e prosperidade. Israel renovou seu pacto com Tiro, e Acabe prometeu Atalia a Jeorão, filho do rei em Judá. Israel, que poderia ser unida pelo casamento com as tribos do sul, prosperou, e as crianças cresceram.

Os sonhos de Jezabel aumentaram sem vida e estranhos. Já não mais a amedrontavam com visões, mas a esgotaram em seu silêncio abjeto. Ela sonhava com trevas sem cor. E sentia-se grata ao acordar, gelada e com as roupas de cama molhadas de suor, arfando de alívio ao ver o sol invadindo o quarto.

Acabe, antes tão ansioso por amá-la, evitava-a. Ele poderia ter sido um grande rei com Jezabel ao seu lado, mas faltava-lhe a força da mulher. No entanto, ela tinha filhos. Havia ainda um modo de tornar o nome de Jezabel grande, se ela usasse bem as crianças.

Em um amanhecer, ela sentou-se na beirada da janela, quando a lua cheia ainda estava alta. Muito longe, a rainha do céu estava chamando as marés, as águas subindo e revelando os tesouros que tinham ocultado no fundo, em uma praia que Jezabel nunca veria novamente. Insetos zumbiam, e ela ouviu o ruído de uma prensa de azeitona à distância. Um dos anciãos que viviam nas redondezas devia ter criados trabalhando até tarde, pressionando azeitonas para a chegada do inverno. A seca ainda assombrava os ricos, e nenhum deles deixava o futuro ao acaso. Assim, cada azeitona foi arrancada e pressionada, cada vegetal arrancado e armazenado.

Firmes, cascos de cavalo aproximaram-se e passaram. Jezabel debruçou-se entre os pilares para ver quem saía do palácio àquela hora. Era apenas um homem carregando as cores de Tiro, o qual não conduzia o camelo com pressa, indicando que não se tratava de um negócio urgente. Permanecendo ali, na escuridão da pequena Asherah, Jezabel de repente entendeu por que ele viera. Uma nuvem branca rolou à frente da lua, uma mortalha pairando sobre aquele brilho.

O pai de Jezabel estava morto.

Ela procurou seu coração, mas não havia tristeza nele. O pai havia desperdiçado o reinado. Jezabel não desperdiçaria o dela. Não desperdiçaria seus próprios filhos.

Obadias

O palácio ocupado era um conforto para Obadias, que assim cuidava dos registros e supervisionava as tarefas diárias de verão. A qualidade dos papiros do Egito melhorara, mas ele sentia-se grato pelos fenícios, que lhe forneciam material melhor. Papirus cheiravam mal à medida que envelheciam, mas, mesmo assim, Obadias amava a maneira como eles absorviam a tinta, complacentes e sedentos, ansiosos pelas palavras.

Na noite anterior, Obadias havia acabado de gravar os presentes enviados para Tiro. O pai de Jezabel morrera, mas ele tivera um filho com uma das concubinas, chamado Baal-azzor, o qual assumira o trono em Tiro, razão pela qual o administrador enviaria grãos e ouro e especiarias como presentes. Obadias demorou a aparecer naquela manhã, cansado das longas horas inclinado sobre sua escrivaninha. Os ombros dele doíam, e assim ele teve de se forçar a ficar em pé e se mover. Havia muito trabalho pela frente.

Josafá, rei de Judá, iria fazer uma visita oficial, atendendo à ordem de Acabe, que especificara apenas que tinha negócios urgentes a discutir. Josafá concordou em ir, e a data foi definida, após três mensageiros e catorze papiros selarem a visita.

Conforme as horas passaram, Josafá comprovou suas palavras, sua comitiva lotando o palácio. Os anciãos de Israel deram as boas-vindas aos anciãos que acompanhavam Josafá. Nas estalagens se hospedaram os acompanhantes menores e os criados. Mais uma vez, Obadias encomendou grandes quantidades nos mercados, e as ruas explodiam em pessoas e animais e mercadorias entregues no palácio. O tempo havia passado rapidamente, fazendo o administrador lembrar-se dos anos de tumulto, antes de os anos de paz terem acalentado o sono de todos.

Tarde da noite, após todos estarem acomodados e dormindo, cansados da longa jornada, Obadias foi chamado ao aposento de Acabe, onde a cama estava arrumada e, na mesa, havia vinho e frutas. Na escrivaninha, sobre um tapete, acomodavam-se pergaminhos.

Acabe saudou Obadias com um aceno de cabeça formal, mas seus olhos não encontraram os do administrador. Na verdade,

Acabe tinha problemas em encontrar os olhos de qualquer um. Três anos de paz, e o rei não havia sentido nada disso, mais desanimado a cada ano, atormentado pelo presságio que pairava sobre sua cabeça.

– Ramote-Gileade pertence às tribos do norte, mas ainda está sob o controle de Ben-Hadade – Acabe disse.

Obadias assentiu. Era verdade. Ben-Hadade fora poupado, o que permitiu o acesso de Israel a mais mercados, mas ele nada mais fizera. Nunca se tornara um verdadeiro aliado, somente um inimigo adormecido. Acabe continuou:

– É por essa razão que chamei Josafá até aqui. Quero que ele vá à guerra comigo e retome Ramote-Gileade.

– Josafá não tem um exército poderoso – comentou Obadias.

– Eles têm o Senhor – Acabe retrucou calmamente. – Quando enfrentei Ben-Hadade no passado, Deus estava comigo.

Acabe sentou-se à escrivaninha e descansou a cabeça nas mãos. Então ele suspirou profundamente, como um homem que havia pensado muitas vezes no que deveria dizer, e olhou sério para Obadias. No entanto, os olhos estavam vazios. Obadias viu a derrota despencar sobre os ombros do rei, o tempo riscando marcas na testa e em volta dos olhos de Acabe, enquanto ele se movia como se sob o peso de grilhões.

– Você quer ser um grande rei – Obadias disse.

– Não – ele respondeu ainda calmo –, é muito tarde para isso.

– Então, por que reaver Ramote-Gileade?

– Deus esperou para levar minha vida. Há ainda uma chance de que eu consiga mudar a intenção Dele. Eu posso fazer alguma coisa.

Uma opressão sobrecarregou o ar.

O peito de Obadias começou a palpitar, repleto de palavras que exigiam ser ouvidas. Mas aquele não era o lugar para dizê-las.

Ele poderia não dizê-las.

Mas, então, ele disse:

– Isso não é sobre você, Acabe. É sobre Ele. O Senhor odeia Jezabel porque crianças foram sacrificadas para os deuses dela. Crianças, e algumas dadas voluntariamente por pobres mães jovens que não podiam alimentá-las; algumas dadas porque nasceram imperfeitas; algumas roubadas. Ela invoca os deuses Baal e Asherah. Alguns os invocam por prazer e liberdade, mas eles não são nem uma coisa nem outra. São demônios. O Senhor está colérico porque você permitiu a Seu povo adorar demônios e matar criancinhas! – O céu da boca de Obadias queimava conforme as palavras se precipitavam, salvando-o da morte faminta que se agarrava de forma invisível a Acabe.

Obadias havia lido a verdade, ele a conhecia, mas pronunciá-la era um novo e assustador poder, grosseiro e brusco, ainda que o maior que ele já gozara. A cabeça do administrador zumbia, a força das palavras verdadeiras afinal faladas, deixando-o atordoado.

A expressão de Acabe não mudou. Como se nada tivesse ouvido, ele falou de direitos e cidades:

– Ramote-Gileade é nossa por direito. Obadias, você pode confirmar isso nos registros de nossa história. Se eu for contra Ben-Hadade, se eu conseguir atacá-lo na batalha, conforme o Senhor desejou, poderei fazer tudo certo com Ele. Talvez então consiga revogar a maldição que lançou sobre meus filhos. Posso até enfrentar a morte se souber que salvei meus filhos.

– Quantos filhos precisarão morrer para você, Acabe, até que faça o que é certo? – perguntou Obadias.

Mas o rei não o ouviu.

22

Jezabel

Por fim, após tantos anos de sofrimento, Acabe decidiu agir como um rei. Ele iria tornar-se merecedor da coroa que recebera. Jezabel o havia odiado por isso mais e mais com o passar dos anos; isso que ele recebera era aquilo pelo que ela tinha lutado e perdido, e então ele herdara nas costas dela. Ela entendeu o desdém de Omri pelo seu filho.

Lágrimas rolaram pelo rosto dela e lhe caíram no colo. A mancha se alastrou, a escuridão que formava aumentando o caminho, movendo-se rápido, atirando-se nos joelhos da rainha conforme crescia e cobria-lhe as vestes, a escuridão alcançando o ventre, espalhando-se para cima em direção ao pescoço. Ela a observou, paralisada. Havia anos não via suas próprias lágrimas.

Os dois reis foram anunciados, e Jezabel ficou de pé, os joelhos tremendo pela descoberta das lágrimas. Ela comprimiu a mão na face, para senti-las antes que desaparecessem. Nunca mais voltariam. Com um rei de verdade como marido, a rainha nunca mais choraria.

Josafá e Acabe entraram na sala do trono e sentaram-se com Jezabel à mesa que tinha sido colocada para a primeira refeição do dia. Cada um vestia roupas reais, uma túnica longa multicolorida sobreposta por outra mais curta de linho branco, com faixas bordadas que capturavam a luz da manhã. Josafá usava um manto externo púrpura e uma faixa com aplicações vermelhas. Acabe estava com seu manto vermelho e uma faixa dourada com grânulos de ouro.

– Você aprova minha querida filha? Você está contente com o acordo? – Jezabel perguntou a Josafá, entregando-lhe uma tigela de uvas.

Ele as pegou, mas passou-a adiante.

– Ela é linda, como a mãe.

Jezabel tentou um sorriso enquanto recebia uma tigela de tâmaras recheadas com amêndoas e fritas no mel.

– Atalia será uma excelente rainha um dia – Jezabel falou. – Uma rainha forte em Judá, e uma rainha forte em Israel.

Josafá engasgou com o leite que bebia e limpou a garganta, levantando a mão para que os criados não o ajudassem. Ele olhou para Acabe, em seguida para ela, enquanto lágrimas do contratempo lhe brotaram nos olhos.

– Minhas desculpas – ele disse.

– Ter uma filha primeiro sempre foi visto como um insulto dos deuses, mas isso é errado – Jezabel comentou, ouvindo sua voz alta e aguda como se alguém falasse por ela. – Embora nosso trabalho seja diferente, não temos medo de um pouco de sangue. Nós nascemos governantes.

Acabe se levantou e disse:

– Josafá e eu temos trabalho a fazer. – E então os homens saíram

Jezabel tinha a sala do trono para si, o que lhe agradava. Ali ficou em pé, respirando profundamente, sussurrando o nome da deusa. Como fora longa a estrada, mas, finalmente, podia ver o fim.

A corte real de Josafá entrou na noite seguinte, seguida pela de Acabe, inclusive Amon e os dois filhos da rainha. Atalia não estava presente. Ela já tinha ido para Judá? Jezabel quisera ensinar a ela mais. Os garotos, entretanto, pareciam bem e fortes, embora a rainha não tivesse conseguido que o mais velho conversasse com ela. O pequeno Jorão era rechonchudo e nunca sorria, e ela pensou que o filho poderia ser um bom rei.

Eles permaneceram sentados por uma hora, esperando o retorno do rei, quando Jezabel chamou Obadias e perguntou-lhe:

– Os reis não retornaram dos portões da cidade?

– Eles voltaram – ele respondeu – e foram diretamente para os aposentos administrativos a fim de se prepararem para a batalha.

– Sem jantar? – Isso era uma quebra do protocolo, um insulto àqueles que ali se reuniam. Israel não estava sob ameaça. Então, Jezabel ficou em pé e levantou seu cálice. – Como vocês devem saber, os grandes reis Josafá e Acabe se reuniram para discutir um plano que beneficiará ambos os impérios. Embora as tribos não estejam mais unidas por um rei, ou um deus, elas podem estar unidas pela prosperidade. Perdoem a meu marido, seu anfitrião, por não se juntar a vocês nesta noite, quando celebram o futuro.

Com isso, Jezabel deixou o banquete, liderando os guardas que trotaram atrás dela. A segurança era maior quando havia tantos estranhos no palácio, mas a rainha não esperou que os guardas a escoltassem. Ela sabia para onde estava indo. Ela sabia o que encontraria.

Obadias tinha dito que Josafá e Acabe estavam nos aposentos da administração, onde faziam planos para marchar sobre o insuspeito Ben-Hadade.

Josafá olhou, as sobrancelhas levantadas quando a viu, um temor evidente no rosto. Acabe ergueu os olhos e a expressão austera se aprofundou.

– Vá aos números novamente – ele ordenou.

Josafá lhe obedeceu, pois era o rei menor, com menos tesouros.

– Posso falar a sós com meu marido? – ela pediu a Josafá, que assentiu tão rapidamente, sugerindo à rainha que se sentia grato por sair. Talvez ele pudesse pensar mais claramente sem Acabe.

– Eu não a quero aqui – disse Acabe. Ele a olhou, e ela viu a fraqueza familiar e um homem acuado.

– Você partirá logo? – perguntou Jezabel.

– Nesta semana. Três dias, se eu conseguir agilizar Josafá.

Ela assentiu e pegou um banquinho perto da mesa, olhando os pergaminhos. Parecia tudo em ordem. Ele estava fazendo a contagem de homens e suprimentos e projetando o que estaria esperando-o em Ramote-Gileade.

– Não houve nenhuma notícia – ela disse.

Nenhuma notícia de Ben-Hadade, nenhuma notícia de Ramote-Gileade, nenhuma razão para encaminhar essa guerra tão rapidamente. Ele não tinha qualquer plano que não fosse atacar. Algo o estava impelindo.

Acabe a agarrou pelo braço, levantando-a do banco e aproximando-a do rosto dele. Ela sentiu um aperto no estômago e pensou que ia beijá-la, mas ele apenas a virou na direção da porta e a colocou sobre os pés com firmeza, empurrando-a naquela direção.

– Saia – ele disse.

Jezabel cravou os pés nas sandálias para se firmar mais, virando-se, em clara recusa a atender o marido. Um pesadelo começou a se desdobrar em sua mente.

– Foi Elias? Você o viu?

– Isto era o que eu precisava ter feito anos atrás – ele disse.

Os pelos do braço de Jezabel se eriçaram quando ele pegou a espada de Moisés e a apontou para o coração dela, os olhos cheios de ódio.

– Eu jamais deveria ter permitido a adoração a Baal e Asherah. Seus sacerdotes sacrificaram crianças e praticaram abominações. Mas meu crime foi o pior.

Ela deu um passo na direção de Acabe, as mãos levantadas e os dedos abertos como se estivesse se preparando para pular tal qual um animal. A ponta da espada se apoiou contra o coração da rainha. Ela desejava que o marido ousasse fazê-lo, mas ele não fez.

– Você é um grande impostor, atraindo seu povo para longe do deus deles. Eu nunca me afastei de meus deuses! Eu servi a eles, e servi a você, e servi à nação de Israel.

Ele lançou a espada com um grito, direcionando-a para o batente da porta. A lâmina reverberou, a batida seca enchendo o silêncio.

Acabe balançou a cabeça, a loucura tornando-lhe os olhos arregalados e escuros, extensões vazias de dor que ela não podia nomear.

– Eu amo você – Acabe falou, a voz sem vida. – Deus me perdoe por isso.

Obadias

Obadias registrou todos os preparativos para esse ataque surpresa, as lágrimas misturando-se com a tinta enquanto escrevia. Um novo *asu*, outro importado de Tiro, oferecera a ele um sedativo depois de ouvir, da sala de refeições, os soluços de Obadias enquanto Jezabel recepcionava seu crescente quadro de novos sacerdotes e trabalhadores.

As lágrimas de Obadias caíam, e os ombros do administrador balançavam enquanto trabalhava, tendo recusado a bebida. Dor pelos pecados de outros era o preço que ele tinha de pagar por contar a verdade. Talvez a dor e o poder e a verdade sempre caminhassem juntos. Talvez, com o tempo, ele aprendesse isso. Talvez tenha sido por essa razão que Acabe falhara como rei, porque seu coração nunca se entristecia com nada que não fossem as perdas de sua própria infância.

E talvez tenha sido por esse motivo que Acabe não o ouvira quando lhe contara a verdade. O profeta que ali estivera falara isso, Obadias tinha certeza. A verdade tinha o som certo para aquela situação.

Mesmo assim, três dias depois Acabe marchou para Ramote-Gileade, como queria. Ele recusou-se a permitir a Obadias juntar-se ao grupo, e o administrador andou como um cachorro frenético enquanto Acabe e Josafá lideravam os homens pela rua principal de Samaria, até os gritos das tropas que esperavam nos limites da cidade.

– Nada de bom virá disso – ele gritou, embora ninguém o ouvisse. – Você escutou o que o profeta disse.

Ninguém ouviu, embora isso o exasperasse. Obadias sabia que tudo era o preço da verdade.

JEZABEL

Mais duas semanas se passaram, e Jezabel sentou-se, encolhida e tensa, no trono revestido com desenhos de bois e leões em marfim, todos caídos na batalha, bocas abertas, línguas pendentes, olhos vagos arregalados. Ela própria havia escolhido os desenhos e devia sentir prazer em, afinal, sentar-se no trono de rainha. Mas, ao contrário, ela não sentiu nada além de um vazio imenso que havia devorado seu caminho ao longo da vida.

Obadias foi anunciado e aproximou-se, olhando para trás, onde estavam as portas, os passos ecoando pela sala vazia, que parecia solitária. Havia apenas algumas semanas, aquele lugar fora o centro de dois impérios, com soldados nas ruas encenando lutas, somente como diversão, e cantando canções até tarde da noite. O vazio tinha invadido Samaria também.

– Acabe estava irritado comigo antes de partir – ela falou.

Obadias exalou, mas seus olhos não se desviaram.

Ela fez uma pausa, considerando que o administrador ainda era uma ameaça. Na verdade, ele soava como um enigma. E toda Israel também.

– Acabe partiu para a guerra sem realizar uma cerimônia oficial – Jezabel continuou. – Ele não pediu a bênção de seu deus, agindo como um homem que fugia sob o disfarce da noite, ainda que seja um rei indo para guerra. Por quê? O que aconteceu ao homem que conheci um dia?

– Como eu poderia saber o que estava no coração do rei?

Obadias escondia alguma coisa, o que se tornava evidente pela maneira como seu pescoço enrijeceu ligeiramente antes de responder. No entanto, ele não sentia medo, não dela, pois manteve o olhar muito firme. Seria porque sentia medo por ela? Esse homenzinho de palavras e papéis, com medo de machucar a rainha-mãe?

– Fale, Obadias. Não me poupe – ela pediu sem rodeios, muito cansada para se ofender.

Obadias obedeceu, mas abaixou a voz, e os criados no aposento ficaram impedidos de ouvir.

– O rei decidiu ir à guerra por Ramote-Gileade, e então Josafá pediu que os profetas de Javé fossem chamados. Ele queria consultar o Senhor se essa decisão vinha Dele.

– Elias estava lá? – perguntou Jezabel.

Quem mais poderia ter afetado Acabe de forma tão violenta? De quem mais Acabe fugiria?

– Não. Seus quatro novos profetas falaram pelos seus próprios deuses. Eles foram reunidos por um louco da vila, que usava chifres na cabeça e dançou para o rei.

– Acabe chamou meus profetas? – Jezabel não pôde esconder sua surpresa.

– Sim. E eles profetizaram vitória. Mas Josafá não estava contente com Acabe, por ele consultar quem falava por Asherah. Josafá queria ouvir um profeta de Javé.

– E ele encontrou algum? – ela perguntou. Um impulso frio a levou a inclinar-se em seu trono.

– Você sabe que eu os matei. Seus pergaminhos foram de grande ajuda para saber quantos eles eram, e onde estavam.

O rosto do administrador permaneceu como uma pedra indecifrável, as palavras de Jezabel não surtindo qualquer efeito, como flechas que caíam depois de bater em um escudo de bronze. Ela se recostou no trono, observando-o pelo canto do olho.

– Um profeta restou em Samaria; ele se chama Micaías – disse Obadias. – Micaías teve uma visão de Deus sentado em seu trono, com todos os exércitos do Senhor presentes. Deus perguntou a sua corte: "Quem irá a Acabe e o convencerá a atacar Ramote-Gileade, para que ele morra?". Muitos se ofereceram para incitar Acabe a ir para sua morte, mas um espírito se adiantou no meio dos outros para se posicionar na frente do Senhor, dizendo: "Eu vou convencer o homem". E o Senhor perguntou: "Como você fará isso?". Toda a corte fez silêncio, pois o espírito era o mais velho entre eles, e o mais cruel, e seu nome era Legião. "Eu vou enganá-los a todos. Mentirei para aqueles que eles procuram, os profetas, e eles vão mentir para o homem, o rei. Eu não possuo arma maior que a mentira que um homem quer desesperadamente ouvir". Então o espírito veio para a terra e enganou os profetas de Asherah, que enganaram o rei. Somente Micaías falou a verdade.

– E que verdade era essa que Micaías contou? – Jezabel perguntou.

– Acabe vai morrer em Ramote-Gileade.

A rainha se levantou de seu trono.

– Mentiroso! – Guardas correram dos cantos do aposento enquanto ela se lançou de onde estava e agarrou Obadias pela frente de suas vestes. – Você não sabe o que é verdade.

Os guardas arrastaram Obadias para fora enquanto ela tremia e lutava para respirar, espumando saliva acumulada nos cantos da boca. Então ouviu um trovão, o ronco baixo desse distante deus Javé. Ele estava ali em Samaria também. Estava na sala do trono com ela; Jezabel pôde sentir a presença dele quando o ar ficou espesso com sabor de relâmpago e fumaça. Ela virou-se muito lentamente para olhar o trono, prendendo a respiração, fria como gelo, nos pulmões. Embora não visse nada, ele estava ali, sentado no trono de Israel. Uma força indescritível a fez se ajoelhar, impelindo seu rosto contra as pedras do chão enquanto ela gritava profanações.

Após a segunda vigília da noite, quando Jezabel ainda não tinha se movido, os guardas chamaram Lilith, pois nenhum deles ousara entrar no aposento. A Presença não se dissipou até a terceira vigília da noite.

Lilith correu pelo piso, os pés suaves e rápidos soando como patas de camelo. Pensou em Jezabel, a mente distante, pensando em infinitos oceanos turquesa, uma terra onde havia sonhado em crescer e usar uma coroa. Ela desejara atirar sua coroa nas águas turquesa e observá-la afundar na escuridão eterna. Mas o Senhor lhe mostrara que ela havia realmente herdado a coroa e a usaria para sempre em uma terra onde a água queimava e os mortos mastigavam e coroas eram tornos que esmagavam.

23

Acabe

Na primeira noite em que acamparam, Acabe sentou-se perto do fogo, longe da companhia de Josafá. Os sons dos homens preparando-se para a batalha permaneceram a noite com ele; mais tropas viriam encontrá-los pela manhã, enquanto cavalgavam, e ainda mais tropas haviam chegado do Egito. Ele sentia falta de Obadias. O que ele fizera para que seu amigo fosse embora? Ou melhor, o que ele não havia feito? Parecia ter passado tanto tempo.

– Meu rei se importa de caminhar para longe do acampamento e ver o céu da noite? – um criado perguntou enquanto mexia o grão de bico no fogo. Então lançou um punhado de sal e, em seguida, retirou a tigela de cozimento e colocou-a de lado, levantou-se e ofereceu a mão a Acabe. Era um menino de aproximadamente doze anos, o ventre um pouco estufado, cabelos castanhos e grandes olhos verdes, as bochechas ainda de criança, suaves e cheias, e estava calmo. Essa não era a primeira batalha dele, na opinião de Acabe.

– Seu pai? – Acabe perguntou.

– Com seus cavalos – o menino respondeu.

Acabe levantou-se, e o menino lhe abriu o caminho, batendo levemente à frente dele com sua equipe e espantando as coisas venenosas de volta para sua cova na noite. Um animal estava no caminho deles, observando-os com pouco interesse, e nem sequer correu enquanto eles se aproximavam, apenas caminhando deliberadamente para dentro do mato. O menino sorriu e continuou escolhendo caminho para um local elevado, acima de onde estavam. Ele esquadrinhou o lugar vazio de pedras afiadas e fez um gesto para Acabe sentar-se. As estrelas da noite espalhavam-se diante deles.

– Todos os filhos do Senhor – o menino sussurrou, apontando as milhares de luzes.

Acabe sorriu.

– Você sabe sobre Abraão.

O menino encolheu os ombros.

– Eu amo histórias.

– Foi Obadias que escolheu você para me acompanhar, não é? – Acabe perguntou.

O menino assentiu e olhou as estrelas.

– Obadias ama histórias, mas acho que ele ama você também.

Acabe sorriu e desenhou na areia com a ponta de uma vara. O que ele poderia dizer a uma criança de doze anos? Poderia explicar como um reino se perdera?

O rei sorriu novamente e deu um leve tapa no ombro do menino.

– Diga a Obadias que eu amava histórias também.

A carruagem de Acabe, carregando as cores do rei, voltou uma semana mais tarde, em uma manhã, quando a névoa branca envolvia os verdes campos férteis, fazendo a estrada poeirenta parecer um arranhão contra a pálida carne nua. As rodas agitavam-se e a névoa rodopiava, enquanto sentinelas nas torres gritavam de alegria. Os batedores de tambor, espancando peles de animais estendidas transversalmente em tonéis de madeira, começaram a soar uma lenta e agitada pulsação.

– O rei voltou!

Trombetas foram sopradas, e Samaria explodiu em atividade.

Jezabel estava vestida para o dia, revendo os pergaminhos com as contas do palácio, e, quando ouviu as trombetas, seu coração saltou. Acabe voltara! Ele estava vivo, e o profeta de Javé provou ser um mentiroso. Ela nem sequer se preocupou em enrolar os pergaminhos, e apenas saiu correndo do aposento, ansiosa por ser a primeira nos degraus para receber o rei. Lilith não poderia contê-la.

– Pegue meus filhos e peça-lhes que se juntem a mim nos degraus do palácio – Jezabel falou para ela.

A rainha estava no lugar em pouco tempo, enquanto os anciãos derramavam-se de seus cavalos e viajantes afastavam os animais das ruas para abrir espaço para a procissão. Ela ficou na ponta dos pés, com o rosto erguido para o sol resplandecente, que havia devorado cada nuvem à vista.

Conforme a carruagem atravessou os portões da cidade, uma imensa alegria dominou o local. Mulheres levantaram as mãos e dançaram, e os anciãos gritavam e acenavam a cabeça uns para os outros, como se todos tivessem certeza. Como se não soubessem o que o profeta havia dito.

Um estranho murmúrio seguia a carruagem. A multidão aproximou-se, ansiosa por tocar Acabe e elogiar sua vitória, mas, tão logo se encaminharam para a carruagem, ele caiu para trás, como se atingido por uma seta. Mulheres agarraram seus filhos, forçando-os a recuar, escondendo-os sob as vestes, as faces contorcidas de medo.

Acazias e Jorão se uniram a Jezabel nesse momento, acompanhados das babás, mas ela não parou para saudá-los. A rainha começou a abrir caminho através dos anciãos e criados e aqueles agregados da corte real. Acazias tentou segui-la.

Jezabel empurrou homens que estavam estarrecidos e imóveis, e mulheres que a agarraram, pedindo-lhe que não olhasse. Mas ela lutou contra a multidão confusa e perturbada de samaritanos, com os filhos com ela, até que chegou à carruagem, que viera parar ao lado de um poço na extremidade inferior da cidade usado para lavar e para tarefas sujas.

O cocheiro desviou o olhar quando viu Jezabel se aproximar.

Os passos dela tornaram-se mais lentos, assim como a mente. Ela viu os próprios pés enquanto os levantava da sujeira e elevava pelo ar, apoiando-os novamente, uma pequena nuvem de poeira expulsa a cada passo. Jezabel olhou para a carruagem, com suas ripas de madeira presas firmemente lado a lado, manchada de vermelho-escuro. Uma marca de mão, clara e forte, descia como uma mancha até a parte inferior. Alguém tinha sangrado quando alcançaram a carruagem do rei. Ela andou novamente até chegar à parte de trás da carruagem, os olhos vendo tudo simultaneamente. No entanto, a mente captou apenas pequenos detalhes: o modo como os meninos gritaram atrás dela, a cor verde do rosto de Acabe, o modo como o sangue seco nas vestes do rei havia trincado e virado uma crosta, os insetos rastejando pelos ferimentos. Os olhos permaneciam abertos, mas imóveis nas órbitas e cobertos por uma membrana, como se o corpo observasse Israel de um lugar distante.

Ele estava morto.

Jezabel afundou no chão. Sabia que estava livre dele, mas essa liberdade machucava, sem emitir qualquer prazer. Ela o olhou novamente e percebeu que Acabe nunca fora a fonte da dor que sentia. Como era possível que homens a tivessem feito sofrer e, mesmo quando se livrara deles, o sofrimento continuava? Que mistério era esse?

Ela se levantou e o beijou na boca, imaginando se ele ainda podia senti-lo, se o espírito do rei pairava ali próximo. Quando ela se ergueu e afastou, Acazias chorou alto. Jezabel sentiu o gosto do sangue de Acabe nos lábios.

Obadias caiu de joelhos, chorando. Ele estava do outro lado da carruagem, perto do corpo de Acabe. *Ele sempre foi mais próximo*, ela pensou.

Então Jezabel ouviu o gemido do administrador se tornar uma palavra cantada:

– Não. – Ele chorou mais e mais. – Não.

– Seu deus estava certo – Jezabel disse a Obadias, que parou de se lamentar e a olhou, como se estivesse vendo um estranho. – Seu deus estava certo – Jezabel repetiu. – Fique contente.

Obadias reuniu suas forças e encarou o corpo; em seguida, pousando as mãos sob as pernas e o torso de Acabe, levantou o rei da carruagem. Obadias levou o corpo pendido de Acabe pelas ruas de Samaria, recusando que qualquer um o tocasse ou ajudasse. Jezabel seguiu atrás. O administrador carregou Acabe até a escadaria do palácio que Jezabel trouxe à vida. O marfim e o ouro cintilaram para ela enquanto engoliam Acabe para dentro.

Atrás da rainha, uma mulher sussurrou:

– Quem vai ser o rei?

Jezabel percebeu que ela estava falando dos filhos de Acabe.

– Seu rei é Acabe – Jezabel gritou, virando-se para a multidão, à procura da mulher que ousara falar uma coisa estúpida dessas. – Você já se esqueceu disso? Acabe é o seu rei! E você nunca o amou! Nenhum de vocês!

Jezabel cerrou os dentes até não poder respirar. Ela se firmou antes de continuar andando, mas, quando o fez, algo começou a tomar forma em sua mente, como um discípulo fazendo um enorme esforço para criar suas cartas. Ela esperou enquanto as palavras se encaixavam.

– Não – sussurrou.

A profecia de Javé caiu sobre a rainha como uma aranha caminhando pelo seu pescoço.

Eu lhe trarei desgraça. Vou cortar seu nome e matar cada homem ligado a você.

Deus estava sempre certo. Jezabel agarrou a mão de Acazias. Para onde poderia fugir? Ela deu voltas e mais voltas; o sol também brilhava, zombeteiro, cegando-a enquanto ela procurava abrigo. Jezabel não podia enfrentar o trono nem ficar nas ruas. O Senhor estava ali. E ele iria abater seus filhos. E iria abatê-la, e cães lamberiam seu sangue.

Mas, então, um som áspero a confortou, o som de uma serpente movendo-se pelas ruas. Ela olhou nos vãos das portas e entre os pés de todos que a rodeavam, mas não pôde vê-la. A serpente, no entanto, se movera lá também.

Jezabel limpou sua boca, e a mão voltou vermelha. Sim, o Senhor iria atacá-la.

Mas não agora.

Posfácio

... um pouco mais...

Quando um encantador concerto chega ao fim,
A orquestra pode oferecer um bis.
Quando uma bela refeição chega ao fim,
é sempre bom saborear um pouco de sobremesa.
Quando uma grande história chega ao fim,
Imaginamos que você talvez quisesse protelá-la,
e, assim, oferecemos...

Carta aos leitores

Jezabel reinou em Israel por aproximadamente sessenta anos, quando veio a falecer já idosa, por volta dos setenta ou oitenta anos. Incorretamente retratada como sedutora, Jezabel dependia, na maioria das vezes, da coragem crua e do intelecto.

Há alguns anos, descobriu-se um *tophet** na velha cidade de Carthage, fundada pelo povo de Jezabel. Acredita-se que esse *tophet*, um termo hebreu para "o lugar de queima", remeta ao povo fenício e abrigue os restos queimados de mais de 20 mil crianças.

O sacrifício de crianças não era uma prática rara entre os anciãos, mas essa evidência sugere que os fenícios estavam engajados nessa atividade num número sem precedentes. Naturalmente, nenhum país moderno quer ser associado a uma história tão macabra. Mais de um governo posicionou-se contra novas escavações para verificar o que mais poderia ser descoberto a respeito dos dias de Jezabel como a rainha mais abominável de Israel.

Os leitores modernos provavelmente não conhecerão mais sobre ela, embora exista um fragmento de texto que se revele surpreendente. Na cena em que Jezabel é levada pela primeira vez até Samaria, canta-se em honra da então

* Segundo a Bíblia hebraica, *tophet* era o local onde se sacrificavam crianças. (N.T.)

princesa, poema que você conhecerá melhor no Salmo 45. Estudiosos acreditam que tal texto possa ter sido escrito como um poema de casamento para Jezabel e Acabe. As palavras usadas pelos fiéis cristãos para adorar nosso Deus talvez sejam as mesmas que já se cantaram para agradar a Jezabel.

Em outra reviravolta estranha, Jezabel tem se tornado uma improvável heroína popular de uma nova geração de feministas, que elogiam a força feroz da rainha em uma época cujo poder era exercido pelos homens. Apesar de terem descoberto o selo de Jezabel em uma escavação feita em Israel – um anel com seu nome e símbolos antigos –, os segredos de seu reinado talvez estejam enterrados para sempre.

Até que nos encontremos,
Ginger Garrett

Recursos

Existem várias obras que consultei e recomendaria à sua biblioteca: *Chronological and Background Charts of the Old Testament* e *The IVP Bible Background Commentary: Old Testament*, de John H. Walton.

Eu também gostei de *Holman Bible Atlas* e de *Holman Book of Biblical Charts, Maps, and Reconstructions.** Naturalmente, em muitos detalhes inspirei-me na revista *Biblical Archaeology Review*, da editora *Biblical Archaeology Society* (BAS). Julgo que verificar os objetos e os artefatos que dão forma a esta história torna os personagens mais verossímeis. Os textos bíblicos foram transcritos ou adaptados da Nova Versão Internacional** e *A Mensagem*.

---

* As duas obras citadas ainda não foram publicadas no Brasil. (N.T.)

** A Nova Versão Internacional (NVI) é uma das mais recentes traduções da Bíblia. Foi publicada pela Sociedade Bíblica Internacional, sediada em Colorado Springs, EUA. No Brasil, a tradução definitiva foi publicada em 2001.

Agradecimentos

Sou muito grata a diversas pessoas boas que me ajudaram a tornar este livro realidade.

Escrever envolve um delicado equilíbrio entre seguir a minha imaginação e ceder à sabedoria dos que me rodeiam. Sinto-me abençoada por contar com uma equipe tão forte e sábia.

Primeiro, a Mitch, por jamais me deixar desistir; segundo, a Nicci Hubert, uma editora talentosa e paciente, que também nunca me permitiu abrir mão destas páginas. Ambos podem comprovar que, por ser um livro excêntrico, atormentado por estranhos acontecimentos e contratempos, sua produção, que normalmente levaria seis meses, prolongou-se por dois anos. Em alguns momentos, apenas tive vontade de apoiar a cabeça na minha escrivaninha e ir para outro lugar. Portanto, agradeço a Deus a presença de vocês, Mitch e Nicci!

Gostaria também de agradecer aos proprietários de livrarias e à equipe de vendas que têm ajudado os leitores a descobrir meu trabalho. Aprecio todo seu empenho.

Estou em débito com meus leitores, muitos dos quais tive a satisfação de encontrar em tardes de autógrafos ou por meio de meu *site* www.gingergarrett.com. Nada me faz mais feliz como escritora do que poder ouvir minha diversificada base de leitores. Meu comentário predileto é: "Gostei tanto de seu livro que voltei a ler a versão da Bíblia para saber o que realmente aconteceu". Todos vocês podem fazer isso.

Quero agradecer a Terry Behimer, por ser tão amável, apesar dos contratempos e dos meus tropeços e fraquezas, e a Marilyn Largent, por me apresentar a tanto material, e a Ingrid Beck, por ter cada resposta de que eu provavelmente necessitava. Uma dívida enorme também com Caitlyn Carlson, por ser a melhor editora de texto que já conheci.

O trabalho de um escritor exige reclusão e privacidade, mas nunca estou sozinha. Muito raramente é fácil escrever um romance, e luto contra a preguiça, a exaustão e a distração a cada dia, mas, com o passar do tempo, começo a vislumbrar a beleza de um esforço disciplinado para seguir a liderança Maior. Meus desejos são para cada um de vocês que ajudou a materializar este livro. Que seu empenho seja retribuído com dez vezes mais bênçãos.

FONTE: Adobe Garamond Pro
IMPRESSÃO: Sermograf